落ちこぼれ催眠術師は冷酷将軍の妄愛に堕とされる

登場人物紹介
サディアス
北の国境を守る鉄壁の将軍。
その強さと強面なことから
「血まみれ将軍」と
呼ばれているが……!?
メリル
優秀な治癒魔術師の家系に
生まれながら魔力が少なく、
家を追い出された青年。
催眠術師として、
日々努力を重ねている。

マリアローズ
ジューダスが仕えている、
この国の王女。
美しい容姿をしているが
わがまま。
ジューダス
メリルの兄。
催眠術師となった弟を
蔑んでいる。

目次

落ちこぼれ催眠術師は
冷酷将軍の妄愛に堕とされる

プロローグ　血まみれ将軍は、跪《ひざまず》いて愛を乞《こ》う

巨大な狼《おおかみ》のような体が目の前に跪《ひざまず》き、熱の籠《こも》った瞳で見上げてくる。顔のあちこちに細かな古傷の残る男臭い顔立ち。美形ではあるが決して甘くはなく、よく切れる剣のような鋭さを持った顔だ。

だがその強面《こわもて》の男、サディアス・ハイツィルトの口から出てきた言葉に、メリルは危《あや》うくあんぐりと口を開けそうになった。

「あなたに一目会った時から惹《ひ》かれていた。俺のような武骨な男に迫られても迷惑なだけだろうと気持ちを押し殺していたが、もう我慢できない」

言うや否や、彼はそっとメリルの細い手を取り、手の甲に口付ける。まるで忠誠を誓う騎士のように。

手の甲とはいえ、生まれて初めての柔らかな唇の感触に、メリルの頬にかっと血が集まった。

「どうか、俺の恋人になってもらえないだろうか。……美しい人」

甘く囁《ささや》かれる熱烈な求愛。堂々とした体躯《たいく》の美丈夫に、膝をついてこれほど真摯《しんし》に愛を乞《こ》われたら、常人なら心が揺らぐだろう。

だが、メリルは呆然《ぼうぜん》と彼の顔を見つめるしかできなかった。彼にはサディアスの求愛を素直に受け取れない理由があったのだ。

（待ってくれ……嘘だろう。まさか、まさか……こんな）

よろり、と体が揺れる。

サディアスには本当は好きな人がいる。いるはずなのだが、彼は今、メリルだけを見つめて熱に浮かされたように甘い言葉を囁《ささや》いている。そのサディアスの変化に、メリルは大きな心当たりがあったのだ。

たとえそれが、にわかに信じがたくても。

嘘だ、嘘だと叫びそうになる気持ちを必死で抑える。

ごくり、と唾《つば》を呑み込んで、目の前の美丈夫の顔を見つめた。陶酔《とうすい》したような彼の顔を。

（まさかこんなに簡単に、催眠術にかかるだなんて……！）

第一章　催眠術師は苦悩する

「どうぞ、ゆっくり目を開けてください。そのまま深呼吸を」

メリルが静かに声をかけると、長椅子に寝ていた男が目を開く。

文官の着る簡素なウエストコートを身に着けた、三十歳程の男だ。開かれた彼の目は、夢を見ているような、ぼんやりとした色をしている。

その目をじっと見ながら、メリルは彼に重ねて声をかけた。

「どうですか？　どこかに痛みを感じる場所はありますか？」

「いや……、どこも痛くない」

男は二度、三度大きく瞬《まばた》きをすると目を擦《こす》る。そして小さく伸びをして、長椅子から身を起こした。

「どうぞ、ゆっくりと立ち上がってください」

「驚いたな……。体が軽い」

彼は立ち上がり、肩を持ち上げたり腰を捻《ひね》ったりした後、感嘆の声を漏《も》らした。

メリルは柔らかく声をかけ続けつつ、視線では細かく彼の動きを観察する。

どこかに異変はないか。不調を隠しているところはないか。

気が付かれないように一通り文官の体を眺め、それからようやく、彼の言葉が心からのものだと判断した。

「……ちゃんと効いたようで良かったです」

メリルも緊張していた体から力を抜き、安堵《あんど》の息を吐いた。

もしメリルが普通の治癒魔術師なら、これほど気を揉《も》むことはなかっただろう。だが、彼は毎日、すべての治療にひどく神経を使っている。

何故《なぜ》ならメリルは、——催眠術師だからだ。

催眠術。

それは古代から使われている幻覚魔術の一つ。ごく微量の魔力しか必要ないため、魔力を僅《わず》かしか持たない者が多い庶民間での療法として親しまれている。

催眠術師は街角の怪しげな老婆がひっそりと営《いとな》むような職業で、決して王宮で文官相手に施《ほどこ》すものではない。王宮には優秀な治癒魔術師も、薬に魔力を流し込める薬師も沢山《たくさん》いるからだ。

そんな王宮で、メリルは唯一の催眠術師として働いている。

催眠術なんて子供だましだろうと馬鹿にされ、治癒魔術師の使い走りが多いが、それでも正式な王宮付きの役職だ。

「君は治癒魔術師じゃないよな。どうやって治療したんだ？」

「……人の心というのは、意識の殻《から》に守られています。その殻《から》の中にある無意識こそが、その人本来の心。無意識下……潜在意識《せんざいいしき》に催眠術で働きかけて、疲れの原因を取り払ったんですよ」

「潜在意識《せんざいいしき》？」

「はい。人はみんな潜在意識《せんざいいしき》の中の『思い込み』が体にも影響を与えています。それを取り払うと、必要以上の痛みを感じなくなったり、環境が悪化しても疲れなくなったりします。治癒に関係することは少ないですが、強い催眠術では、幻覚を見せることもできるんです」

文官は仕事で強い心理的圧力を感じていたようで、メリルはその思い込み、つまり「重圧を感じている」という意識を取り去る手伝いをしたのだ。

続けて短い睡眠にいざない、心身の疲労を取る催眠術を重ねてかけた。普段は重圧《ストレス》のせいで眠りが浅くなっていた彼は、久しぶりにしっかりと休めて体が軽くなったのだ。

「へぇ。思い込み……ねぇ」

メリルの説明に、文官は分かったような分かっていないような、中途半端《はんぱ》な声で返事をする。

（……潜在意識《せんざいいしき》なんて急に言われても、理解されないか）

催眠術は魔力がほぼいらないために簡単だと思われているが、実は複雑な術だ。

この文官にしても、彼の疲労の原因が仕事からの重圧《ストレス》にあると会話から見抜けなければ、心身を軽くすることはできなかった。気付かれないように彼の心を開き、入り込んでいかないといけなかった。

つまり、催眠術は心を開いていない人間には通用しないのだ。

更に信頼関係がある人間でも、心が緩《ゆる》んでいないと効きにくい。

心までをも操れるものである一方で、あまりにも制約が多く、捕虜や敵には使えないということが、催眠術師が軽んじられる一因であった。

ため息を吐《つ》きたくなるのを堪《こら》えて、メリルは身支度を整える文官にクラバットを手渡してやる。

「本当に信じられないよ。催眠術なのに効くなんて。また、〝治癒魔術師がいなかったら〟来てもいいいな」

「……いつでもお待ちしています」

自覚していないのか、平然と失礼なことを言う文官の男。

メリルは内心ぴくりと苛立《いらだ》つが、微笑《ほほえ》みを浮かべて腰を折った。

数少ない、素直に催眠術にかかってくれる文官だ。ここで嫌な態度をとったら、せっかく好印象を持ってもらったらしいのにまた疎《うと》まれることになる。そんな打算的なことを考えながら、文官の後ろ姿を見送った。

軽い足取りで去っていく、その背中からは疲労の色が抜けている。だがメリルの心は、自分の仕事をやり切ったという充実感よりも、どんよりとした暗さで覆《おお》われていた。

「治癒魔術師がいなかったら、か……」

仕事に誇りは持っている。催眠術も、薬や医学の知識も、必死に学んできた。催眠術に関しては、自分がこの国で一番だという自負もある。

……だが時折、どうしようもなく心が重たくなるのだ。

メリルは代々続く、治癒魔術を使う一家に生まれた。

王家の筆頭治癒魔術師を輩出《はいしゅつ》してきた名家、ファーディナンド家。はるか昔、竜や魔人が暴れていた頃、勇者と一緒に国を守った治癒魔術師を先祖に持つ家だ。

その家の次男として、メリルは将来を嘱望《しょくぼう》されて生を受ける。

だが、その人生には一つ、大きな落とし穴が開いていた。

――メリルにはほとんど魔力がなかったのだ。

直系の子に魔力がないというのは、長いファーディナンド家の歴史で初めてのことだった。

ありえない。そんなことあってはいけない、と両親は平静を失う。幼いメリルに無茶な訓練をさせ、神頼みを繰り返し、しまいには治癒魔術を習得させようと、魔力なしであるにもかかわらず魔術学院にも入れた。

五歳になれば、十歳になれば、十五歳になれば、いやもっと厳しい修業をすれば、魔力が体の底からこみ上げるはず。両親はそう信じ、メリルに過酷な圧力をかけ、訓練を課す。

まだ他の子どもは読み書きもできないような年から、外で遊ぶこともさせずに分厚い魔術書を諳《そら》んじさせた。本当なら学友と楽しく過ごす時期なのに。

それでも結局メリルに魔力が宿ることはなく、魔術学院は散々な成績で卒業することとなる。メリルとて家の面汚《つらよご》しにはなりたくなくて必死に勉強をしたが、魔力ばかりは生まれつきのものだ。

たとえ寝ずに魔術書にかじりついても、声が嗄《か》れるほど呪文を唱えようとも、真冬の川に身を浸《ひた》し泣きながら一晩中祈っても、魔力が湧いてくることはない。

なんでもする。魔力を得て、ファーディナンド家の一員として認められるなら、どんな努力でもする。メリルはそう思い、すべての時間と力を注ぎ込んだ。

だが結局、魔術を習得できなかったメリルを待っていたものは、父からの絶縁だった。

十七歳で格下の分家へ養子に出され、以来十年間、一度も実家に入れてもらえていない。ファーディナンドの姓は取り上げられ、会ったこともないオールディスの姓を名乗っている。

最後に温情としてこの王宮で働けるように口添えしてくれたが……それが果たしてメリルの幸せを願っての行動かと言われたら、首を捻《ひね》るところだ。

父にとっては、メリルが自分の目の届かない所で恥を晒《さら》す真似をしないように、見張っているだけなのかもしれない。

「なんで魔力がないんだろうな……」

もう何百回、いや何万回と考えたことだ。

手入れのされていない、かさついた掌《てのひら》を見てみるが、答えなんてあるわけない。

治癒魔術を使えないのはメリルのせいではないのだ。彼が怠慢《たいまん》で魔術書を勉強しなかったわけでも、悪さをしでかして魔力を封印されたわけでもない。ただ、生まれつき備《そな》わっていなかっただけなのだ。

長く過酷な修練の末にメリルが習得できたのは、催眠術のみだった。催眠術はごく微量の魔力しか必要としないため、メリルでも扱えたのだ。

それでも彼にとっては体中の魔力を振り絞らなければならないほど精いっぱいなのだが。

嫌な記憶が脳裏《のうり》によみがえってきて、すっかり気持ちが暗く沈む。

心なしか、廊下の灯りである魔石の輝きも鈍って見える。

早く家に帰り薬草の資料でも読もうかと思っていたけれど、今日くらいは布団にくるまって早く眠ってしまおうか。いつも自己催眠で疲れをとって勉強してきたが、どれだけ頑張っても厭《いと》われる自分が努力するのはひどくむなしい気がした。

「……催眠術だって、人を癒《いや》せるのにな」

掌《てのひら》をぎゅっと握りしめ、消えそうな声で呟《つぶや》く。

催眠術なら自分にも使えると知った時は、これで少しは人の役に立てると期待に心が浮き立った。この術を磨き続ければ、きっと誰かに認めてもらえると思って。

だが実際は、いつまで経っても催眠術は軽んじられ、必要とされる機会は少ない。たまに感謝してくれる者もいるが、それはあくまで治癒魔術師がいない場での間に合わせだ。

要《い》らない人間。

メリルは要《い》らない人間だ。

どこへ行っても、必要とされることはない。家でも、王宮でも、誰にも求められず、いないほうがマシだと言われたことすらある。

どれだけ望んでも、どれだけ努力しても、メリルを欲しがる人は誰もいなかった。この世界で一人きり、誰からも顧《かえり》みられることはない。これまで孤独で、きっとこの先もずっと一人。それがどうしようもなく悲しい。

施術室に鍵をかけ、ため息を呑み込みながら廊下を重たい足取りでのそのそと歩く。

いくらも進まないうちに鋭い声が飛んできて、メリルは驚いて足を止めた。

「メリル！」

どこか棘《とげ》のある冷たい声。その鋭さにびくりと肩を震わせて振り返ると、廊下の先に細身の男が立っていた。

メリルと同じ、肩まで伸びた銀色の髪に、輝く緑の瞳。しかしその瞳には強い力が籠《こも》っていて、自信なげなメリルとは大きく印象が違う青年だ。真っ白な治癒魔術師の衣装に身を包んだ彼は――

「……兄上？」

「兄上と呼ぶなと言っただろう。お前はファーディナンド家の人間じゃない」

予想していなかった彼の出現に思わず兄と呼んでしまい、メリルはピシャリと冷たく訂正された。彼の吊り目が更に鋭く尖《とが》っていくのを見て、メリルはしまったと頭を下げる。

「申し訳ありません、ジューダス様」

ジューダス・ファーディナンド。ファーディナンド家の長男で、この国でも有数の治癒魔術師。そして血の繋がりだけでいうならば、メリルの二歳年上の兄だ。

彼はファーディナンド家の汚点であるメリルをひどく嫌っているのに、王宮内で声をかけてくるだなんて、一体どうしたのだろうか。

「ご無沙汰しております」

呼びとめたくせに、居丈高《いたけだか》に睨《にら》みつけるだけのジューダス。彼と会うのは久しぶりだ。王宮の式典でも、位が違いすぎるため姿を見ることは滅多にない。言葉を交わすなんて、それこそこの数年では一度もなかったはずだ。

何か彼が気に入らないことでもしでかしてしまったのか、とメリルは頭の中であれこれ考えるが、何も心当たりがない。

すると黙っていたジューダスがちらりと辺りを窺《うかが》い、それからメリルに一歩近づいた。

「相変わらず、灰色のドブ鼠《ねずみ》のように辛気臭《しんきくさ》いな」

馬鹿にしきった、氷のように冷たい声だ。

ファーディナンド家直系の人間は、みんな同じ銀髪に緑の瞳を受けついでいる。それはメリルもジューダスも同じ。やや細身な体型や背の高さも似ているが、強い魔力があるという自信を纏《まと》っているジューダスが近づいてくると、メリルはすっかりくすんでしまう。いつも自信なげに視線を下としているせいで、メリルの瞳の色を知る人はあまりいなかった。それに、よく手入れのされたジューダスの輝く銀髪に比べると、メリルの髪の毛は灰を被《かぶ》っているようだ。

加えてジューダスが「ドブ鼠《ねずみ》」と言ったわけはもう一つある。

「その薄汚いローブも本当にみすぼらしい。ただでさえ地味な顔にお似合いではあるがな」

治癒魔術師は真っ白なローブ、黒魔術を操る魔術師は黒いローブを、それぞれ国から支給される。だがメリルはそのどちらでもなく、使い走りや下男と同じ、灰色のローブを支給されていた。治癒魔術師のなりそこないだと言って回っているような色だ。そのことを指摘されて、メリルは羞恥《しゅうち》にカッと頬が染まる。

「せっかく父の執《と》り成《な》しで王宮に入ったっていうのに、鼠《ねずみ》が餌《えさ》を探して嗅《か》ぎ回《まわ》っているように見えるぞ。出来損ないが」

久しぶりに会ったというのに、愛情の欠片《かけら》もない言葉の数々にメリルは下を向く。爪先《つまさき》を見つめ、ぎゅう、と手を強く握る。そうしていないと震えてしまいそうだった。体を固くして黙り込むメリルに、ジューダスはふんと鼻で息を吐く。

「まぁいい。それよりメリル、よく聞け。俺は今、マリアローズ王女殿下の治癒魔術師をしている」

「それは……さすがでございます」

周りに誰もいないのにもかかわらず、ジューダスは声を落としてひそひそと囁《ささや》く。その内容にメリルは驚いた顔をした。

彼の口から出てきた名前は、この国の末の王女のものだ。二十九歳というジューダスの若さで王女に気に入られたのなら、それは大層名誉なことだろう。おもねるわけではなく、心からそう思っての言葉にも、兄は冷たい目を眇《すが》めただけだ。

「お前なんぞからの世辞はいらん。本題はこれからだ」

「本題、ですか？」

「王女がお前をお呼びだ」

「え？　……マリアローズ王女が、ですか？　私を？」

「ああ。ついてこい」

更に目を丸くするメリルに頷《うなず》くと、ジューダスは素早く歩き出してしまう。すぐに見失いそうなほどの早足に、メリルは慌てふためいた。

体は疲れ果てているし嫌な予感がするが、マリアローズに呼ばれているのが真実なら、彼の後を追わないわけにはいかない。

ほんの少し躊躇《ちゅうちょ》した後、メリルは頭に疑問符を乗せたまま、仕方なしに駆け出した。


今まで立ち入ったことのない、王宮の奥深く。長い廊下を通り抜けた先に、マリアローズの住む部屋があった。

ふかふかの分厚い絨毯《じゅうたん》が敷《し》き詰《つ》められた、目が眩《くら》むほど華美な部屋だ。天井からはシャンデリアが吊り下がり、重厚な机の上には溢《あふ》れんばかりの生花。漂《ただよ》ってくる甘い匂いからも、部屋の主の華やかな性格が窺《うかが》える。その部屋にメリルはひっそりと通された。

部屋の主であるマリアローズは、寝椅子に体を預けて気怠《けだる》そうにメリルに視線を投げる。

夜遅い時間だが、その顔にはまだ白粉《おしろい》がべったりと塗られて、髪も結い上げられたまま。服はコルセットを外しゆったりとしたものを着ているものの、それだって繊細《せんさい》な刺繍《ししゅう》がふんだんに施《ほどこ》されていて重たげだ。とてもくつろげるものには見えない。

十八歳になる末の王女マリアローズは、可憐《かれん》な美貌《びぼう》からこの国の花とも、春の妖精とも呼ばれている。そんな美しい少女はメリルを冷ややかな視線で見据《みす》えると、口を開いた。

「……あなたが、メリル？」

「王女殿下におかれましては、ご機嫌麗《うるわ》しく存じます」

たらりとメリルの額《ひたい》に汗が流れる。本来なら一生に一度だって言葉を交わすことがないような人だ。しかもマリアローズは、激しい気性と我儘《わがまま》で知られていた。王も手を焼いていると密かに噂されてもいる。もちろん、その高貴な身分と美貌《びぼう》のために、誰も表立っては言わないが。

そんな人の私室に呼ばれるなんて、何が起こったのだろう。

心当たりがなくて視線を彷徨《さまよ》わせているメリルに、彼女は声を張り上げた。

「そんなかしこまった挨拶《あいさつ》はいいわ！　ジューダスからあなたのことは聞いているもの。隠しているけど、本当はジューダスの弟なんでしょう？　ファーディナンド家に生まれたのに、魔術を全く使えない落ちこぼれなんですってね？」

細く高い美声による、棘《とげ》が生えたような辛辣《しんらつ》な言葉が次々と飛んでくる。

メリルを馬鹿にしきった、嘲笑《ちょうしょう》交じりの声だ。

言葉の針に刺されて、メリルはちらりとジューダスを覗き見る。だがジューダスも彼女の言葉に同意しているのだろう。汚物でも見るような視線に睨《にら》み返《かえ》されるだけだ。

不意にマリアローズがパチン、と音を立てて扇《おうぎ》を畳《たた》み、寝椅子から体を起こした。

「ジューダスも可哀そうよね。弟が落ちこぼれなんて。銀の髪も緑の瞳も同じなのに、暗くて見た目がぱっとしないし……わたくしだったら恥ずかしくてしょうがないわ」

「ええ。〝これ〟はファーディナンド家の恥でございます」

ふふ、と愛らしい顔で笑いながら、彼女はまるで品定めするようにメリルを見る。それに呼応するようにジューダスが頷《うなず》いた。

「でもそんな役立たずなあなたに、わたくし、大きな役目を与えようと思うの。優しいでしょう？」

「お役目、でございますか？」

メリルを馬鹿にした様子を隠しもしないマリアローズが、唇の端を吊り上げて笑みの形を作る。

美しい、形の良い唇なのに、背筋が寒くなる笑みだ。

「ええ。あなた、治癒魔術が使えない代わりに、催眠術を学んだそうじゃない。その催眠術で、血まみれ将軍をあなたの虜《とりこ》にしてきてほしいの」

「…………は？」

その手に持った扇《おうぎ》で、メリルを指すマリアローズ。ぴたりと真っすぐに指し示されてはいるが、メリルには彼女の言葉が理解できない。思わず間抜けな声を上げた。

「へ、あ、その、おっしゃっていることが……」

「お前は言われたことにただ頷《うなず》けばいいんだよ、愚図が」

分かりません、と言おうとするのを、ジューダスに遮《さえぎ》られる。しかし、さすがに何も分からないまま応とは言えなくて、メリルは食い下がった。

「で、ですが、申し訳ありません。その、理解ができなくて……血まみれ将軍というのは、あのザカリア領のサディアス・ハイツィルト将軍のことでしょうか？」

「そうよ。あの一人で千人の敵兵を屠《ほふ》った鬼とも熊《くま》とも言われている、あの男よ！」

サディアス・ハイツィルト将軍。国の南に位置するこの王都から馬で十日は離れた北の土地、ザカリア領をまとめる領主兼、北の軍隊を束ねる将軍だ。

度重なる敵国の侵攻を一人で薙《な》ぎ払《はら》い、その鉄壁の守りから英雄と呼ばれる男。滅多にこの王都にはやってこないが、その名前だけはよく聞いている。先程マリアローズの言ったように、一人で千人を屠《ほふ》っただとか、敵将の頭蓋骨《ずがいこつ》を素手で握りつぶしただとか、流れ矢を受けても笑っていただとか、その血にまみれた豪傑《ごうけつ》としての噂は街でも王宮でも囁《ささや》かれていた。

強く冷酷な軍神。国の北端を守る、死神すら恐れない男。それがサディアス・ハイツィルト将軍だ。

そんな英雄だというのに、王女は嫌悪に顔を顰《しか》め、再び扇《おうぎ》を開いて顔を覆《おお》う。

「ああ、あの男の名前を口に出すのもおぞましい！　よく聞いてちょうだい。そんな卑《いや》しい獣《けもの》が、……わたくしに求婚したのよ！　王女の可憐《かれん》さに一目惚《ひとめぼ》れしたって！」

「求婚、でございますか？」

マリアローズは花盛りの十八歳で未婚だ。許嫁《いいなずけ》もいないはず。

一方、サディアス将軍はたしか三十歳を一つか二つ過ぎたところ。やや年の差はあるが、別に珍しいことではない。英雄なら、美しい王女を妻にと望んでもおかしくはなかった。

「それは、おめでとうございます」

メリルが思わずそう言うと、ジューダスが胸倉《むなぐら》を掴《つか》んで怒鳴りつける。

「めでたいわけあるか！　王女はこの国の花と呼ばれているんだぞ！　それをあんな極寒の土地の熊《くま》が、図々しくも妻にと願っているんだ！」

「す、すみません」

国の英雄に対してあまりにも酷《ひど》い言葉なのに、マリアローズも同じ意見のようだ。扇《おうぎ》に隠していた顔を見せると、憎々しげに顔を歪《ゆが》めている。彼女がよろりとその体を長椅子に倒れかけさせてみせると、ジューダスは掴《つか》みかかっていたメリルを突き飛ばし、慌てて駆け寄り支え起こした。

「無礼な求婚と撥《は》ね除《の》けてやりたいところだけど、相手は英雄でしょう。王の覚えもめでたくて、わたくしが直接断ることができないの」

「マリアローズ王女、おいたわしい……」

ジューダスに支えられて呟《つぶや》くマリアローズ。その芝居がかった口調に、ジューダスが心底悲痛な声を出す。

王族は国の宝と大事にされる一方、庶民では想像もできないような複雑な決まりがいくつもある。彼らの人生は、国のためにと深く搦《から》め捕《と》られているのだ。結婚なんてその最たるもの。個人の意見よりも国の利益が優先されるのだろう。

もし王が「サディアス将軍との結婚は利益がある」と判断したら、彼女が泣こうが喚《わめ》こうが関係なく婚姻は結ばれる。我儘《わがまま》で有名な彼女であっても、それは覆《くつがえ》せない。

まだ若いマリアローズに少し同情しかけたその時、彼女の肩を抱いていたジューダスが、ぐるりと首を回してこちらを振り返った。

「そこでメリル。お前の出番だ」

「は？」

「お前は、心を操るな」

「操る、といえば、はい。そうですが……え、まさか」

「そうだ。催眠術で、将軍の心を奪ってこい」

さっきマリアローズに言われたのはこのことだったのか。

息を呑んだメリルを、ジューダスが更に追《お》い詰《つ》める。

「簡単なことだ。ザカリアの砦《とりで》に潜《もぐ》り込《こ》み将軍に催眠術をかけろ。お前を恋人と思い込ませるなり、惚《ほ》れさせるなりして、求婚を取り下げさせればいい。幸い、王が返事をするまでまだ少し時間がある。血まみれ将軍を骨抜きにしてこい」

この国の女性が結婚する時は、持参金などの条件を決定する婚姻協議の時間が設けられた。それは数日程度で終わるものではなく、下級の貴族の場合ですら一月《ひとつき》はかかる。王女への求婚なら、その倍以上は時間がかかるだろう。

いや、時間があるからといって頷《うなず》けるようなことではない。

「待ってください！　ほ、他に、……他にもっと適任の者がいるのではないでしょうか⁉　私は男でございます！　それに催眠術は、強い効き目があるものではございません！」

「女で誘惑することも考えて貴族の娘を何人か送り込んだが、全員送り返されてきた。熊《くま》のくせに選《え》り好《ごの》みが激しいのか、正攻法では陥落《かんらく》しない。黒魔術師も考えたが、将軍は魔術耐性があるうえに砦《とりで》の中で黒魔術なんて使ったら側近が飛んでくる」

「ですが、私が行くのは不自然ではないですか⁉」

「安心しろ。来月、治癒魔術師団をザカリアに派遣する。それにお前も一員として潜《もぐ》り込《こ》め。俺も治癒魔術師の筆頭として同行するから、見張りもできる」

ジューダスはふん、と鼻を鳴らして告げる。全く安心なんてできないのに、まるで聞く耳を持たない様子だ。

「別に死ぬまでザカリアにいて、将軍と添《そ》い遂《と》げろと言っているわけじゃない。求婚を取り下げさせたら、王都に戻っていい」

「ですが、そんな……」

「治療でもなんでもいい。理由を付けて傍《そば》に寄り、隙をついて催眠術をかけろ。簡単なことだろ」

簡単なわけがない。何しろ催眠術は、相手が心を開いていないとかけられないのだ。あまたの戦場で死線を越えてきた血まみれ将軍が、そう簡単に心を開くわけがなかった。

それに味方とはいえ、軍を束ねる将軍にそんな催眠術をかけるなんて、もし企《たくら》みがバレたら叩《たた》き斬《き》られてもおかしくない。あまりにも無謀な計画だ。命を賭《と》するには分が悪すぎる。こんな話、とてもじゃないが受け入れられない。

そんなメリルの心の裡《うち》を読んだかのように、ジューダスは酷薄《こくはく》そうな目を細めた。

「頑張れよ、メリル。これに成功したら父上だってきっと喜ぶ」

「……父上？　父上は、このことを知っているのですか？」

「ああ。魔力なしのお前がようやく役に立つとおっしゃっていたぞ。期待している、とも。成功したら、ファーディナンドの家に戻してもらえるかもな」

ジューダスの声が、まるで狡猾《こうかつ》な蛇《へび》のように耳に滑り込んでくる。

役立たずはいらないとメリルを切って捨てて遠縁の家に押しつけた、もう二度と声も聞けないと思っていた父。ずっとメリルを軽んじ、最後には自分の子ではないとまで言っていた父。

「父上、が……期待……」

メリルがジューダスの言葉を呑み込もうとしていると、パチンと扇《おうぎ》の音がした。

「メリル、ジューダス。いつまでごちゃごちゃ話しているのかしら？」

これまで口を噤《つぐ》んでいたマリアローズが、美しい顔を不愉快そうに歪《ゆが》めて見ている。

「わたくしが『催眠術をかけろ』と言っているのよ？　まさか断るなんてこと、考えているわけじゃないでしょうね？　治癒魔術師から落ちこぼれた催眠術師風情《ふぜい》が」

「い、いえ……」

冷たく言い捨てられて、メリルはその迫力に気圧《けお》されるように一歩後ろへ下がる。

あまりにも無茶な命令。だがもう逃げられないのだ。それを突き付けられたようだった。

「とんでもないことです……すべて仰《おお》せのままに」

メリルがそう言うと、「それでいいのよ」とマリアローズが酷薄《こくはく》そうに微笑《ほほえ》む。そんな彼女を見て、ジューダスも嬉しそうに笑った。

「もし将軍にバレたら、『彼に懸想《けそう》して、つい催眠術をかけてしまった』って言いなさいね。叶わない恋に落ちた、と。くれぐれもわたくしに累《るい》が及ばないように」

「大丈夫ですよ、王女。俺が傍《そば》で厳しく見張っていますからヘマはさせません。たとえ出来損ないでも」

二人の笑い声が、まるで悪魔の声のように部屋に響く。

——ああ駄目だ。逃げられない。ここには誰も助けてくれる人はいない。

メリルの命なんて彼らにとっては石ころと同じ。たとえ自分が失敗して処刑されても、二人の心は少しも痛まないのだろう。

どれだけ自分の存在は軽いのだろう。絶望に目の前が暗くなっていく。

自分なんて誰も求めない。誰も気にかけることがない。

頭の中がぐらぐらと揺れ、倒れそうになるのを足を踏ん張ってなんとか堪《こら》える。下唇を噛みしめ、細く細く息を吐きながら、心が冷えて固まっていくのを感じた。

第二章　ザカリアの砦《とりで》

「おい！　そこの灰色のあんた！　退《ど》いてくれ！」

「すみません！」

「治癒団の方！　どなたか止血用の薬を貰《もら》えませんか！」

「わ、私が出します！」

広いはずの医務室に、ひっきりなしに兵士が飛び込んでくる。荒々しい足音に怒鳴り声。それから乱暴に扉を開け閉めする音が朝から晩まで部屋中に響き渡り、メリルは目が回りそうだった。

ザカリア領は国の最北端だ。一年の半分近くを雪に閉ざされているが、昔から狩猟が盛んで、質の高い毛皮がとれると有名だった。他にも魔石が採掘され、この地を潤《うるお》わせている。

そして何より、この土地は敵対する隣国からの守りの要所。その砦《とりで》は、メリルが想像していたよりもずっと大きく堅牢《けんろう》な要塞《ようさい》だった。

小山のような砦《とりで》が敵国を迎え撃つようにそびえ立ち、この土地を侵略する者がいないかと睨《にら》みつけている。灰色狼《はいいろおおかみ》に似たくすんだ色をした堅固な石造りの砦《とりで》は、すべて見て回ると半日はかかりそうなほど広い。戦いのための見張り台や門塔だけでなく、高い塀の内側には兵士や使用人の住む棟、訓練場や厩舎《きゅうしゃ》もあった。

その砦《とりで》の足元では、高い塀がぐるりと庶民のための街を囲んでいる。街は広々としており、市場や店が通りに並んでいた。

庶民の家は地味な色合いだが頑丈そうで、密集して建てられており、人口の多さを表している。

寒い北の街だ、何もない所だろうとジューダスは侮《あなど》っていたが、ザカリアは繁栄していた。

そのザカリア領の砦《とりで》に、治癒魔術師団は年に一度、春に王都から派遣される。そのまま夏まで留まり、砦《とりで》の治癒魔術師では診《み》きれない患者を治癒したり、薬品の補充をしたりして、王都に戻っていくのだ。

治癒魔術師は稀有《けう》な存在だ。現にこの砦《とりで》は前線であるにもかかわらず、治癒魔術師が二人しか常駐していない。この年に一回派遣される治癒魔術師団の治癒魔術をあてにしていた。

そのあてになるべき治癒魔術師団なのだが……

「どうぞ！　止血の薬です！」

「早くしてくれ！　こちらだ！」

「す、すみません、私一人ですと手が回らなくて……！」

「御託《ごたく》はいい！　とにかく早く！」

薬を兵士に手渡すと、乱暴にひったくられる。メリルの言葉を最後まで聞くこともなく兵士は扉から外へ駆けていった。

その背中を見て、思わず大きなため息が出る。メリルは今回派遣された治癒魔術師団で一番下《した》っ端《ぱ》の、助手だ。だが治癒魔術師団の中で唯一、ばたばたと忙《せわ》しなく走り回っている。

ザカリアの砦《とりで》では日々の訓練、敵との小競《こぜ》り合い、山から出てくる獣《けもの》の退治などで怪我人が絶えない。

しかし、だ。メリルが後ろを振り返ると、治癒魔術師たちが立派な椅子に座って各々《おのおの》書物を読んだり、窓の外を眺めたりと、こちらを見もしないでくつろいでいた。魔力には限りがある。大怪我でないのなら、一般の兵士は適当な傷薬を使えばいいと思っているのだ。

メリルは意を決して、その中でも一番若い治癒魔術師に声をかける。

「すみません。えっと、ウィリアムさん、ですよね。薬の補充、一緒にしてもらえませんか？」

まだ魔術学院を卒業したばかりの青年だ。細身の体に、ふわふわ柔らかそうな金髪。治癒魔術師のローブの下に、庶民でも分かるほどの上質な服を纏《まと》っている。有力な貴族の子息かもしれない。

彼は読んでいる書物から顔を上げることもなく、ひらひらと手を振った。

「薬？　僕、薬のことはまだ勉強中だから知らないんだよね」

「そうですか……」

あっさりと取り付く島もなく断られる。

(……王宮でも冷たかったけど、ここだと余計に酷《ひど》いな)

繰り返しとなるが、治癒魔術師は稀有《けう》な存在だ。魔力持ちは貴族が多いし、王宮勤《づと》めならば尚更に自尊心が高い。彼らにとって傷薬程度で治る一兵卒の怪我なら、治癒魔術をかけるに値しないのだろう。それどころか視線を向ける価値すらないようだった。

この砦《とりで》にもともといる治癒魔術師や、今回派遣された治癒魔術師団の中にも庶民派の人はいるらしいが、彼らは大怪我をした患者を診《み》ていた。そうなると、必然的にメリルが残りすべての怪我人の相手をすることになる。おかげでここに赴任《ふにん》して早十日。朝から晩までクタクタになるほど働いていた。息をつく暇もない。

（こんな状態で、サディアス将軍に催眠術をかけるなんて無理じゃないか！）

サディアスの顔は、このザカリアの砦《とりで》に入った時に見られた。馬車に乗ってやってきた治癒魔術師団全員を、彼は正門で出迎えたのだ。

冷えた風が頬を打ち、遠くで狼《おおかみ》の鳴き声がする日だった。震え上がりそうな鳴き声が響く中、彼はそれを意に介する様子もなく、じっとこちらを睨《にら》みつけていた。

その姿は、まさに英雄に相応《ふさわ》しい堂々たる立ち姿だ。身長は大柄ぞろいのザカリア兵の中でも飛び抜けて大きく、メリルと並んだら頭一つ、いや二つ分も違うかもしれない。腕も胸も太く厚く、鎧《よろい》越しでも分かるほど逞《たくま》しい体躯《たいく》をしている。

髪は漆黒《しっこく》で短髪。瞳も同じ色だろう。固く引き結ばれた唇が男臭さを醸《かも》し出《だ》していたが、すっと通った鼻筋や彫りの深い目元は美形と言って差し支えないほど整っていた。もし、こんな状況でなく、たとえば式典で彼の姿を初めて見たとしたら、ハッとするほどの美丈夫だと思っただろう。

それがサディアス・ハイツィルト将軍だった。

王女は獣《けもの》だのおぞましいだの言っていたが、メリルの目から見た将軍はとてもそんな野蛮《やばん》なものではない。まさにこの砦《とりで》を守る軍神といった風情《ふぜい》で、恐ろしいながらも静かな知性を感じさせる佇《たたず》まいだった。

（でもあんな怖い顔なのに、マリアローズ王女に一目惚《ひとめぼ》れしたんだよな……）

マリアローズはたしかに美しい。精巧な人形だと言われたら信じてしまいそうなほど、完璧な容貌《ようぼう》をしている。豊かな金髪も、白い肌も、細すぎるほど細い腰も、すべてが女性として魅力的だ。

だがあんな威圧感があり冷静そうな顔をした、にこりとも笑わない男が、美しくても我儘《わがまま》なマリアローズを欲しがるのはどこか意外な気がする……

（好みというのは、分からないものだな）

メリルは恋人がいたこともなければ、恋に落ちたこともない。ずっと魔術の勉強しかしてこなかったから知らないが、きっと恋とは、理論的なものではないのだろう。あの血まみれ将軍が、うら若き花を欲しがるように……

その恋路を、命に代えてでも邪魔しなければいけない。

そこまで考えて、肩に圧《の》し掛《か》かる荷の重さに、メリルは陰鬱《いんうつ》なため息を吐《つ》いた。その時、扉が再び音を立てて開き、若い兵士が室内に入ってくる。

「失礼しまーす」

「はい！　……って、あ、カルロスくん」

「お疲れ様です。メリル先生、今って大丈夫っすか？」

顔を上げると、そこにいたのは顔見知りの若い兵士だった。

この砦《とりで》では珍しい日に焼けた浅黒い肌と、くるくると軽く縮れた黒髪。カルロスというこの青年は、まだここに来て三年程度、二十代半ばの若い兵士だ。

先輩兵士のお使いで頻繁に医務室を訪れるようになり、メリルと同じ寒がりだということが判明してから親しくしてくれている。カルロスは温暖な土地出身らしく、震えるメリルに親近感を持ったらしいのだ。

「ここの人間は荒っぽいのばかりですみません、驚かれたでしょう。俺も来たばっかりの頃、嫌でしょうがなかったです」

唇を尖《とが》らせるカルロスに、メリルは首を横に振る。

本当なら治癒魔術師も物資ももっと支援すべきだ。不足しているから、兵士たちは苛立《いらだ》っているのだろう。などとは言えない。

「はは。いや……その、たしかに驚いたけど、大丈夫。私こそあまりお役に立てなくて申し訳ない」

「いいえ、とんでもない！」

カルロスは大げさに手を振ると、メリルに顔を近づけて声を潜《ひそ》めた。

「治癒魔術師様たちは大怪我でもしない限り診《み》てくれないでしょう？　メリル先生が来てくれて凄《すご》く助かっています」

「たいしたことはしていないよ」

「何言ってるんですか。メリル先生の催眠術のお陰で、俺、最近かなり疲労が取れてるんです」

「ありがとう。……じゃあ今日も施術しようか」

「いいんですか？　お願いします！」

効き目がほとんどないと言われている催眠術を、この砦《とりで》でメリルは大っぴらに施術していない。

催眠術は患者と施術者の信頼関係が大切。王都から来たばかりの自分では、ここの兵士は癒《いや》せないだろうと踏んでのことだ。

だがカルロスと親しくなり、偶然、彼が慢性疲労と倦怠感《けんたいかん》に悩まされていると知って、催眠術をかけてあげたのだ。

（人懐《ひとなつ》こい彼ならすぐに効きそうだとは思ったけれど、本当に予想以上に効いたみたいだな）

短期間でメリルを信頼したらしいカルロスは、しっかりと催眠術にかかった。ぐるぐると腕を振り回して元気なことをアピールする青年に、思わず頬が緩《ゆる》む。

さすがに催眠術は、他の治癒魔術師のいる医務室ではできない。薬品を貰《もら》いに来る兵士が途切れたことだしと、彼を伴ってメリルは医務室を抜け出した。

「私の部屋でいいかな？」

「どこでもいいっす！」

くつろぐことができる個室というと、この砦《とりで》では他にない。子犬のように尻尾《しっぽ》を振ってついてくるカルロスと一緒に廊下を進む。

メリルのあてがわれている部屋は医務室に程近い場所だ。まぁ往復してもそれほど時間はかからないだろう……と思って足を進めていたその時、後ろから野太い声に引き止められた。

「おい、カルロス。お前こんな所で何やってんだ？」

「ぐぇっ！」

隣を歩いていたカルロスの首根っこを、誰かが掴《つか》んでいる。背後に全く気配を感じなかったのに、一体誰が。そう思って振り返ると、そこには山のような大男が二人並んで立っていた。

「将軍！　副将軍！」

「え⁉　将軍と副将軍⁉」

カルロスが悲鳴を上げ、メリルも驚きに声をひっくり返らせる。

将軍と副将軍。この砦《とりで》のまとめ役の二人が、こんな廊下で、しかも一兵卒を捕まえるなんて。

将軍になんとか近づかないと、と思っていたが、メリルには心の準備ができていなかった。

「その先は個室しかないぞ。お前、昼間っからそんな場所で何する気？」

「あ、い、いえ！　その……」

「何、言えないこと？」

「いえ、自分は、決してやましいことは！」

カルロスを捕まえた、副将軍、レイノルド・クロムウェルがじろりと彼を睨《にら》む。

レイノルドは、将軍であるサディアスの腹心の部下だ。サディアスと同い年で、乳兄弟《ちきょうだい》らしい。

女性に人気がありそうな甘い顔立ちに、柔らかな栗毛《くりげ》色の髪。顔だけ見たら軟派な印象を受けるが、サディアスが一番に信用しているというのだから、温和なだけの男ではないのだろう。実際に、今もカルロスを問いただす口調は軽薄だが、その体からは迫力が滲《にじ》み出《で》ている。

そしてその後ろには——将軍、サディアス・ハイツィルトがいた。

遠くから見た時も恐ろしいほど威圧感のある男だったが、近くに来られるとますます威厳がある。厳しく引きしまった頬。背の高いレイノルドより、更に大きな体。だが巨体の者特有ののっそりとした動きはせず、研ぎ澄まされた雰囲気を持っている。

雪原の上に立つ狼《おおかみ》のように静かな空気を体に纏《まと》わせた男が、すぐ傍《そば》にいた。

（サディアス将軍まで……）

思考の読めない、吸い込まれるような黒い瞳が、カルロスをじっと見つめている。

将軍と副将軍。普段会話なんてしない相手に詰《つ》め寄《よ》られて、カルロスの顔が青くなった。あわあわと言い訳すらできていないのを見て、メリルは彼を庇《かば》い一歩、進み出る。

「す、すみません……いえ、誤解を招くようなことをして申し訳ありません。治癒魔術師団として派遣されました、メリル・オールディスと申します。カルロスさんの慢性疲労を治療しに行こうとしていました。決して不当な休憩をとろうとはしていません」

「慢性疲労？」

「はい。兵士には傷を癒《いや》す権利があります。ですので、彼は職務を放棄していたわけではありません」

じっとレイノルドに見つめられる。迫力のある瞳でまじまじと顔を見られて、どきりとメリルの胸が嫌な音を立てる。

目を逸《そ》らせずに突っ立っていると、……レイノルドはふ、と息を吐いた。

「職務を放棄……って、俺が言ってるのはそういう意味じゃないんだけどね」

「え？」

「いや、こっちの話」

ぷらぷらと掌《てのひら》を目の前で振られる。恐ろしげな雰囲気をひっ込めたレイノルドに、メリルは少し安心した。

「メリルさん、だっけ？　治療魔術師様？　そうは見えないけど」

「いえ、私は……催眠術師です」

「催眠術？　催眠術って、あの？　街角でおばーちゃんとかがやってる、占いみたいなやつ？」

「そうです」

「マジで？　そんな仕事でよく治療魔術師団に入れたね。催眠術でできることなんて、ちょっと痛みや不安を和《やわ》らげるとかでしょ。ほとんど気のせいみたいな」

わざと馬鹿にしたというよりも、本心から驚いたのだろう。レイノルドは目を丸くし、自分の顎《あご》を撫《な》でた。

こんな言葉は言われ慣れている。もっと心ない言葉を沢山《たくさん》投げかけられてきた。

しかし、「よく言われます」と苦く笑って誤魔化《ごまか》そうとすると、後ろで直立していたカルロスが声を上げる。

「あ、あの！　お言葉ですが、メリル先生の催眠術は、街角のものとはわけが違います」

「え、ちょ、カルロスくん」

「へぇ？　どういうこと？　教えてよ」

突然喋《しゃべ》り出したカルロスに、今度はメリルがぎょっと目を開く。だがレイノルドに促《うなが》された彼は、言葉を続けた。

「自分、このザカリアに来てから寒くて、怠《だる》さに悩んでいたんです。それで、メリル先生にこの間、たまたまそのことを言ったら、催眠術で治せるかもって言ってくれて」

カルロスは暖かな土地の出身で、そこから急に北の大地に赴任《ふにん》したせいで、軽い抑うつ状態になっていたのだ。彼の明るい性格のために周囲は気が付かなかったようだが、不慣れな環境で少しずつ弱っていた。

そこでメリルは、催眠術で彼の無意識下にある『ここは故郷とは違う』という思い込みを取り去ってあげたのだ。それでカルロスはザカリアの気候も食事も、慣れ親しんだものだと勘違いし、不必要に緊張しなくなった。

「自分も気休め程度に思っていたのですが、一度で怠《だる》さが吹き飛んで、この砦《とりで》に来てから一番体調がいいっす！」

「カルロスくん……」

彼が催眠術にかかりやすい性格だったこともあるだろう。だが、隠すことなく感謝を伝えてくれるカルロスに、じわりと心が温かくなる。たいしたことはしていないが、役に立てて嬉しい。そう言おうと思ったその時、レイノルドの横に立っていた巨体がゆらりと動いた。

「……おい、俺は行くぞ」

低く唸《うな》るような声を出したのはサディアスだ。

彼の気迫のある声に、メリルは肩をびくりと跳ねさせる。戦《いくさ》の時には何百という数の兵士を束ねる、恐ろしい男。その人の静かな声に、思わず背筋が伸びた。

そっと声のほうを見ると、真っ黒な瞳と目が合って……そして逸《そ》らされる。

（え……？）

ペラペラと喋《しゃべ》るレイノルドとは違い、静かにたたずんでいるだけだったサディアスだが、ふい、と顔まで逸《そ》らした。

その強面《こわもて》と迫力から、メリルこそ目を逸《そ》らしそうなものなのに、何故《なぜ》サディアスのほうが、まるで「見ていなかった振り」をするように視線を外したのだろうか。

そもそもカルロスではなく、自分を見ていたのも驚きだ。疑問が頭に浮かぶが、当然それに答えてくれる人はいない。メリルがサディアスに話しかけられるわけもない。

視線を逸《そ》らしたままサディアスはメリルに背を向け、大股に足を踏み出してしまった。その背中にレイノルドが声をかける。

「え～？　もう少し話、聞いていこうよ。催眠術だって」

「時間の無駄だ」

「あらら」

さっさと進んでいくサディアス。その様子を見て、レイノルドはちらりとメリルたちを振り返ると、ひらひらと手を振った。

「じゃあ、俺も行かないと。カルロス、メリルさん、またね」

「失礼します！」

「あ、はい。失礼します」

去っていく二人を、カルロスがびしりと直立して見送る。メリルは軽く腰を折った。彼らの姿が完全に見えなくなり、ようやくメリルとカルロスは体の力を抜く。

「うわ～、びっくりしました！　サディアス将軍がこんな所にいるの、珍しいっすね」

「そうだよね。私は、彼らを見るのはまだ二回目だ」

「将軍って迫力ありますよね。でかいですし。レイノルド副将軍は一兵卒にも気さくですけど……たまに怖いところもありますし」

間近で見たサディアスは、少し顔色が悪いが、逞《たくま》しく得体の知れない迫力を持った男だった。

血まみれ将軍などというあだ名から、野蛮《やばん》な男、もしくは血も涙もない冷酷な男かと思っていた。だがレイノルドの横で静かにたたずんでいた様子からは、腕っぷしだけでなく知略にも長《た》けていそうだと感じる。それは味方としては心強いが……

（……やっぱり催眠術なんて、かけられる気がしない）

あの男のどこに隙があるというのだ。籠絡《ろうらく》するのはあまりに難しすぎる。傍《そば》にも寄らせてくれそうにない。

（私から目を逸《そ》らしたということは、意外と人見知りとか……？　いや、偶然かもしれない）

カルロスに気が付かれないように、メリルはこっそりとため息を吐《つ》いた。

一日の仕事を終え、医務室を後にする頃には深夜になっていた。立ちっぱなしのせいで痛む足を引《ひ》き摺《ず》って、よろめきながら与えられた部屋に戻る。

他の治癒魔術師たちは広い貴賓室が与えられているが、下《した》っ端《ぱ》という立場のメリルの部屋はやや狭くて質素だ。

簡素な備《そな》え付《つ》けの家具しかない部屋に入ると、メリルはどさりとベッドに飛び込んだ。

「……疲れた」

呻《うめ》き声《ごえ》が漏《も》れる。

ここでの仕事は、王都での仕事と全く違う。違いすぎる。朝から晩まで、薬の準備に処方、それから怪我をした兵士の応急処置。王都で文官たちに嫌味を言われながら、それでものんびりと治療をしていた時が優雅だったと思えるほどだ。王都では文官だって治癒魔術師に治療してもらえていて、メリルは補助だったたし、怪我人なんて滅多にいなかった。

「薬も人手も足りなすぎる……これで戦《いくさ》が始まったらどうするんだ」

ため息を吐《つ》きながら独《ひと》り言《ご》つ。小康状態の今でさえこれほど忙しいのなら、もし敵が攻め入ってきたらどうなるのか……もはや考えたくなくて、メリルは指で眉間《みけん》を揉《も》んだ。

「それより早く寝ないと……体がバキバキだ」

忙《せわ》しなく走り回るせいで毎日筋肉痛だ。それに、兵士たちの大きな声に体が無意識に緊張してしまって、固くなっている。今日は強めに自己催眠をかけて深く眠ろう。疲れている時は睡眠が何よりも大事だ。

はぁ、と息を吐いてのろのろとローブを脱ぐ。だけど、部屋の中とはいえやや寒く、このまま寝てしまいたい。体がベッドに留まりたがっている。どうしようかうだうだ迷っていると、部屋の扉が静かに叩《たた》かれた。

「……え？」

こんな時間に誰だろうか。まさか急病人？

繰り返されるノックに、慌ててベッドから起き上がり勢いよく扉を開いた。

「はい、どうしました！」

すると、そこに立っていたのは一般の兵士ではなく、栗色《くりいろ》の髪に緑の瞳の甘い美形。レイノルドだ。

「やぁ、メリルさん」

「レイノルド副将軍？」

昼間は革の鎧《よろい》を着込んでいた彼は、今は少しくだけた服装をしている。とはいっても帯剣はしていた。

なんでこんな所に。誰かの部屋と間違えたのだろうか。一瞬そう思うけど、メリルの名前を出したということは人違いではないようだ。

「お休み中すみませんね」

「いえ、まだ眠ってはいませんでしたので。あの、どうぞ。よろしければ中へ」

「それは大丈夫。……実は、一緒に来てほしくって」

悪いと思っていないだろう謝罪を口にしたレイノルドは、にこにことしながら、困惑することを言った。こんな夜中についてこいと言われて、警戒しないわけがない。

「え？」

「頼みがあるんですよ。でも、ちょっとここだと言えないから、ついてきてくれません？」

もしかして王女の命令がもうバレてしまったのだろうか。ひやりと背筋が凍る。

だが、この砦《とりで》の副将軍を相手に、逆らうことも、逃げることも無理だろう。

「駄目かな？」

「えっと……」

企《たくら》みがバレているのか、違うのか。もし違うなら、なんの用なのか。一瞬にして頭の中にぐるぐると考えが浮かび消えていくが、答えが出ることはない。

圧をかけるようにずいと一歩近寄られて「駄目？」と再度聞かれ、メリルは渋々頷《うなず》いた。

「……分かりました」

「助かるよ～。ありがとう」

渋面で頷《うなず》いていることは分かっているだろうに、レイノルドは大げさに笑みを作ってみせる。胡《う》散臭《さんくさ》い笑顔だ。

室内に戻り一番厚手のローブを羽織《はお》ると、メリルは彼に連れられて廊下を進むこととなった。

（どうしよう……詰問《きつもん》されたら、なんて答えれば……）

軽い足取りで歩く彼の後をついて、ひょこひょこと進んでいく。もし決定的な証拠があるなら、こんなに悠長に廊下を歩かせたりしないはず。そう信じようとするが、緊張に胃がきゅうと縮む。

ぎくしゃくと歩くメリルに、レイノルドはのんびりと話を振った。

「ここでの生活には慣れた？　王都と違って寒いでしょう」

「そうですね……寒さは、少し応《こた》えます」

寒さは辛《つら》いけど、それ以上に気になることがこの砦《とりで》にはある。本当のことを言ってしまっていいのか迷い、メリルは口を噤《つぐ》むことを選んだ。それなのにメリルが呑み込んだ言葉を、レイノルドはあっさりと口にする。

「まぁ寒さよりも飯の不味《まず》さと、医療品の少なさのほうがキツイかな？　あと人手不足も」

「……そうですね」

分かっていたのか。

少し驚いて見上げると、レイノルドは思ったよりも穏やかな顔でこちらを見ていた。

「あの後、カルロスから詳しく聞いたよ。お高くとまっている治癒魔術師団の中で、一人だけ頑張ってくれているって。カルロス以外の兵士の怪我や病気の治療もしてもらっているって、他の奴らから聞いた」

「当然のことです。それに、私は治癒魔術が使えないので、簡単なことしかできていません」

「いやいや。凄《すご》く助かっているよ。何しろここの兵士たち、怪我は唾《つば》つけておけば治るって思っているから。馬鹿だよね～」

笑いながら言われるが、それはあながち冗談ではない。本当に彼らは、ちょっとした怪我ならば気にせず、放っておくのだ。

「大変でしょ？　ほとんどメリルさん一人で診《み》ているみたいだし」

「まだ平気です」

「まだ、ね。やっぱり正直でいいね」

にこにこ笑いながら、レイノルドは長い足で先に進んだ。

（あれ？　……ここ、どこだ？）

躊躇《ちゅうちょ》なく進む彼に、疑問が湧く。話に乗せられて道をよく覚えていないけど、随分《ずいぶん》とメリルの部屋から離れてしまった。

夜中の砦《とりで》は静まり返っていて、時折、窓を風が揺らす音がするだけだ。廊下に置かれた魔石が光り足元を照らしているが、帰り道が分からないというのは無性に不安を駆り立てる。

前を見ると少し離れた所に、兵士が二人、扉を守るようにして立っていた。どっしりとした黒光りする木材でできた、重たそうな扉だ。

レイノルドはその二人のもとへと歩いていくと、扉の前でメリルのほうを振り返った。

「あの、副将軍……？　ここで、ですか……？」

レイノルドが顎《あご》をしゃくると、兵士二人はスッと横にずれた。「失礼するよ」という、レイノルドののんびりとした声と共に扉が開かれ、それにつられてメリルもその部屋に入った。

室内はメリルの部屋の三倍はありそうなほど広い。扉をくぐった先はまず客間になっていて、重厚な机とソファが置いてある。壁際には背の高い書棚が置かれ、古い蔵書がびっしりと収められていた。天井から下がるシャンデリアは控えめで、今は小さな灯りがいくつか灯《とも》されているだけだ。どれも歴史がありそうだが華美ではない。部屋全体も濃い茶色を基調に、落ち着いた色合いにまとめられていた。

「ここは……」

きょろきょろと辺りを窺《うかが》うと、爽《さわ》やかな香の匂いが鼻をくすぐる。

どこかで嗅《か》いだことのある匂い。確かこれは……。メリルが思い出そうと記憶の中を探っていると、客間の奥、おそらく寝室に繋がっている扉から、低い声が響いた。

「レイノルド……どういうつもりだ」

不機嫌そうな、まるで寝起きの熊《くま》のような低い声。

その声はまさに今日、一度聞いた。サディアスだ。ゆらりと大きな体がこちらに近づいてくる。寝間着代わりなのだろう。簡素なズボンだけを身に纏《まと》い、その上半身は晒《さら》されていた。

「そう睨《にら》むなって、サディアスのために連れてきたんだ」

顔を顰《しか》めるサディアスに、レイノルドが口を尖《とが》らせる。そしてメリルの両肩を両手でがしりと掴《つか》んだ。真剣な瞳に覗き込まれる。

「いい？　メリルさん、これは他言無用だ」

「は、はい」

「サディアスはね、……不眠症なんだ」

レイノルドの口から出てきた言葉に、メリルは首を捻《ひね》る。

「不眠症？　ってあの、眠れなくなる不眠症ですよね」

王都で文官を癒《いや》した際に、何度か似た症状の人に会ったことがある。

だが、今までの不眠症の患者は繊細《せんさい》そうな人。とくに内勤の人間がほとんどで、逞《たくま》しいサディアスと不眠症が結びつかず、確認してしまう。そんなメリルにレイノルドは頷《うなず》いた。

「ああ。サディアスがぐっすりと眠れたことは、俺が見た限りだとほとんどない。将軍はこの砦《とりで》の指令の要《かなめ》。絶対に倒れられちゃあ困る。それに、血まみれ将軍に弱点があるなんて、敵国には知られたくない。いや、王家にも知られたくないいな」

「……私に話していいのでしょうか」

「もし誰かに漏《も》らそうとしたら、悪いけど死んでもらうよ。北の砦《とりで》で下《した》っ端《ぱ》が一人消えたとしても、誰も気にしないでしょ。逃げ出そうとして熊《くま》にでも食われたことにするよ。ちょうど春だし」

「ひっ」

さらりと残酷なことを言われるが、それが本心なのだろう。彼にとっては部外者のメリルを消すなんて、容易なことだ。

「レイノルド、やめろ」

脅《おど》すようなレイノルドの言葉を止めたのは、意外にもサディアスだった。ずかずかと大股でレイノルドに近づき、メリルの肩を掴《つか》んでいた手を引《ひ》き剥《は》がす。そして突っ立っているメリルにじろりと視線を送った。

「あなたもだ、部屋に戻れ。催眠術なんてまじないで治るものじゃない」

ぴしゃりと催眠術はまじないだと言い捨てられる。だが、腕を掴《つか》まれたレイノルドは諦《あきら》めきれないようだった。

「えーでも、そろそろ本当にヤバいんじゃない？　日中ぶっ倒れて大騒ぎになったらどうすんの」

「その時は将軍をお前が代われ」

「それは無理だって」

「なら覚醒薬《かくせいやく》でも使う」

「いやいや、そんなの早死にするだけでしょ。使わせないよ」

言い争う巨体の二人。サディアスが言った覚醒薬《かくせいやく》の言葉に、レイノルドは派手に顔を顰《しか》めた。

「そんなの使うなら、催眠術を試してみればいいだろ？　催眠術って、失敗したらしっぺ返しとかあるの？」

二人の視線がメリルに降り注ぐ。その圧に押され思わず後ずさるが、メリルはなんとか細い声を上げた。

「催眠術は、強い力を持ったものではありません」

サディアスの視線が、ほらそうだろうと言わんばかりに、レイノルドに戻る。

このまま口を噤《つぐ》み話を終えれば、メリルはお役御免で部屋に帰れるだろう。この気まずい空気から逃げ出せる。だが……、催眠術師として最後まで言わなくては、とメリルは口を開いた。

「作用が穏やかだからこそ、患者の体の負担にならず施術できます。効かなかったとしても、体を害することはありません。眠りを齎《もたら》す催眠術は一番基本的なものですし……施術に、それほど時間はかかりません」

治癒魔術は体の機能を強制的に活性化させて怪我や病気を治すもの。神経を高ぶらせてしまうし、効力は強いけれど、その分、体の負担も大きい。

催眠術は違う。心に効くものだからこそ、気持ちを落ち着けて穏やかに変化を齎《もたら》す。

薄暗い部屋でも分かるほど、悪い顔色。本当に、このままでは、サディアスは倒れてしまうんじゃないか。そんな心配がメリルの胸に湧き上がった。

喉を鳴らして唾《つば》を呑み込む。

「……よろしければ、一度試させてもらえませんか？」

呟《つぶや》いた声は掠《かす》れて空気に溶けてしまいそうだ。今まで生きてきて、一番緊張したと思う。

サディアスの瞳が、メリルにじっと向けられた。鋭い視線に少し怖さを感じながら、足を踏ん張る。漆黒《しっこく》の瞳に見つめられて、心の中まで見透《みす》かされている気分だ。

「効かないと思うぞ」

暫《しばら》くの沈黙の後、サディアスは唸《うな》るように呟《つぶや》いた。

やっぱり駄目か。そうメリルが思った時、彼がゆっくりと体を寝室のほうに向ける。

「眠らなくても、恨み言を言わないでくれ」

その言葉に、思わずメリルは目を見開いた。

「……え？　いいんですか？」

駄目だと突っぱねられると予想していたのに。もしかして、怪しいと思っている催眠術にも縋《すが》りたいほど、切迫しているのかもしれない。

「あ、俺も念のため見張っておくよ。それならサディアスも心配ないだろうし」

「ああ」

レイノルドが手を上げてそう言い、それにサディアスが頷《うなず》いた。

三人揃って寝室へ入ると、そこは、少し意外な空間だった。

サディアスの体に見合った大きなベッド。その上には天蓋《てんがい》が垂れ下がっている。貴族の寝室に天《てん》蓋《がい》は珍しくないが、この部屋のものにはいくつもの小さな魔石がぶら下がっていた。

灯り用のその魔石は弱い光を出すので、光の落とされた寝室の中はまるで星空のようだ。サイドテーブルには香を焚《た》く炉がいくつも置かれ、更に足元には魔法陣のような模様の絨毯《じゅうたん》が敷かれている。

客間は落ち着いた色合いでまとめられているのに、寝室はやたらとごちゃごちゃしている。その異様さにメリルは首を捻《ひね》った。

これが趣味なのか？　いや、違う。

炉から漏《も》れ出《で》てくる香の煙を見た彼は、この匂いがなんなのかを思い出した。

（この匂い、どこかで嗅《か》いだと思ったら薬草の一種だ）

炎症止めとして使われる葉の匂いだ。煎《せん》じて飲んでも効果があるが、燻《いぶ》すと鎮静効果がある。なるほど、サディアスなりに不眠を解消しようとしているのだろう。

（だとしたらこの魔法陣と魔石も？　いや、でも不眠に効く魔法陣なんて聞いたことない。魔石も邪魔なだけな気がするけど……）

じっと室内を見ていると、レイノルドに肩を叩《たた》かれた。

「メリルさん？　どうかした？」

「あ、なんでもないです。すみません」

ぼうっとしている間に、サディアスがベッドに着いている。ベッドの上で胡坐《あぐら》をかき、メリルが来るのを待っていた。メリルは慌てて彼らに向き直る。

「レイノルド副将軍は、近くにいてもいいのですができるだけお静かに」

「はいはい」

メリルが言うと、レイノルドは一歩後ろに下がった。そしていくつか呼吸をするうちに、彼の気配はすぅ、と空気の中に消えていく。見事に気配を消す彼に驚くものの、今はサディアスだと、メリルはベッドに意識を集中させた。

「……始めますね」

ふ、と小さく息を吐く。催眠術をかける瞬間はいつも緊張する。

メリルが目配せすると、サディアスはごろりとベッドに横になった。

「目を軽く閉じて、力を抜いてください」

無言で瞼《まぶた》を閉じるサディアス。その呼吸が落ち着いてきたのを見計らって、メリルは静かに言葉を続ける。

「サディアス将軍。まず将軍の睡眠を妨《さまた》げているもの、それを探しますね」

彼の睡眠への思い込みを外してあげれば、すぐに眠りに落ちることができるはず。そう思って言ったのだが……

「駄目だ」

「え？」

先程まで静かに呼吸をしていたサディアスが、ぱちりと目を開いてしまった。

駄目？　眠りにはつきたいが、『睡眠を妨《さまた》げているものを探す』ことは嫌だと言うのか。それともメリルと話したくないだけ？

「サディアス将軍？　それは、どういうことでしょうか……？」

問いかけると、サディアスは少し気まずそうに顔を歪《ゆが》める。その顔が『駄目』の理由を詳しく話す気はないと物語っていた。

それならば仕方ない。今までも、催眠術なんて信用できない、と心を開いてくれない患者は沢山《たくさん》いた。……彼らにはあまり術がかからなかったが、サディアスも同じだろうか。

「分かりました。では深く眠れるようにだけ、催眠術をかけます」

サディアスも、やはり催眠術は嫌いなのかもしれない。ほんの少し心の中で落胆したが、気を取り直して彼に向き直る。

心が閉じていても、体を緩《ゆる》めてもらえれば、一時的な眠りを齎《もたら》すだろう。根本的な治療にはならないが。心に立ったさざ波を悟られないように、メリルは意識して静かな声を出す。

「もう一度、目を閉じてください。今から、深呼吸をしてもらいます」

催眠術には、引き金がいる。特殊な器具や、匂い、音楽を使う者もいた。

メリルの場合は声と言葉だ。

「息を吐いた後、少しずつ体の力を抜いていきます。もし上手《うま》く力が抜けないのなら、一度強く体に力を入れて、それから抜いてみてください」

サディアスがメリルの言葉に従って、少しずつ脱力していく。

「額《ひたい》に意識を向けてください。眉間《みけん》からゆっくりと緊張がとれていきます」

彼の額《ひたい》から力が抜けた。その瞬間を狙って、メリルはそっと魔力を言葉に練《ね》り込《こ》んでいく。といっても、ごくごく微量の、普通の人なら気が付かない程度の量だけれど。それを彼の耳に吹き込み、心の中に入り込んでいった。

(……ちゃんと心に隙間が空いている)

メリルの魔力は跳ねのけられることなくサディアスの中に入ったようだ。不眠の一番の原因は探らせてもくれなかったが、無意識下の心の、その表面にだけは触れさせてくれるらしい。

「もっとゆっくり呼吸を繰り返します。すると体が重くなっていきます。少しずつ、手足が温かくなります。手足の力が抜けて、体がベッドに沈み込んでいきます」

言葉を少しずつ彼の中に入れていく。意識に守られた殻《から》を破り、彼の無意識の中へ浸《ひた》していくのだ。彼に警戒されないように、そっとそっと。意識の殻《から》は固く、隙間はごく僅《わず》かしかない。

(なんとか……上手《うま》くいくだろうか)

『何か』がサディアスの心を固く閉ざしている。それはとても強く、彼は休んではいけないと言わんばかりだ。その意識の殻《から》を、メリルは根気よく何度も撫《な》でた。

「意識が一緒に沈み込んでいきます。そして眠ることを躊躇《ちゅうちょ》していた気持ちが消えていきます」

じっくりと流し込んだ魔力が、柔らかい彼の潜在意識《せんざいいしき》に触れた気がする。その穏やかな吐息を聞いて、メリルも安堵《あんど》の息を吐く。

「……お休みになりました」

「マジで」

後ろに控えていたレイノルドが驚きの声を漏《も》らす。それを「しっ」と口元に指を当てて諫《いさ》めると、メリルはベッドを離れた。レイノルドと連れ立って客間に移動する。サディアスが起きる気配がないのを確認してから、声を潜《ひそ》めて口を開いた。

「眠りの催眠は一番初歩的なものなので、上手《うま》くかかってくれました。でも今日の催眠は一時的なものだと思います。きっとまたすぐに眠れなくなるでしょう」

「え？　催眠術って、効果がそこまで薄いの？」

「いえ。人によっては不眠程度でしたら一度の施術で治るのですが……何かがサディアス将軍のわだかまりとなり、睡眠を妨《さまた》げているようです」

サディアスの心の殻《から》はひどく固い。もしメリルが駆け出しだった頃なら、とても入り込めなかっただろう。それほどに、彼は『何か』に囚われているようだった。

その『何か』の思い込みを取り外せれば、きっとすぐにでも不眠は治るに違いない。だがまるで呪いのように、彼の心には大きなしこりがある。しかも、本人にそれを話す気がない。

「敵にかけられた幻覚魔術か何か？」

「いえ。それでしたら魔術抵抗を感じるはずですが、それはありませんでした。おそらく、ご本人に眠りに対する恐怖心や……抵抗があるのかと……。理由までは分かりませんが」

メリルの言葉を聞き、レイノルドは唸《うな》りながら顎《あご》を撫《な》でる。

「抵抗ねぇ……」

「お心当たりは？」

「ないんだよな。……でも今日はよく眠れそうで良かった。また頼んでもいい？」

「分かりました。もちろんです」

レイノルドの言葉にメリルは強く頷《うなず》いてみせた。

サディアスは恐ろしいし、レイノルドもどこか気が抜けない。正直なところ緊張する。

だが……この部屋に来た時から、メリルの心にはあることが浮かんでいた。

(今日はレイノルド副将軍が警戒していたから無理だったけど、そのうち油断するかもしれない。そうしたら……恋の催眠術をかけることができるかも……)

今まで話しかけることもできなかったサディアス。これで彼の部屋に入る立派な理由ができたのだ。計画が一歩進んだことに、緊張からか背中がぞくりと粟立《あわだ》つ。

(いや、焦《あせ》るな。不審な行動をしたらすぐに捕まる)

相手は歴戦の英雄。更にはその腹心の部下も目を光らせている。焦《あせ》って尻尾《しっぽ》を出したら、すぐに捕まえられる。彼らの監視が緩《ゆる》んだ隙を見つけないと。

(……機会を待たなければ)

どくどくと高鳴る心臓。

その音が部屋中に響いている気がして、メリルはぎゅっと服の上から胸を押さえた。

――朝の冷たい空気が充満する医務室で、メリルは薬品棚に忙《せわ》しなく薬を補充していた。

まだ治療魔術師は誰も来ていないが、もうあと半時もしたら兵士たちが医務室に駆け込んでくるだろう。本当なら忙しい一日の始まりとして、無心で準備をしている時間だ。

だが、重たい薬品瓶を運ぶメリルの顔色は冴えなかった。

昨日の夜は、深夜にサディアスの私室に呼び出され、問答の末に催眠術をかけることになったのだ。自室に戻れたのは、真夜中を二時間程過ぎた時間だった。起きたくないとベッドにしがみつく体を引《ひ》き剥《は》がすのは骨だ。

(今の私よりもサディアス将軍のほうが顔色が悪かったな……本当に彼はほとんど眠れていないんだろう)

メリルはぼんやりとサディアスの顔を思い出す。薄暗い部屋でも分かるほど、彼の顔には疲れが見えたし、目元には濃い隈《くま》があった。昨日はすんなりと入眠していたものの、中途覚醒《ちゅうとかくせい》はしなかったただろうか。

(やはり本格的に彼の不眠症を治すなら、もっと根本的な原因を……)

メリルがサディアスのことを考えていると、不意に後ろから不機嫌そうな声がかかった。

「おい、メリル」

「え、あ、あに……いえ、ジューダス様。おはようございます」

振り返るとそこに立っていたのは、兄のジューダスだ。尊大に腕を組み、メリルを睨《にら》みつけている。

彼がこの医務室に来ることは珍しくてメリルは軽く目を見開いた。このザカリアに赴任《ふにん》した当初から『野蛮《やばん》な兵士に治癒魔術なんてかけていられるか』と言い捨てて自室に籠《こも》りっきりだったのだ。仕事もせず護衛もつけず、だが時折、街には下りているらしい。買い物をしたり、何やら勝手に部屋を改造したりしているとも聞いた。好き勝手な振る舞いだが、名家出身で治癒魔術師のジューダスには誰も意見ができない。

「寝不足か？　ただでさえ陰気臭い顔が余計に見苦しいな」

「申し訳ありません」

「ふん、体調管理すらまともにできないのか」

ジューダスは呆《あき》れたように鼻から息を吐いた。そしてきょろきょろと辺りを窺《うかが》うと、近くに人がいないことを確認して、そっとメリルの傍《そば》に寄る。

「で、少しは近づけたか？　最近、この砦《とりで》の人間に取り入っているだろう」

「……いえ。その、まだです」

本当はサディアスの部屋まで行ったのだけれど、そのことを何故《なぜ》か言う気になれず、メリルは言葉を濁《にご》す。そんなメリルの答えに、ジューダスは舌打ちした。

「早くしろ。お前があんまりのろまだと、他の手を打たないといけなくなる」

「え？　他の手ですか？　他の手があるのですか？」

ジューダスの口から出てきた言葉に、メリルは驚いて声を上げた。

打つ手がないから、男の自分が恋の催眠術をかける羽目になったと思っていた。もし他の手があるのならば、ぜひお願いしたいくらいだ。

食いついたメリルに、ジューダスは冷たい瞳を向けた。

「他の手もある。だが、……お前も英雄殺しの汚名を着せられたくないだろう？」

「英雄殺し!?」

「馬鹿が！　声が大きい」

大声を上げたメリルの口を、ジューダスがぴしりと叩《たた》くようにして止める。

「とにかく、王女に何も報告できないままでは俺の評価まで下がる。いいな、無理やりでも催眠術をかけてこい」

「で、ですが……！」

たった一人で、そう簡単にサディアスに恋の催眠術はかけられそうにない。せめてそれを分かってほしい。

それに、ジューダスの言った『英雄殺し』の言葉も気になる。まさか言葉通りの意味ではないだろう。さすがにそれはやりすぎだ。

しかしジューダスはこれ以上は会話をする気はないようで、さっさと医務室を出ていく。

「待って、待ってください……！」

引き止めようとメリルも足を踏み出したところで、扉が廊下側から開いた。

「うわ、と」

急に開かれた扉にぶつからないように避ける。同時に、カルロスが入ってきた。

「メリル先生！　おはようございます〜！」

「……カルロスくん。おはよう」

朝から元気が良すぎるほど元気な挨拶《あいさつ》だ。ジューダスを追いかけたい気持ちはあったが、医務室に人が来た以上は対応しなければいけない。メリルは数歩下がって、薬品棚に近づいた。

「薬草かな？　それとも湿布？」

見たところ大きな怪我はしていないようだ。気持ちを切り替えて穏やかな笑みを浮かべて尋ねると、カルロスは少し歯切れ悪く話し出した。

「いえ……。その、実は……別件で用事がありまして」

「別件？」

「はい。メリル先生の催眠術のことを隊の奴らに言ったんですよ。凄《すご》い術なのに、知られていないなんてもったいないでしょう？　そしたら、みんなが催眠術なんて信じられないって言って」

「……え？」

「悔しいんで、連れてきちゃいました」

へらりと笑い、背にしていた扉を再び開く。そこには五名の兵士がずらりと並んでいた。

薄汚れた兵士服を着た男たち。その圧力に、メリルは後ずさりそうになる。彼らはメリルの顔を見ると、口々に「あの人が？」「思ってたよりも若いな」「めちゃくちゃ細いけど、大丈夫なのか？」などと呟《つぶや》いていた。沢山《たくさん》の瞳に見つめられて、メリルは思わずカルロスに詰《つ》め寄《よ》る。

「え、え、ええ？　カルロスくん⁉」

メリルを値踏みしていた男たちが不満そうな声を上げた。

「おい、カルロス。こいつが、お前が言ってた『凄《すご》い人』？　随分《ずいぶん》と頼りねぇけど」

「本当に催眠術なんて役に立つのか？」

「無理だろ、無理。そもそも王都の人間だ。後で金でも取られるんじゃねぇか？」

ただでさえ凶悪な顔をした男たちの、とげとげしい言葉。向けられる視線も猜疑心《さいぎしん》に満ちていて、友好的とは言いがたい。

「俺たちだって忙しいんだよ」

「だいたい、治癒魔術師が駄目だから催眠術師……って言うなら、この催眠術師に他の治癒魔術師に治癒してくれるよう頼んでもらえよ」

口々に不満を述べる男たち。

それはそうだろう。自分たちは毎日必死に働いて国を守っているのに、王都から来た人間は温かい室内でのうのうと過ごしている。できるはずの治癒もしない。不満が溜まっても仕方がなかった。

だが、カルロスはそう思っていないようだ。

「はぁ？　お前らふざけんなよ。ちゃんと効くって言ってんだろうが！」

メリルにはいつも穏やかで陽気な顔しか見せたことのない彼が、額《ひたい》に青筋を立てて怒り出す。

「どうだかな」

馬鹿にした返事に、ますますカルロスの雰囲気が尖《とが》る。

自分の催眠術を巡って言い争う兵士たちに、メリルは慌ててカルロスを宥《なだ》めた。

「カルロスくん、その、無理に催眠術をかけるのは良くないから……ね？」

「でも、メリル先生の術はちゃんと効くんですよ！　侮《あなど》られたままだと悔しいじゃないですか！」

真面目な表情からはメリルを困らせようとか、からかおうなんて思いは一切感じられない。本当によかれと思って他の兵士を連れてきたようだ。

しかし困って眉を下げるメリルを見て、彼は急に叱《しか》られた犬のようにしょぼんと肩を落とした。

「もしかして、駄目でした……？」

「いや……その、私は治癒魔術師ではないよ」

なりたかったけど、治癒魔術師ではない。なれなかった。魔力がないのだから……

「催眠術しかかけられない……彼らと、君の期待には応《こた》えられないと思う」

治癒魔術師なら良かった。もし治癒魔術師だったら、メリルは惜《お》しみなく兵士に治癒をして回っただろう。魔力の使いすぎで疲労するくらい気にしない。

だけど違うのだ。治癒したくてもできない。カルロスの期待に応《こた》えられないことが申し訳なくて、苦しかった。

催眠術を使って期待外れだと言われることも怖い。

王都でも「治癒魔術師がいなければ使ってやる」と言われていた。もし兵士たちが、治癒魔術師と同等の威力を望んでいるなら、メリルでは力不足だ。

「彼らの言う通り、催眠術はたいしたものではないから」

「そんなことないっすよ」

カルロスは強く首を横に振った。

「俺は催眠術と治癒魔術の違いも分からないんすけど……メリル先生が凄《すご》いってことだけは分かります」

首を傾《かし》げ、メリルの顔を覗き込む。

自分の心を守りたくて口にした言葉をあっさりと乗り越えられて、メリルは目を見張った。

(……どうせ、治癒魔術師と比べられるだけなのに)

カルロスの黒い瞳を見ながら、メリルの脳裏《のうり》に王都の記憶が浮かんでは消えていく。その間も、他の兵士たちの視線が横顔に突き刺さる。

断ってしまおう。ここの兵士には、催眠術ではなくて、薬草で心身を癒《いや》してもらえばいい。催眠術を試してみて、やっぱり使えない、と言われるよりもそのほうがマシだ。

だが、メリルが口を開こうとした時、不意に廊下にいた兵士たちが慌て出す。

「おい！　カルロス！　整列！」

「できないなら直立しろ、直立！　ぼうっとするな馬鹿！」

「へ？」

カルロスに怒声を飛ばした兵士たちが一気に静まり返り、その姿を消す。察するに、廊下に整列したようだ。どうしたのだろうかとメリルとカルロスが顔を見合わせていると、ぬぅ、と逞《たくま》しく大きな体が入り口を塞《ふさ》いだ。

「あ！　サディアス将軍……！」

叫んでしまった口を塞《ふさ》ぎ、カルロスが慌てて直立する。

さっき廊下でバタバタしていたのは、サディアスが来たせいだったのか。

サディアスはぎろりとその鋭い瞳をカルロスに向ける。それからゆっくりと視線を動かして、メリルに合わせて止めた。

「メリル殿。少し、いいだろうか」

「え、私ですか⁉」

「ああ。カルロス、外してくれ」

「はい！」

その言葉にカルロスは飛び上がり、小走りで医務室を飛び出していく。部屋を出る瞬間、心配そうにちらりとメリルを見た。だがそれも一瞬で、すぐに扉は閉められ、メリルは部屋にサディアスと二人きりで取り残される。

（私に……用事？）

緊張に、つぅと背筋を汗が伝う。催眠術で何か失敗していたのだろうか。それとも、やはり計画が知られてしまった？

「メリル殿」

ひぇ、と小さく漏《も》れそうになった悲鳴を呑み込む。青くなりながらサディアスの顔を窺《うかが》うと、彼は鋭い瞳のまま……メリルに向かって小さく頭を下げた。

「昨日は助かった」

「…………え？」

何を言われているのか一瞬分からなくて聞き返す。すると、サディアスは先程よりもしっかりと伝えた。

「催眠術だ。あんなに早く眠りにつけたのは、五年……いや十年ぶりかもしれない」

バレたわけではなかったのか。メリルは胸を撫《な》で下《お》ろして、ほっと息を吐く。

「催眠術ですか……」

それにしても、わざわざ礼を言いに来るとは。王都の文官たちとは大違いだ。じんわりとそのことが胸に響く。

サディアスはこの砦《とりで》で一番忙しいいし、医務室は彼の執務室から遠い。わざわざ時間を作り、直接礼を述べてくれたのか。メリルを呼びつけるなり人を遣わせるなりできただろうに、自ら足を運んで。

彼の言葉に感動するのと同時に、それほどまでに眠れていなかったのかと心が痛んだ。彼の顔は昨夜よりも幾分、血色が良い。

「そうですか……十年……。お辛《つら》かったでしょう」

「いや」

強がりなのか、それとも本当に心が強いのか。彼は軽く首を横に振る。

「あの後、朝まで眠れましたか？　中途覚醒《ちゅうとかくせい》は？」

「日が昇る前に目が覚めた。その……悪夢を見て」

「悪夢？　いつも見るのですか？」

悪夢なんてそれほど連続して見るものではない。それが彼に不眠を齎《もたら》している原因かもしれなかった。彼が不眠に悩んでいる期間は、数日ではなく十年にも及ぶらしいのだ。夢こそ無意識の産物。もしかして、これは呪いなのか。だけど怪しげな気配は感じなかった。

「どんなものか、お聞きしても？」

その悪夢を知れば、確実に不眠を治す手掛かりになる。思わず、メリルはずいと体をサディアスに寄せた。

しかし彼は、途端に口を引き結んでしまう。

固くなった彼の表情に自分の失敗を悟り、メリルは口元を押さえた。

「あ……すみません。出すぎたことでした」

「いや、こちらこそすまない」

「今日も眠りのお手伝いをしますね。よろしければ、ですけど」

「頼む。いや、頼んでもいいか」

悪夢の内容を話せないことに、少し気まずそうにサディアスは口元を歪《ゆが》めている。だがまた催眠術をかけようかと申し出ると、食いつくように返事をした。その様子に自然とメリルの頬は緩《ゆる》む。

「もちろんです」

「多忙だというのに申し訳ない。感謝する」

この砦《とりで》で一番偉いはずのサディアスは、メリルの薬臭い両手をぎゅっと握って頭を下げた。その真摯《しんし》な態度にメリルの胸の中にさざ波が立つ。

今まで、どれだけ文官たちに催眠術をかけても、心から感謝されることなんてなかった。一方、サディアスは格下である自分にも礼を述べてくれる。

噂で聞いていた血に濡れた将軍像とは大違いのその姿に、戸惑《とまど》って瞳が揺れた。

(こんな人に、催眠術で恋をさせろだなんて……していいのかな……)

王女の命令を無視して王都に帰るなんてことはできない。第一、メリルが失敗したら、ジューダスが何をするか分からなかった。

けれど目の前のサディアスは恐ろしい顔立ちでありながら、誠実な内面を持った男だ。

(マリアローズ王女も、彼とちゃんと話したら好きになるかもしれないのに……)

血まみれ将軍なんていう色眼鏡を外し、彼と話してみれば印象が変わるかもしれない。彼女は熊《くま》だ獣《けもの》だと吐き捨てていたが、サディアスは柔らかな性格の、品のある男なのだ。そして、人に弱みを見せることを良しとせず、しかし立場に驕《おご》ることなく感謝のできる男だ。

(少しの間だけでも……平穏な眠りを届けてあげたい)

サディアスの固く温かい掌《てのひら》の感触を感じながら、メリルはそっと心の中で誓った。同時に、サディアスの期待を裏切らないといけないことに、ちくりと心が痛む。

「メリル殿。そういえば先程の兵士たちは？」

「あ、……えっと、催眠術をかけてみてほしいと、カルロスくんに言われたんです」

そう告げると、優しく蕩《とろ》けていたサディアスの目が吊り上がった。

「すまない、忙しいのに。メリル殿の手を煩《わずら》わせないように伝えておく」

「いいえ。……催眠術で良ければ、みなさんにかけてみようと思います」

「平気なのか？」

「はい。催眠術は魔力をほとんど使わないので、力が枯渇《こかつ》することもありませんし」

メリルは力強く頷《うなず》く。

本当は、さっきまで臆病風に吹かれて、催眠術をかけることは断ろうと思っていた。だけどサディアスがこうしてメリルに礼を言いに来てくれて、気持ちが変わる。

単純かもしれない。だけど、サディアスに背中を押された気持ちに勝手になっていた。

「私の術を求めてくれる人がいるかもしれません。百人に一人……それ以下かもしれませんけど、誰かの役に立てるかもしれないなら、力を尽くしたいと思ったんです」

サディアスのおかげで、そう思えた。その言葉は胸にしまっておいたものの、メリルは彼の黒い瞳に向かって微笑《ほほえ》みかける。

ザカリアはサディアスの大事な土地。彼の言動から、痛いほどそれが伝わってくる。その土地の人々を少しでも助けたい、と願いはじめていた。

第三章　恋の催眠術

転機というものは、願うよりも早く訪れるものらしい。それこそ、心の準備ができないほど早く。狼《おおかみ》の遠吠えも聞こえない夜半過ぎ。魔石に照らされた薄暗い廊下を進み、メリルはサディアスの部屋を訪れていた。

（もう、この廊下の暗さにも慣れてきたな）

早いもので、来訪も五度目となっている。

最初こそ遠慮がちだったサディアスも、三度目辺りからは催眠術をかける前に『明日も頼めるか？』と聞いてくるようになった。部屋の前に立つ護衛の兵士も慣れたもので、地味なローブからメリルの銀髪が見えると、すんなりと道を開けてくれる。

「失礼します」

「あ、メリルさん。いらっしゃい」

その晩も慣れた手つきでノックをしてメリルが部屋に滑り込むと、レイノルドが客間の椅子に座っていた。彼はいつも、催眠術をかける時はこの客間で待機している。本来の部屋の主であるサディアスは寝室にいるようで、姿が見えない。

メリルが扉を閉めたのを確認すると、レイノルドは微笑《ほほえ》んだ。

「ちょうど良かった」

「どうかしましたか？」

「いやね、悪いけど今日は俺、席を外すから。それを言っておこうと思って」

「……え？　レイノルド副将軍、いらっしゃらないんですか？」

「うん。調理場のほうでいざこざが起きちゃったみたいでさ〜。行かなくちゃいけなくて」

そう言うと彼は、組んでいた長い足を床に下ろし、軽やかに立ち上がる。

「強面《こわもて》の大男と二人きりにして申し訳ないが、よろしくね。大丈夫？　怖い？　噛みつかないとは思うんだけど」

「い、いえ。もちろん大丈夫です。私のほうは問題ありません」

「じゃあ頼んだよ」

サディアスにやや失礼なことを言った彼は、メリルが頷《うなず》くのを見ると、再び甘く微笑《ほほえ》む。それからメリルの肩をポンと叩《たた》くと、あっさりと扉に向かった。

その後ろ姿を見送ったメリルは、サディアスがいる寝室にそっと足を進める。

しんと静まり返った室内。寝室からはサディアスらしき人の気配が少しだけする。その静寂の中で、メリルの掌《てのひら》にじわりと汗が滲《にじ》んだ。

(これは……もしかして、またとない好機じゃないか？)

今までサディアスには四回催眠術をかけていて、いくらか彼の心はメリルに対して開いているはず。そして監視していたレイノルドは不在。唾《つば》を呑み込むと、ごくりと喉が鳴った。

もしバレたら……と考えかけるが、それよりもジューダスの言葉が頭に浮かぶ。

『英雄殺しの汚名を着せられたくないだろう？』

その言葉が本気なのかは分からないが、ジューダスはサディアスを害することも厭《いと》わない。彼にとっては、マリアローズの命令が何よりも重いのだ。国を守る英雄の命よりも、ずっと。

(殺されるくらいなら……私と恋に落ちてもらおう)

緊張に震えそうになる足を叱咤《しった》し踏ん張ると、メリルは寝室に続く扉の前に立つ。扉は開け放たれているので、サディアスはメリルがこの部屋にいることに気が付いているだろうが、念のため声をかける。

「サディアス将軍、失礼します」

「入ってくれ」

すぐに返事があり、メリルは中を覗き見た。サディアスはいつものように上半身裸のまま、ベッドに腰掛けている。その手には書類の束。メリルが入ってくると、それをさっとサイドテーブルの引き出しにしまった。

「お仕事中でしたか？」

「いや、もう終わらせる」

「そうですか。寝る寸前まで書類を見るのはおすすめしませんよ。眠りにつきにくくなります」

「そうなのか……。他にやることがないと、つい」

「お忙しいですものね。でも、ゆっくりと休むことが、今は何よりも大事ですよ」

意見しようものなら斬《き》り捨てそうな顔をしているのに、メリルの言葉にサディアスは素直に頷《うなず》く。

「……それでは、催眠術をかけますね。ベッドに横になってください」

普段通り。普段通り。メリルは心の中でそう唱える。でないと、緊張で声が裏返りそうだ。

平静を装《よそお》って足を進める。ベッドに寝ころんだ彼の傍《そば》に立って見下ろした。

「目を閉じて、深く呼吸を繰り返してください。呼吸をする度に、体がゆっくりと重くなっていきます。額《ひたい》に意識を向けてください。眉間《みけん》からゆっくりと緊張がとれて、力が抜けていきます」

いつもよりも更に慎重に、だが不自然にならないように意識する。集中してなけなしの魔力を言葉に乗せた。それを丁寧に練《ね》り、彼の意識の奥にまで入り込ませる。意識の殻《から》をかいくぐり、その先の無意識の領域にまで。

「体が重くて、ベッドに沈み込んでいきます。瞼《まぶた》も開きません。意識も一緒に沈み込んでいきます。そして眠ることに躊躇《ちゅうちょ》していた気持ちが、消えていきます」

ここまではいつもと一緒だ。サディアスがゆったりとした眠気の波にもう呑まれているのが見えた。前よりも心が緩《ゆる》んでいる。

――今ならいける。

そう確信して、今までとは違う催眠術を口にした。

「ゆったりと眠り……目が覚めたら、サディアス将軍は、私――メリル・オールディスのことが好きになります」

ぴく、と彼の小指の先が揺れた気がする。だが起きる気配はない。緊張したままメリルは文言《もんごん》を続け、彼の心に入り込み続ける。

「メリル・オールディスのことが誰よりも魅力的に見え、好きで、好きでたまらなくなります。まるで運命の相手のように。ずっと恋《こ》い慕《した》っていた相手のように。情熱的な恋の炎が心を焦《こ》がし、愛するようになります」

床に膝をつき、そっと彼の耳元に唇を寄せた。唇が触れるほど近くで息を吹き込むように甘い言葉を囁《ささや》く。

「メリル・オールディスのすべての言動に心が揺れ、彼のことしか考えられなくなります。甘い恋に心が搦《から》め捕《と》られ、他の人を愛せなくなります。駄目だと思っても、心が蕩《とろ》けるような恋から逃げられなくなります」

そっと息を吸い込むと、爽《さわ》やかな香りがする。サディアスの付けている香だろうか。何故《なぜ》かその香りに、メリルはどきりと心臓が跳ねた。サディアスに催眠術をかけているのに、自分が搦《から》め捕《と》られてしまいそうだ。

「他の人への恋情はすべて、まやかしです。メリル・オールディスだけが、あなたの恋の相手です」

ゆっくりと言葉を繰り返して彼の無意識の中に積み重ねていく。『マリアローズを好いている』という事実を、思い込みとして退《しりぞ》け、自分が取って代われるように。

仕上げとばかりにそっと彼の頬に手を触れると、更に唇を近づける。彼の体温も肌の匂いも感じそうなほど近く。手には少し硬い皮膚の感触。

「甘い蜜のような恋の夢に落ちていきます。目を覚ましても、決して醒《さ》めることのない夢に」

顔を離して彼の顔を覗き見ると、いつしかサディアスは眠ってしまったらしい。すぅすぅと柔らかな吐息が口元から漏《も》れ出《で》ていた。

催眠術はかかったのだろうか。眠りから覚めないと分からない。不安と罪悪感から指先が震える。

「……おやすみなさい。どうか、安らかな眠りと、甘い夢を」

今は彼の寝顔を見つめることしかできず、メリルは祈るような気持ちで呟《つぶや》いた。


朝の光に満たされた医務室の中で、メリルは薬瓶を抱えながら一人物思いにふけっていた。

(……やってしまった。ついに、恋の催眠術をかけてしまった)

ふー、と息を吐いて平常心を装《よそお》うが、昨日の夜は緊張で眠れなかった。

メリルはいつもよりも更に白くなった顔をぶるぶると横に振って、恐怖心と罪悪感を忘れようとする。だが頭に浮かぶのはサディアスのことばかりだ。

果たして、しっかりとかかったのだろうか。それとも心は開ききっていなかった？　眠りに落ちる直前を狙ったから、術にかかっていなくてもバレてはいないと思うが……。バレていたらどうしよう。寝ぼけていたのでは、と言い逃れができるだろうか。そんな甘い人間ではない気がする。

企《たくら》みが知られたら斬《き》り殺されるか、それとも拷問か。それを思うとぞくりと背中に冷たいものが走る。

何しろこの砦《とりで》の将軍の心を操ろうとしたのだ。敵国の間諜《かんちょう》だと思われたらどうしよう。

時間を戻すなんてことはできないのに、後悔が襲ってくる。いや、でもそうしないとジューダスが何をするか分からなかった。

ぐるぐると頭の中を思考が回る。大きなため息を吐き出すと、後ろから明るい声が飛んできた。

「メリル先生？　大丈夫ですか？」

「あ、……カルロスくん」

カルロスの言葉に、は、と意識が引き戻される。騒がしい医務室の中でぼんやりするなんて。慌てて首を横に振って雑念を飛ばした。

「いや、平気だよ。ごめんね、少し寝不足みたいだ」

「メリル先生は華奢《きゃしゃ》ですし、心配です。沢山《たくさん》食べないと、この寒い土地ではすぐにぶっ倒れてしまいますよ！」

戦いを生業《なりわい》とするこの砦《とりで》の兵士たちは規格外に大きい。メリルは痩《や》せてはいるが、華奢《きゃしゃ》なんて言われたことはなかった。華奢《きゃしゃ》というのは、それこそマリアローズのような繊細《せんさい》な優美さを持つ人のための言葉だ。決して魔術書にかじりつき、埃《ほこり》と薬にまみれた男のためではない。

そう思うが、わざわざ反論するのも憚《はばか》られて、メリルは誤魔《ごま》化《か》すように笑った。

「大丈夫だよ。それよりカルロスくん、今日は何が必要？」

「えーっと、緊急でなくて悪いんですが痛み止めと、あと回復薬とかもあれば」

「回復薬？　やっぱりみんな疲労が溜まっているのかな？」

「そうっすね。まぁしょうがないっす。敵はいつ来るか分からないですし、夜の見張りもありますし」

休息をきちんととっても、緊張を強《し》いられる日々では心身が回復しきれないのだろう。

眉根に少し皺《しわ》を寄せたメリルに、カルロスは慌てて言葉を重ねた。

「あ、でも、そう言えば。メリル先生に催眠術をかけてもらった奴らが、メリル先生に会ってこいって煩《うるさ》くて」

「え？」

心臓がドキリと鳴った。

メリルの催眠術を信用してくれなかった兵士たち。彼らを「試しに」と説得し、つい先日、催眠術をかけたのだ。

「ど、どうだった……？」

催眠術の効果を聞く時はいつも緊張する。効かなかった者がいないか。効いたけれど不満がある者がいないか。……治癒魔術のほうが良かったと言われていないか、心がざわめくのだ。

不安な表情を隠せないメリルに、カルロスはにかりと白い歯を見せて笑う。

「凄《すご》く効いたって、みんな感動してましたよ！」

「……みんな、効いていた？」

「はい。体が軽いとか痛くないとか言ってました。礼に行くって煩《うるさ》かったんですけど、大勢で医務室に押しかけたら迷惑なんでやめさせておきました」

カルロスの言葉を聞いて、ほっと肩から力が抜けた。知らずに全身が強張《こわば》っていたようだ。

「そっか……良かった……」

「いやもう、また診《み》てほしいって煩《うるさ》いんで、お時間あったらまたかけてやってください。放っておいてもいいですけどね」

安堵《あんど》の表情を浮かべるメリルに、カルロスはおどけた表情を作ってみせる。その優しさがまた、じわりと心に沁《し》みた。

王都ではどれだけ働こうとも、心を込めて催眠術をかけようとも、みんなメリルに見向きもしなかった。催眠術で癒《いや》した後に『ありがとう』と言われることはあったが、それも『治癒魔術師に比べたら弱いけれど』といった言葉がくっついていたのだ。感謝されるために仕事をしているんじゃない、と自分を奮い立たせていたが、疎《うと》まれることのほうが多い境遇は辛《つら》いものだった。

カルロスから真っすぐ発せられる言葉が胸に沁《し》みて頬が赤くなる。

「あまり人数が診《み》られなくてごめんね。そうだ、薬で良くなりそうな人には、これを」

嬉しさに浮き立った気分のまま、薬品棚の薬草をいくつか取り出す。それらをまとめてカルロスに手渡そうとした時、不意に背後から声をかけられた。

「おい、何をしている」

「あ、えっと、……ケイレブ様」

声をかけてきたのは、治療魔術師のケイレブという男だ。

もう五十歳を超えているだろう彼は、治癒魔術師団の中でも一番の年上でまとめ役だ。役職的にはジューダスよりも下位だが、実務経験が長く他の治癒魔術師から一目置かれている。

普段は重症者を診《み》ていて医務室には現れない人だ。

そんな男がどうして声をかけてきたのだろう。理由が分からなくて目を丸くしていると、厳しい口調で重ねて尋ねられた。

「何をしているか聞いている」

「すみません……その、この砦《とりで》の兵士たちはみな、慢性疲労や過去の怪我からの疼痛《とうつう》に悩まされています。なので薬と、術を」

「薬？　メリベール草は興奮剤だろう。それにリリアの実？」

ケイレブはちらりとメリルの手を見る。そして、薬草の色合いだけでそれが何かを言い当てた。

治癒魔術師として腕前が良いと評判の彼は、どうやら薬にも精通しているらしい。

メリルは驚いて目を見開いた。何しろ、ほとんどの治癒魔術師は魔術の腕こそ磨くが、薬なんかは庶民が使うもの、と見下しているのだ。何も言わないメリルに、ケイレブが畳《たた》みかける。

「そもそもリリアの実は弱毒性とはいえ、有害なもの。なんでこんな所に置いてあるんだ。まさかお前が持ってきたのか？　なんのために？」

彼はメリルを指さして詰問《きつもん》した。まるで毒薬を隠し持っていたかのような剣幕だ。やや白熱してきた口調の彼に、メリルはそんなわけないと首を横に振って、落ち着かせるように、あえてゆっくりと話し出した。

「メリベール草もリリアの実も、治癒魔術師団の備品として運び込まれていたものです。メリベール草は興奮剤として使われることが多いですが、少量を継続して使えば、血行を良くして倦怠感《けんたいかん》を取り除く優秀な回復薬になります。リリアの実の毒も、量さえ誤らなければ体内に蓄積《ちくせき》することはなく、安価に使える鎮痛剤です」

メリベール草にリリアの実。どちらも手に入りやすく、そしてその毒性からあまり人気がなくて価格が安い。つまり、一般兵士が使っても差しさわりのない回復薬と鎮痛剤になるのだ。うっかり混ぜて使ったら面倒なことになるが、それでも死ぬことはない。

「本来なら精製したものを使うべきなのでしょうが、この砦《とりで》には、一般兵士が使えるほどは備蓄《びちく》がありませんので」

本当は王都で使われているきちんと精製した高級なものを与えてあげたいが、とてもじゃないが数が足りない。兵士は数え切れないほどいるし、戦《いくさ》はいつまで続くか分からないのだ。

その言葉を聞いたケイレブは、じっとその厳しい瞳をメリルに向けた。

「お前は薬師ではないだろう。治癒魔術師でもないな」

「それは……はい。出すぎたことをして、申し訳ありません」

メリルはしまったと顔を歪《ゆが》めた。やはり薬の必要性を説明したところで、叱責《しっせき》されるだけだったか。それどころか生意気だと思われたかもしれない。

ここのところカルロスをはじめとした砦《とりで》の人間とは対等に話していたから忘れていたが、自分は催眠術師なのだ。治癒魔術師よりも常に一歩下がった存在でなければいけなかったのに。

だが、ケイレブはそんなメリルの考えを読んだようで、首を軽く横に振って顎《あご》を撫《な》でた。厳しい顔のままだが……まるで感心したと言わんばかりの仕草だ。

「……よく勉強しているな」

ケイレブはずいと手を差し出した。

「薬草を貸してみろ。魔力を流しておいてやる」

「へ？」

「魔力で強化すれば、もっと効果が出るだろう」

「……いいんですか？」

予想外の言葉に、メリルは思わず疑うような声を出してしまった。

何しろさっき、この薬草は一般兵士に使うと言っているのだ。それを手伝うなんて。あの自尊心の高い治癒魔術師が。

それはメリルにとって予想外だったが、医務室の他の人間にも驚きだったようだ。あちこちから視線が刺さる。

ケイレブはそれを全く意に介さず、深く頷《うなず》いた。

「構わない。治癒魔術師団の中で一番役に立ったのが催眠術師では、聞こえが悪いからな」

「ありがとうございます！」

メリルから薬草を受け取ると、さっそくケイレブが魔力を込めはじめる。途端に力を増す薬草に、カルロスが興奮したようにメリルの傍《そば》に寄った。

「良かったですね！　メリル先生！」

「うん。これで少しみなさんが楽になるかも……！」

ただの薬草でも良かったが、これで更に効果が高まる。少ない量でも多くの兵士に行きわたらせることができる。気まぐれだとしてもケイレブが協力してくれるとは、思ってもみなかった。

しかし喜びを噛みしめていると、何故《なぜ》か急にしん、と部屋が静かになる。

どうしたのだろうか。どこか覚えのある雰囲気に、医務室の扉のほうに視線を向けると……大柄で強面《こわもて》の美丈夫が立っていた。

「え、将軍？」

サディアスだ。何故《なぜ》ここに。しかも彼は真っすぐメリルを見ているが、少し視線が険《けわ》しい。まるで不機嫌さを隠しているかのようだ。

訪れていた兵士たちはあっという間に外へ逃げ出す。医務室内の治癒魔術師もあまり関わりになりたくないのか、誰もが急に席に戻ったり仕事をしている振りをしたりと忙しい。

その中でカルロスだけが、逃げる機会を失ったのかメリルの横に取り残されていた。

「メリル先生、どうしたんですか？　この間も将軍、いらしてましたよね。何か将軍に目をつけられることでもしました？」

メリルに囁《ささ》く。サディアスはその様子にぴくりと眉を動かすと、急に腕を伸ばす。逃げる暇もなく腕を捕られて、メリルはカルロスから一歩遠ざけられた。

サディアスはまるでカルロスなんて目に入っていないかのように、メリルにだけ視線を向ける。

「メリル殿。今、時間に余裕はあるか？」

「は、はい」

「では、ついてきてほしい」

つい頷《うなず》いてしまい、メリルは腕を取られたまま医務室の外に連れ出される。

ずかずかと大股で進むサディアスに、まるで縄をかけて引《ひ》き摺《ず》られる罪人のように引っ張られる。

ほぼ小走りで進みながら、メリルは内心震え上がった。

(こ、怖い。まさか昨日の催眠術のことがもうバレて、糾弾《きゅうだん》……いやもしかしたら処刑される⁉)

ありえないことではない。勘のいいサディアスのことだ。昨晩、変な気配を感じ取ったという可能性もある。このまま牢屋にでも入れられるのか。

言い訳もできずに口を開けたり閉じたりしながら引《ひ》き摺《ず》られて、メリルは足をもつれさせた。

「……すまない。歩くのが速かったか」

すると、ようやくメリルの様子に気付いたサディアスが歩調を緩《ゆる》める。だがその頃には、サディアスが目的とする場所に到着していたようだ。

「こちらへ。俺の執務室だ」

「失礼します……」

牢屋ではなかった。

メリルの腕を放したサディアスは、さっと扉を開けて室内を手で指し示す。まだびくびくと怯《おび》えたままのメリルは、躊躇《ちゅうちょ》しながらなんとか足を動かして部屋の中に入った。

広々とした執務室は、入って真正面に大きな机が鎮座《ちんざ》している。意外なことに部屋の窓は大きく、光がよく取り込まれて暖かい。窓の前には応接用の机と長椅子もあり、『血に濡れた北の砦《とりで》の執務室』という想像よりも、ずっと明るい雰囲気だ。

どこへ進んでいいのか分からずにメリルが棒立ちになっていると、サディアスはそっとその背を押して応接用の長椅子の前に連れていく。詰問《きつもん》するにしては柔らかすぎる仕草に、首を捻《ひね》った。

バレたのではないのか？

「あの……レイノルド副将軍は……？」

「レイノルド？　あいつに会いたかったのか？」

「いえ、会いたかったわけではないのですが、いつも一緒にいらっしゃるので」

「ここにいるのは俺だけだ」

少し落ち着いたかに見えたサディアスだったが、また鋭い空気を漂《ただよ》わせる。

「カルロスと親しそうだったが、彼とは？」

「は？　えっと、『彼とは』というのは、どういう意味ですか？」

サディアスの言っている言葉が理解できない。だから聞き返したのだが、余計に訳の分からないことを言われる羽目になった。

「……彼とは、恋仲ではない？」

「恋仲!?　そんなこと、ありえません！」

相手が将軍だということも忘れて、やや失礼な言い方で否定する。いつもなら忘れない丁寧な言葉は吹き飛んでしまった。

悪質な冗談だろうか。しかし、動揺するメリルを見つめるサディアスの瞳は、笑いもからかいも含んでいない。それどころか、まるで確認するように重ねて尋ねられる。

「では、恋人は？」

「おりませんが……」

「王都にも？」

「……王都にもおりません」

その言葉に、サディアスはほっとしたように目尻を緩《ゆる》める。そして小さく息を吸い込むと、とんでもないことを口にした。

「では、俺にもまだ機会があると思っていいだろうか」

「え？」

巨大な狼《おおかみ》を思わせるしなやかな体が忠誠を誓うようにメリルの目の前に跪《ひざまず》き、熱く見上げてくる。じっと見つめる黒い瞳は澄んでいて美しい。だが、頬や額《ひたい》には無数の小さな古傷が散り、彼がただの色男ではないと示している。

跪《ひざまず》いた彼が口にした言葉にメリルは驚き、固まってしまった。

「……あなたに一目会った時から惹《ひ》かれていた。俺のような武骨な男に迫られても迷惑なだけだろうと気持ちを押し殺していたが、もう我慢できない。他の男に攫《さら》われる前に想いだけでも告げたくて、呼ばせてもらった」

無骨なサディアスの手が、メリルの細い手を取る。薬草くさいだろうに、彼はその白い手の甲に口をそっと押し付けた。そして、深く落ち着きのある声で、甘く囁《ささや》く。

「どうか俺の恋人になってもらえないだろうか。……美しい人」

うっとりとした視線。男らしい顔の頬が少し緩《ゆる》み、愛《いと》おしいと言わんばかりに見上げている。もし、令嬢がこんな色男に甘く求愛されたら、すぐに恋に落ちてしまうだろう。

しかしメリルは驚きに息を呑むと、目を大きく開いてサディアスの顔を見つめた。

(待ってくれ……嘘だろう。まさか、まさか……こんな)

マリアローズに求婚したサディアス。花のように可憐《かれん》な彼女に一目惚《ひとめぼ》れした、と聞いている。求婚までしているのだから、その恋情は彼女に向かっているはずだ。だが今のサディアスは、まるでその一目惚《ひとめぼ》れの相手であるかのように熱い視線をメリルに向けていた。

にわかには信じがたい。

(こんなに簡単に、催眠術にかかるだなんて……!)

嘘だろう。自分がかけた催眠術だが、すんなりとは呑み込めない。彼の変わりようにも。

「は、……え、っと」

「急にこんなことを言われて、混乱するのは分かる。男同士なので躊躇《ちゅうちょ》するところもあるだろう。返事は急がない。ただ……あなたを口説《くど》くことを許していただけるだろうか」

言葉が喉につかえて返事ができない。上手《うま》いことはぐらかさなければ、と思うのに、動揺が隠し切れなかった。口の中で言葉にならない声を出していると、跪《ひざまず》いたままのサディアスが微笑《ほほえ》む。

「美しい人。いつか、あなたを恋人として独占させてもらえないだろうか」

視線から圧力を感じる。さすが軍神と呼ばれる男だ。強い目力に気圧《けお》され、まるで小動物にでもなった気分だ。そんな場違いなことが頭に浮かんでくる。

「あ、う……」

口をぱくぱくさせていると、サディアスは立ち上がり、掴《つか》んでいたメリルの手を引く。強い力に彼のほうへよろめいてしまい、太い腕にがしりと抱きとめられた。

逃げられないほどの腕力。間近に感じる彼の熱い体温。

「え、え、っと」

片手を掴《つか》んだ状態で、もう片方の手がメリルの腰に回る。隙間なくぴったりと体を押し付けられて、初めてのことに目を白黒させているうちに、吸い込まれそうな黒い瞳にうっとりと見つめられた。

「え、ちょ、ちょっと」

「あなたは本当に美しいな……」

彼はメリルの顔を覗き込む。

別に美しくなんてない。むしろドブ鼠《ねずみ》と呼ばれているほど、地味で小汚い男だ。

催眠術にかかっているせいだと分かっているが、思わずそう反論したくなる。

だがそれよりも、近くなっていく距離にメリルは危機感を覚えるべきだった。

身じろぎすらできないほど強く体を抱きしめられて、サディアスの吐息を頬に感じる。距離が近すぎると思っていると、メリルの手を握っていた彼がその手を放し、代わりに顎《あご》を掴《つか》んだ。

「え……？」

精悍《せいかん》な顔が迫ってくる。でも顎《あご》を掴《つか》まれて動けない。体も彼の腕の中。

ぱちりと瞬《まばた》きをしている間に、するりと近づいたサディアスの顔が眼前いっぱいに広がる。甘い視線に見つめられたまま、ふわりと柔らかい感触が唇に触れた。

（嘘だろ——!?）

ふわ、とくっついた何か。それは、明らかにサディアスの唇だ……予想していなかったことに頭が働かない。体もびしりと固まり、メリルはされるがままになる。

その唇がふにふにと唇を押し、あまつさえ薄《うっす》らと口を開いてぺろりと舐《な》めたところで、メリルはようやく気が付いた。

キスされている。これはキスだ。

頭が理解して、精いっぱいの力でサディアスの体を押す。しかし彼の体は分厚く強靭《きょうじん》で、ぴくりとも動かない。柔らかい舌がメリルの唇を舐《な》め、それを割り開いて中に入ってくる。

「んッ、……っ、んん」

口の中に入り込んできた舌が、頬の内側の柔らかい所を辿《たど》った。ざらりとした舌の表面で擦《こす》られると、ぞくぞく、と背筋が震える。

柔らかく甘い舌が口内を好き勝手に動き回り、歯列を舐《な》めた。口の中で縮こまっているメリルの舌を搦《から》め捕《と》る。口の中をくまなく味わい尽くし、メリルを食べてしまうようなキスだ。

こんなこと知らない。どうしていいのか分からず、彼の胸に腕を突っ張っても放してくれない。

力の差が圧倒的で、向こうは抵抗していることすら気が付いていないのかもしれない。

されるがままに口の中を嬲《なぶ》られて、とろりと唾液《だえき》がメリルの唇の端から漏《も》れた。

体から力が抜けそうになって、メリルは再び我に返る。

だん、と強く彼の足を踏んだことでようやく唇が解放された。

「ま、待ってください……！」

「メリル殿？」

「っ、な、何をするんですか!!」

唇を掌《てのひら》で覆《おお》い、大声で叫ぶ。恋愛に縁のなかったメリルにとって初めての口付けだ。別に大事にとっておいたわけではなくて、本当にただモテなかっただけだけれど、それでもこうもあっさり奪われると怒りが湧いてくる。しかも口内まで舐《な》められて、その卑猥《ひわい》さにくらくらした。

「口説《くど》くと言っても、キ、キスなんて、普通しないでしょう！」

「……すまない。気が逸《はや》っていた。何故《なぜ》かあなたを見たら、気持ちが抑えられなくなって……」

濡れた唇を拭きながらふーふーと怒った猫のように唸《うな》るメリルに、サディアスは眉を下げて顎《あご》を擦《こす》る。だがメリルの怒りは感じたのか、眉を下げた。

「怖がらせてしまったなら申し訳ない。今後は決して、あなたの許可がないのに不埒《ふらち》な真似はしない」

「……本当に、もうやめてくださいね」

「ああ。嫌がることはしないと誓う。だから……駄目だろうか。あなたの恋人に、立候補したい」

将軍である彼が謝罪する姿に、怒っていたメリルの勢いが削《そ》がれていく。何より、もともとはメリルが催眠術をかけたせいでサディアスは彼を好きになってしまったのだ。

「うう……はい……、分かりました」

普段禁欲的なサディアスが異常行動を起こしたのだとしたら、それはメリルのせいだ。強くは非難できなくて、メリルは少し渋面を作りながらも頷《うなず》く。

それにメリルは彼の気持ちを引きつけて、求婚を取り下げさせないといけない。

「ありがとう」

「……な!?」

サディアスはまたメリルの手を握り、今度はその手をくるりとひっくり返して掌《てのひら》に口付けてきた。

さっきメリルの唇にキスをしたその唇で。

敏感な掌《てのひら》は、より鮮明に彼の唇の柔らかさを感じてしまい、メリルは飛び上がる。ひったくるように手を放させると、胸の前でぎゅ、と抱きしめた。

その初心《うぶ》な姿を笑みを含んだ瞳で見たサディアスは、ゆっくりと体を離す。

「良かったら昼食を一緒にとらせてもらえないか？　先約は？」

「ありません、けど……」

「けど？」

「みなさん、食堂でお食事されるんじゃないんですか？　その、あまり目立ってしまうのは……」

「ああ。心配ない。中隊長よりも上の人間は、自由に砦《とりで》の外に出られる。メリル殿たち治癒魔術師団の方もだ。だからメリル殿が良ければ、街の店で食べよう」

街の店、と聞いてメリルはぴくりと反応した。

正直、この砦《とりで》の食事にはもう飽きている。いや、辟易《へきえき》していたと言っても過言ではない。大きな声では言えないが、若い兵士が多いせいか、味付けが濃く脂っこいし量も多いのだ。しかも誰も彼もかき込むように食べるので、合わせないといけないと焦《あせ》ってしまい、どうにもくつろげない。

メリルはここに来てから落ち着いて食事をしたことがなかった。

しかし食事に文句をつけられる性分ではなく、食べられるだけありがたいと不満を呑み込んでいたのだ。砦《とりで》の外は、てっきり出られないのだと思い込んでいた。

「外の食事、ですか？」

「ああ。メリル殿が嫌でなければ」

「嫌じゃないです。その……むしろ、連れていってもらいたいです」

「良かった」

サディアスは心底嬉しそうに微笑《ほほえ》むと、再びメリルの手を取る。手を引っ張られたメリルは、焦《あせ》って彼を止めた。

「え、ちょ、待ってください」

「ああ、すまない。このまま外に出たら、周りにバレてしまうな」

「いえ、そういうことではなくて……」

口説《くど》く、とは言われたが、付き合っているわけではない。それなのに手を握られるなんて。

メリルがそれ以上言う前に、ぱっと手を放される。

（……わざと見せつけようと？）

いや、そんな訳がないか。ジューダスは「将軍は堅物」と言っていたし、偶然だろう。

それにしても、まさかこんなことになるとは。

この部屋へやってきた時と違い、ゆっくりと歩くサディアスの背中をメリルは見る。心なしか嬉しそうなその背中に、彼は内心頭を抱えた。

催眠術をかけて惚《ほ》れさせるということがあまりにも困難に思えたから、彼が本当に術にかかった後のことを全く考えていなかった。彼が術にさえかかれば、後はどうにかなると高を括《くく》っていたのかもしれない。

だが今、人に惚《ほ》れられるということが急に現実として降ってきた。催眠術にかかっているだけと分かっているのに、頬が熱くなって戻らない。

メリルは恋愛経験が皆無《かいむ》だ。上手《うま》く躱《かわ》したり手玉に取ったりなんて、果たしてできるだろうか。

求婚を取り下げさせることも、不用意に口にしたら怪しまれる。まだ求婚しているということは公《おおやけ》にされていないのだから、ただの催眠術師のメリルが知っているのはおかしい。不自然にならないように、彼の心を惹《ひ》きつけて……上手に強請《ねだ》らないといけない。

（……これは思った以上に大変なことになった）

心臓がどきどきと早鐘を打つのは、不安からだけだろうか。

分からないまま、メリルはサディアスの後を追いかけた。

「わ、凄《すご》い！　賑《にぎ》わっているんですね」

敵国との境を睨《にら》みつけるようにそびえ立つザカリアの砦《とりで》。その砦《とりで》に守られている街は、敵国のすぐ側とは思えないくらい栄えている。

あれから数時間後。サディアスの馬に同乗させてもらい、メリルは街の大通りに出た。雑多な人の波と、数え切れないくらい立ち並ぶ小さな店の数々。どの店も品物が豊富で、客を呼び込む声に圧倒される。

寒くて何もない土地だと王都では言われているが、そんなことはない。たしかに王都のように優美な建物や、豪華な馬車は通ってはいないが、市場には熱気があった。人々の顔も明るい。

「ここは目抜き通りだな。春の間は露店も増えるから、活気がある。この辺りならメリル殿が一人で歩いても危なくない。だが細い路地には入らないでくれ。スリが多い」

「そうなんですね」

「もし土産《みやげ》が欲しいなら、食事の後で市場に寄ろう。ザカリアは装飾用の魔石が有名なんだ」

「魔石、ですか……」

サディアスの言葉に、そういえばザカリアは魔石が採れるのだと思い出した。

採掘量はそれほど多くないが、質が良い。灯りに使う日用品として使用する魔石もあるが、その煌《きら》めき自体に価値のある装飾用もある。メリルにはあまり縁のないもので、欲しいと嘘をつくわけにもいかず、曖昧《あいまい》に返事をした。その声音をすぐに読んだサディアスが苦笑交じりに言う。

「あまり興味がなさそうだな」

「そうですね。それよりも、この辺りに草木を扱っている店はありますか？」

「草木、というと花屋のことか？　それならここの通りの奥にあったな。欲しい花でもあるのか？」

「いえ、花ではないのですが……」

話しながら、サディアスが指で示す方向に体を乗り出す。すると風がひゅうと首元を通り抜けて、その冷たさにくしゃみが出た。

「寒い？」

「ええ、少し」

王都で買ったコートを着ているが、それは温暖な土地用に作られた薄くて軽いものだ。見た目は洗練されていても、防寒性に乏《とぼ》しい。風のない砦《とりで》の中でも少し寒かったのだ。外に出ると、当然風を通してしまって肌寒い。

自分の体を両手で抱えるメリルに、サディアスが自分の羽織《はお》っていた上着を脱いで被《かぶ》せた。

「これを」

「あ、いえ、大丈夫ですよ」

「俺は慣れているからいいが、メリル殿は肉がついていないから冷えるだろう」

断ろうとしたのに、やや強引に肩からかけられる。馬上で押し問答をするのも目立つだけだと思い、メリルは少し悩んだものの「ありがとうございます」と呟《つぶや》いて受け取った。

実際に、薄手のシャツだけでもサディアスはちっとも寒そうじゃない。上着を脱いだことで、彼と自分との体格の差がありありと分かる。それだけ鍛《きた》え方《かた》が違うのだと、この砦《とりで》で散々細いと言われてきた理由が分かった。上着を脱いで現れたサディアスの胸板は、優にメリルの倍ほど分厚い。彼の腕は筋肉で丸太のように膨らんでいるし、首回りもがっしりしている。

王都ではそれほど細くはないつもりだったけれど、彼に比べたらメリルなんて木の枝か子供だ。同じ男なのにこれほどまでに違うのか。ここまで違うと嫉妬心《しっとしん》すら湧いてこない。

借りた上着は想像通りに大きくて、メリルがもともと着ていたコートの上からでも羽織《はお》れた。袖も長く、腕を通すと指先まですっぽりと入ってしまう。

そんなメリルの様子を笑うこともなく、サディアスは馬を急がせる。それから数分もしないうちに、二人を乗せた馬は足を止めた。

「ここだ。メリル殿が冷え切る前に入ろう」

先程の賑《にぎ》わった大通りから一本路地を入った所。人の通りがまばらな、だがきちんと整備された道。その路地に目当ての店はあった。豪奢《ごうしゃ》な外装ではないが、店構えはなかなか大きい。

メリルとサディアスが馬から降りると、すぐに店の使用人らしい男が飛んできて馬を預かった。重たそうな扉をサディアスが開け、中に入る。すぐに店内から、威勢のいい大声が飛んできた。

「いらっしゃい！　……って、サディアスの旦那じゃないですか！」

「久しぶりだな、ルーカス」

でっぷりと太った主人が、大げさなほど驚いた顔で出迎えてくれる。年の頃は四十代半ばだろう。体格はいいが背はそれほど高くなく、威圧感はない。足が悪いのか、少しひょこひょこと動く様《さま》も彼から迫力を削《そ》いでいた。それに何より、丸まるとした顔と目じりに寄った皺《しわ》から、彼の陽気な性格が見て取れる。

「いや～、本当にお久しぶりじゃないですか！」

「すまないな、色々と立て込んでいて」

「いえいえ！　こんな小汚い店にね、英雄様がこうして暇を見つけて来てくれるなんて、幸せなことですよ！　ささ、どうぞ！　二階へ！」

ルーカスはにこにこ笑いながらサディアスを奥に案内しようとする。だが、サディアスの巨体の後ろにもう一人隠れていることに気が付いたようだ。

「おや？　お連れ様？　部下の方？」

「ああ。まぁ、部下……みたいなものだ」

「こんにちは。メリルと申します」

軽く会釈《えしゃく》するメリルに、ルーカスは目を丸くして、わざとらしく腕まくりをする。

「おやおや！　随分《ずいぶん》と美人で細い方が部下になられたもんだ！　これは沢山《たくさん》食べてもらわないとですな！　わたしはルーカスです、どうぞよろしくお願いします！」

「よ、よろしくお願いします」

「声までお綺麗で！　いや～、サディアスの旦那とはえらい違いですねぇ！」

「ルーカス、ほどほどに頼む。食事は持ってきてくれ」

まだまだ喋《しゃべ》りそうなルーカスを置いて、サディアスはメリルの背中をそっと押し奥に進んだ。

店の奥には上の階に繋がる階段があり、案内もつけずにサディアスは上っていく。上がった先にある個室に入ると、彼はメリルを席に座らせた。

室内は程よく暖まっていて居心地がいい。置かれた椅子もテーブルも高級品ではなさそうだが、よく手入れされているようだ。

「どうしても俺は顔が知られているから、あまり派手な店に入ると注目されてしまうんだ。ここの店は、主人は煩《うるさ》いが多少融通が利くからな」

サディアスもどかりと椅子に腰を下ろし、少し苦々しげに言う。嫌そうな口ぶりではあるが、さっきの様子からするとルーカスとはだいぶ親しい間柄らしい。

サディアスの言葉が途切れた直後、個室の扉が軽く叩《たた》かれる。返事をすると、器用に皿を片手で持ったルーカスが大きな腹を揺すりながら入ってきた。その後ろには他の店員らしき人たちもいる。

「店は小汚いですけどね、味には自信があるんで楽しみにしていてくださいよ!」

扉の外で話を聞いていたのか、ルーカスは茶目っ気のある笑顔を見せた。彼のふっくらした手で、魔法のように次々と皿が並べられていく。メリルの前にも、柔らかそうなパンと湯気を立てる深皿が置かれた。

「ささ、どうぞ熱いうちに」

目の前に置かれたのは、ザカリアの伝統料理だ。牛の肉の切れ端を、ディリルの実と雑多な野菜や芋《いも》と共に煮込むだけ。簡単なものだが、その分、料理人の腕が試される。

そんな濃い茶色のスープからは、食欲をそそる香りが漂《ただよ》っていた。仕上げに牛の乳から作ったクリームを垂らしてあるところを見ると、家庭料理よりも手をかけてあるようだ。

砦《とりで》の食堂でも何度も出てきたが、いまいちメリルの口には合わなかった。そのことを思い出して恐る恐る口にすると……

「……美味《おい》しい！」

食堂で食べたものとは全く違う。分厚く切られた肉はほろりと口の中で溶けるように柔らかく、それを浸《ひた》すスープは濃厚。だが決してしつこくはない。ふんだんに入れられた野菜はどれも滋味たっぷり。垂らされたクリームは甘いものではなくて、少し酸味がある。単調になりがちなスープを上手《うま》く引きしめていた。

同じ料理でここまで味が違うのか、とメリルは目を見開く。

「凄《すご》い、本当に美味《おい》しいです！」

「口に合って良かった」

サディアスもゆったりとした仕草でスープを掬《すく》い口に運ぶ。彼が「相変わらず美味《うま》いな」と言うと、ルーカスは嬉しそうに話し出した。

「それにしても、サディアスの旦那の部下様にしちゃあ、お綺麗な方ですね。新しい方ですよね？こんな方が砦《とりで》の生活に耐えられるんですか？」

「おい、ルーカス」

「あ、いえ。平気ですよ」

やや明《あ》け透《す》けで失礼な言い方に、サディアスが眉根を寄せる。

だが、この程度の言葉は気にならないと、メリルはサディアスに首を横に振ってみせた。別に綺麗でもなんでもないが、ルーカスとしては褒めているつもりなのかもしれない。軟弱と言われているのかと少し判断に迷ったけれど、好意的にとることにした。

「砦《とりで》のみなさんにはとても優しくしてもらってます。忙しいせいで、言葉の荒さ……みたいなのを最初は感じましたけど。でも困っていたら助けてくれますし、親切にしてもらっています」

「それは良かった！　メリルさんは秘書官か何かで？」

「いえ、私は……今は、治癒魔術師の使い走りをしています」

催眠術師と言おうか迷って、やめておく。隠しているわけではないが、わざわざ言いふらすことでもない。

「治癒魔術師様の！　それは大事なお仕事だ」

「いえ。私たちはあくまで裏方です。表で戦っている兵士のみなさんのほうが、ずっと大事です」

そうメリルが言うと、ルーカスは少しだけ目を見張る。それから小さく咳《せき》ばらいをして、飲み物のグラスをテーブルに置いた。

「そうですか。でも国王と、それから治癒魔術師様のおかげで、ザカリアの平和は守られております」

まるでこびへつらうようなことを言うルーカス。

治癒魔術師のおかげだなんて、そんなわけない。ザカリアも、なんならこの国全体の平和も、サディアスが守っているようなものだ。

「この街が平和なのは、サディアス将軍がいるからでしょう。それから砦《とりで》のみなさんが戦ってくれるおかげです」

冗談だと思ったメリルは笑って躱《かわ》す。その返事に、ルーカスはくぐもった声を出した。

「……王都の方なのに、お珍しいことを言いますね」

「そうですか？　当然のことかと……」

彼は人のよい顔つきのまま、メリルの瞳をじっと見つめてくる。メリルが不思議に思い首を傾《かし》げると、サディアスのほうを向いた。

「サディアスの旦那は、顔は怖いが誰よりも腕っぷしが立ちます。それに一兵卒相手にも平等で情に厚い。だから人がついてきます。ですが……あまり、王都の方には評価されてないと思ったんですがねぇ」

どこか哀愁を含んだ口ぶりに、メリルは内心どきりとした。今でこそ、メリルはサディアスがただの粗暴な男ではないことを知っている。この砦《とりで》を守るのがどれほど大変なことなのかも。

たしかに王都にいた頃は〝血まみれ将軍〟というあだ名を信じ、彼をその呼び名通りの人間だと思い込んでいた。冷酷非道な人間で、戦うことが好きなのだと。ここへ来たのだって、その噂を信じたマリアローズの命令のためだ。決して自ら志願して来たのではない。

だがそんな内心を知らないルーカスは、サディアスに顔を向けたまま熱心に語りかけていた。

「旦那、どうかこの街をお守りくださいね。旦那だけが頼りですから」

「分かっている」

ルーカスの熱い、いやどこか切羽詰《せっぱつ》まったような声にサディアスは力強く頷《うなず》く。彼は息を吸い込むと、真っすぐにルーカスを見つめ返した。

「安心しろ。絶対に、敵になんて攻め入らせない」

ぴんと伸びた背筋でそう言うサディアス。

鋭いばかりだと思っていた瞳は、熱意と優しさを孕《はら》んでいる。その力強さは、ただ彼の腕力によるものだけではない。きっと優しさから来るものなんだろう。

「おっと、楽しい食事を邪魔したらいけないですね！　ではわたしはこれで失礼しますっ！」

サディアスの返事に満足したらしいルーカス。彼はそう言うと、さっきの真剣さをひっこめておどけたように笑ってみせた。部屋を出るために彼が足を引《ひ》き摺《ず》りながら歩く度に、体がゆさゆさと揺れ、床板が軋《きし》む。

「すまない。煩《うるさ》かったな」

「とんでもない。楽しかったです。サディアス将軍は街の方に慕《した》われているんですね」

「怖がる人間も多いぞ」

サディアス自身は視線を落としてそう言うが、あの様子なら、きっと本人が思う以上に市井《しせい》の人に好かれているんだろう。王都にいたままなら知らなかった。

マリアローズも、彼のこういう姿を見ればいいのに。そうすればきっと、獣《けもの》だなんて酷《ひど》いことは言わなくなるだろう。

ほんの少し悔しさを感じて、メリルは唇を噛む。

だが……

「メリル殿、ルーカスのことよりも、もっと俺を見てほしいんだが」

「……は？」

低い声で言われた言葉に、変な声が漏《も》れてしまった。

さっきまで強い将軍としての顔を見せていたサディアスが、いつの間にかどこか甘い色を瞳に乗せている。

「それに、俺のことよりもメリル殿の話をしたい」

身を乗り出して甘い声で囁《ささや》かれ、メリルの体は固まってしまう。その様子を見たサディアスは、強面《こわもて》に似合わず緩《ゆる》く首を傾《かし》げた。

「駄目だろうか」

そっと伸びてきた手がテーブルの上のメリルの手に触れる。メリルの肩がぴくりと跳ねても、サディアスは手をひっこめてはくれない。

そっと手の甲を撫《な》でられて、それから握られる。剣だこの目立つ、固くて大きな手だ。

更に問いかけるように握った手に力を込められて、メリルは掠《かす》れた声を出した。

「そ、その……たいした話はできませんよ」

「あなたの話なら、なんでも聞きたい」

「そう言われても、何を話したらいいのか……」

「王都にいた頃は？　メリル殿がどういうふうに暮らしていたのか教えてほしい」

サディアスの男らしい唇が緩《ゆる》む。心底嬉しそうに微笑《ほほえ》まれ、胸が高鳴る。

これは催眠術にかかったから。催眠術で言わされているだけ。そう頭の中で何度も唱えるけど、彼の甘ったるい空気に呑まれそうになる。まるで彼が本当に自分に惚《ほ》れているかのように勘違いしそうになって、メリルは駄目だ駄目だと更に強く唇を噛んだ。

「王都で、ですか？　普通に働いていただけだと思いますが……」

「こんな美しい人がいたら、周りから求愛が絶えなくて大変だっただろう」

美しいなんて、そんなこと言われたことはない。ましてや求愛なんてありえない。そう思うのに、テーブルの上で握られた手の感触に、メリルの心臓が跳ね回る。

これは仕事。あくまでマリアローズの命令でやっていること。上手《うま》く会話を導いて、彼に求婚を取り下げさせないと。

メリルは心の中で決意するが……開いた口からは、上ずった声しか出てこなかった。


砦《とりで》の奥、医務室の裏手には、小さな中庭がある。

薄暗くなりがちなこの砦《とりで》で、空からの光を取り込むために作られたのだろう。廊下の薄い木の扉を開けると、その中庭に出られる。以前は兵士が休憩時間に使っていたようだが、最近はここまで来る人間はいないのか、打ち捨てられたように草が伸び放題だ。

その庭の更に奥にはこぢんまりとした聖堂がある。管理する聖職者のいない砦《とりで》では誰も手入れをしていないらしく、古びた聖堂は今は鳥の住処《すみか》となっていた。

その聖堂の前、中庭の端に座り込み、メリルは一人暗い顔をしていた。若干痛む頭を抱えて、大きなため息を吐《つ》く。

頭痛の原因は分かっている。昨日のサディアスの態度のせいだ。

「……どうしよう」

食事をしながら話した彼の姿は、あまりにも意外だった。彼は強面《こわもて》で、あまり喋《しゃべ》らない人なのだと思っていたのだ。

初めて見た時は、それこそ氷の彫像みたいだった。笑顔を見せず、大きな体躯《たいく》で砦《とりで》の守り神のように堂々と立つ、恐ろしい男。血まみれ将軍。誰よりも強く厳しい人なのだと思っていた。

だが、話してみたらどうだ。部下にも市井《しせい》の人間にも好かれていて、誰にでも分《わ》け隔《へだ》てなく接する気持ちのいい男だ。メリルとの会話にしても、相手を気遣ってよく話し、同時にこちらのつまらない話もしっかりと聞いて笑ってくれる。そんな優しさを持った人だった。

そう、ありていに言ってしまうと、楽しかった。昨日の昼食はとてつもなく楽しかったのだ。

この砦《とりで》に来てから初めての美味《おい》しい食事。暖かな店内、気のいい亭主。昼食だからと早めに切り上げたが、もし夕食だったら話が止まらなかったかもしれない。しかも、会話のところどころに交ぜられる甘い言葉に、気にしては駄目だと分かっているのに心臓がドキリと高鳴ってしまった。彼がメリルを口説《くど》いているのは、催眠術にかかっているせいだというのに。

『メリル殿は美しいのに、同時に可愛らしいな』

『あなたの小さな唇から囁《ささや》かれる言葉なら、一晩中でも聞いていたい』

『髪が灰色？　とんでもない。俺には月の女神よりも美しく見える』

熱い視線で貫《つらぬ》かれ、甘く囁《ささや》かれた言葉を思い出すと、腹の底がむずむずしてしまう。顔が赤くなっている自覚がある。

昼食が終わり、名残惜《なごりお》しげにする彼と砦《とりで》に戻ったが、その後もずっとふわふわとした気分だった。

それもこれも、自分に恋愛経験がないせいだろう。経験がないから、少し口説《くど》かれた程度で舞い上がってしまうのだ。

(私は、男が好きなわけじゃない、はずなのに……)

そう思っても、人生で初めて浴びせられた甘い口説《くど》き文句を思い出すだけで顔が赤く染まる。

そんな浮ついた気持ちを抱えたまま、昨日の夜もサディアスの部屋で眠るための催眠術をかけた。レイノルドは昨日も来なくて、二人きりで。

とくに何かされたわけでもないが、優しい目で見つめられて「深夜まですまない」と労《いたわ》られると、体の奥底からじんわりと甘い気持ちが湧き上がってくる。丁寧に扱われると、本当に自分に魅力があるのではないかと勘違いしそうだ。

(……私のほうが手玉に取られてどうする)

メリルは彼を虜《とりこ》にして王女への求婚を取り下げさせるためにここに来た。

本当なら、適当に彼を言いくるめて言うことを聞かせないといけないのに、彼に主導権を握られっぱなしだ。メリルのほうが振り回されている。

そもそも、よく考えると、彼は何百といる兵士を従える男だ。そんな男相手に、メリルの話術などが敵《かな》うわけがない。

強く、周囲から慕《した》われる人間で、命をかけて国を守る英雄。しかも話すと、とても優しい。それこそ、催眠術にかかっているだけだと分かっている自分でも浮かれてしまうほど。

自分はそんな人の恋路を邪魔しないといけない。

……何度考えても、自分のやっていることの正当性が見いだせない。命令だと割り切ろうとしても、そのことを考えると頭が割れそうに痛む。

は、とため息を吐《つ》きながら地面を掘っていると、不意に後ろから低い声が飛んできた。

「メリル、そこで何をしているんだ」

「あ、ケイレブ様」

ケイレブが廊下に立っている。偶然通りかかったのだろう。彼はメリルを見ると、ずかずかと大股で中庭に入ってきた。

「休憩中か……って、なんだそれは。苗？」

メリルの傍《そば》まで来た彼は、地面に置かれた小さな苗木を訝《いぶか》しげに見る。無言で「説明しろ」と睨《にら》まれて、メリルは少し躊躇《ちゅうちょ》しながら頷《うなず》いた。

「なんでそんなものを持っている」

「その……、ここの薬草はほとんどが王都から持ってきたものか、市場で仕入れたものですよね」

「まぁ当然、そうだろうな。他に入手の手立てはない」

「はい。ですがザカリアではいつも薬が不足しています。王都からの補給は冬の間、途絶えますし、市場からの供給も安定しません。……ですので、その、ここで少しでも薬草を育てられないかと思って、苗木を手に入れたんです」

メリルは手元の小さな苗木を見る。まだ若いが、育てばリリアの実が採れる。

「すべての種類の薬草を育てるのはもちろん無理です。ですがほんの一部、少しの量でも増やせれば、兵士のみなさんが薬を使いやすくなるかなと思いまして……」

王宮では、薬が足りなくなるなんてことを想像すらしなかった。薬はもちろん治癒魔術師も豊富にいて、下級文官でもしっかりとした医療が受けられる。

だけどこの土地ではそうではない。そのことを目の当たりにして、なんとかできないかと頭を捻《ひね》った結果、素材である薬草を育てようと考えつく。そこで昨日サディアスと共に街まで出たついでに、苗木を一つ手に入れてきたのだ。

だが……

「机上の空論だな」

ケイレブはメリルの言葉をばっさりと斬《き》った。

「苗を手に入れるのに金がかかるし、第一その薬草を誰が育てる？　お前はじきに王都に戻るんだぞ？」

苗木を指さすと、神経質そうな瞳でメリルを見る。

「そう……ですよね」

「薬は薬草をただ採取すればできるってものではない。加工が必要だ。知っているだろう？」

ケイレブの言う通り、苗木を育てるには手をかけてやらないといけない。そのことを指摘されたメリルは、がくりと頭を下げた。

しかし項垂《うなだ》れたメリルの頭に、予想外なケイレブの言葉が降ってくる。

「それなら、今ある備蓄《びちく》をより長期保存できるように加工してやったほうがいいだろう。それなら、お前がここにいる間にできる」

「……え？」

「他にも、備蓄品《びちくひん》に魔力を込めてやるのと、ああ、魔法陣を書いておくこともできるな。そっちは手入れもいらん」

「えっと、ケイレブ様？」

「少ない備蓄《びちく》の効果を増やせるように、他の治癒魔術師にも言っておいてやる」

備蓄品《びちくひん》に魔力。それから魔法陣。

つまり、ケイレブが助けてくれるということか？　他の治癒魔術師すらも巻き込んで。

想像していなかったことに、メリルは目を何度も瞬《またた》かせる。本当にケイレブが、いや治癒魔術師がそう言ってくれているのか、まだ信じられなかった。

「いいんですか……？」

「前にも言ったが、催眠術師が一番の働き者、というのは聞こえが悪い。他の治癒魔術師らが怠惰《たいだ》なのは確かだがな」

「ありがとうございます……！」

頭を下げるメリルにケイレブは、ふん、と鼻を鳴らす。そして、「そんなことよりも」と言って鋭い瞳を更に険《けわ》しく眇《すが》めた。

「お前は、一体どこでそれだけの知識を得た？　王宮に催眠術師がいるというのは知っていたが、ほぼただの使い走りだと聞いていた。だがお前の知識は、とても使い走りのものではない」

褒められているのだろうが、語気の荒さにどちらかというと詰問《きつもん》されている気すらする。

「まだ短期間しか見ていないが、催眠術や薬だけじゃない。治癒魔術、怪我の処置、果ては民間のまじないなぞも学んでいるな。何故《なぜ》だ？」

何故《なぜ》……言わねば掴《つか》み上《あ》げられそうなほど圧をかけられて、メリルは迷った。

別に隠しているわけではない。だがその『何故《なぜ》』に答えるには、メリルの生い立ちすべてをつまびらかに言わなければならなかった。数秒、誤魔化《ごまか》してしまおうかと考える。

それでも、真剣に見つめてくるケイレブの視線に、正直に口を開いた。

「あの……ご存じだと思いますが、私は魔力がありません。それなのに生まれた直後から、治癒魔術師となることを周りから期待されていました。魔力がないのに、です」

正直なところ、幼少期のことはあまり思い出したくなかった。何しろ子供時代には、楽しいとか嬉しいなんて感情を、ほとんど持ったことがない。記憶にあるのは怒鳴り声ばかりだ。それもいつしか冷ややかな失望に変わり、声さえかけられなくなったが。

「魔術学院に行かせてもらえ、そこで基礎魔術は学びました。あとは……魔力がない分、少しでも役に立つ人になりたくて、独学で他の勉強も。それで催眠術を使えるようになりました。治癒魔術師にはなれませんでしたけど」

相槌《あいづち》も打たないケイレブ相手に、訥々《とつとつ》と話を続ける。彼があまりにも静かなものだから、メリルは独り言を喋《しゃべ》っている気になってきた。

「その後は、伝手《つて》で王宮に入れてもらいました。王宮には治癒魔術師様が沢山《たくさん》いるので、あまり出番はなかったんですが、その……、いつか出番があった時のためにと勉強を。幸い王宮には大きな図書館がありましたので、どの分野のことも学べました」

「……そこまでして、何故《なぜ》治癒をする？　それほど勤勉なら、魔術に関係のない仕事に就けば良かっただろう。それに苗木だの、薬草だの。この砦《とりで》の者を治癒することで、お前に利益はないのでは？」

「私も正直なことを言うと、もともとは〝治癒〟に対して強い使命感を持っていたわけではないです。……少しでも認めてもらいたい。そんな下心で勉強していました」

ケイレブの言う通りだ。早々に諦《あきら》め、逃げ出していれば良かったのだ。成人したなら家を出ても職は見つかる。

だがそれをしなかったのは、家族に憧れていたせいだった。ファーディナンド家はメリル以外の家族にはとても愛情深い。ジューダスが魔術学院で失敗した時は慰《なぐさ》め、王宮で昇進した時は祝い、それぞれを労《いたわ》り合《あ》っている。メリルはいつもそれを輪の外で羨《うらや》ましく見ていたのだ。

そんな家族という幻想に縋《すが》っていたのだろう。いつかは自分を愛してくれるのではないか、いつかは自分を見てくれるのではないか、と。

だが催眠術を学ぼうが、他の勉強にいくら打ち込もうが、結局、彼らが振り向くことはなかった。

メリルが治癒にこだわっていたのは、人への奉仕の精神ではなくて打算であり下心だ。同じ分野に留まることで、少しでも家族から認められる可能性に縋《すが》っていたにすぎない。

「ですがこの砦《とりで》に来て、初めて人を癒《いや》せて嬉しいと思えました。王都では、怪我をしたり病気にかかったりしたら、治癒魔術を受けます。ですがここは違う。私のような人間でも、人の役に立てます」

これまでの人生で初めてだったのだ。催眠術にしろ、薬学の知識にしろ、役に立つと言われるのも、手放しで感謝されるのも。彼らの不自由を自己満足のために利用してはいけないが、この砦《とりで》に来てようやく、今までの人生は無駄ではなかったのだと思えた。

「もちろんまだ、治癒魔術が使えたらいいなと思うことはありますが……。今は、この砦《とりで》の人のために、できることはなんでもしたい。そう思っています」

もとから勤勉なたちではあったと思う。だが、自分が何故《なぜ》この砦《とりで》の人たちに尽くすのか、と言われたら、生まれて初めて認めてくれたから、というだけの理由だ。

「話がずれてしまいましたね」

長々と話してしまったことが照れくさく、メリルはへらりと笑って頭を掻《か》く。

ケイレブは少しの間、じっとメリルを睨《にら》んだまま動かなかった。おかしなことを言ったのかとメリルが不安になった頃に、短く告げる。

「来い」

「へ？」

ケイレブはこの中庭に来た時よりも更に大股で、どんどん廊下を進んでいってしまう。目上の人についてこいと言われて断るわけにはいかず、メリルはそれを速足で追いかける。

彼が向かった先は医務室だった。


「ウィリアム！」

「げっ、ケイレブさん⁉　なんですか⁉」

ばん、と大きな音を立てて、彼は扉を開ける。一歩踏み込み、大声で部下を呼びつけた。ウィリアムは魔術治癒団の中で一番若い青年だ。たしか、有力貴族の子だと聞いた気がする。いつも怠《だる》そうに書物を読んでいて、あまり治癒をしたがらない。

前に手伝ってほしいと頼んで断られたな、と思い出していると、ケイレブの張りのある声が続いた。

「メリル、このウィリアムをお前の補佐に付ける」

「へ⁉」

何故《なぜ》突然、ウィリアムを補佐になんて言うのだろうか。目を丸くすると、メリルよりも先にウィリアムが抗議の声を上げた。

「ケイレブさん、何言ってるんですか⁉　僕、治癒魔術師ですよ⁉」

「治癒魔術師〝見習い〟だろうが！　お前は魔力はあるが知識がない。魔術学院を出たてのひよっこで実践経験もない。ついでに言うと志《こころざし》もない！」

ケイレブはウィリアムの頭を掌《てのひら》でべしりと叩《たた》き、メリルを指さす。

「メリルの言うことを聞いて少しは学べ！　いいか、催眠術師だと侮《あなど》るなよ」

「そんなぁ……」

不満そうに口を尖《とが》らせるウィリアム。彼の首根っこを掴《つか》むと、ケイレブはメリルに差し出した。

「使ってやれ。これは本ばっかり読んでいる怠《なま》け者《もの》の問題児だが、魔力だけはある」

ケイレブの迫力に押されるままに、メリルは微笑《ほほえ》む。すると文句を言っていたウィリアムも、唇を尖《とが》らせたまま軽く会釈《えしゃく》した。

ケイレブが大股で部屋から出ていくと、彼は心底面倒くさそうにため息を吐《つ》く。

「は～……なんで僕が、催眠術師のお手伝いなんてしないといけないんだよ」

それはそうだ。治癒魔術師が催眠術師の補佐なんて聞いたことがない。メリルのほうが十歳程年上だけど、だからといって急に従えはしないだろう。

「ケイレブ様はああ言っていましたけど、助手がいなくても大丈夫ですよ」

ケイレブには後で断ろうと決め、ウィリアムが握っている本を指さして、メリルは苦く笑った。

「それ、ウィチ氏が書いた古代治癒薬草の指南書ですよね。昔の言葉で書かれているし、読み込むには時間がかかるでしょう？」

自分も昔かじりついて読んだな、と懐かしく思う。あの頃は毎日ひたすら知識を詰《つ》め込《こ》んでいて、苦しくてしょうがなかった。

「……これ、読んだんですか」

「え？　はい、もう十年くらい前だけど、読みましたよ」

「じゃあここ、読めました？」

彼は本を開くと、ずいとメリルの顔の前に突き出した。

「……ああ、これは言葉の順序が逆になるんですよ。ウィチ氏の言葉って不思議なところがあるんです。知識も、まるで他の世界から来た方みたいで難解ですよね」

メリルは指で本の文字をなぞりながら呟《つぶや》く。それを聞いて、ウィリアムはぴくりと眉を跳ねさせた。

「どこでそんなこと知ったんですか」

「え？　どこって、普通に勉強してだけど……ああ、古代治癒医療の本も一緒に読むと分かりやすいと思いますよ」

そうメリルが答えると、彼は何度か目を瞬《またた》かせ、唸《うな》り声を出した。

「他の治癒魔術師にも聞いたんですが、この本をすらすら読める人はいませんでした」

「治癒魔術師の方に薬草の知識はあまり必要ないですからね」

魔力があるなら、薬草の知識は基礎程度あればいい。そう考える人は多いだろう。

メリルは当然のことだと微笑《ほほえ》むが、ウィリアムはそうは思わなかったらしい。眉間《みけん》に皺《しわ》を深く刻んで強く本を胸に抱き込み、メリルを睨《にら》んだ。

「治癒魔術師にも薬草の知識は必要です。助手になるので、この本を読み切るまで、分からないところを教えてください」

「……え？」

ウィリアムは口を尖《とが》らせ、まだメリルのことを疑う視線で見つめている。どうやら、彼はメリルの助手になると決めたようだった。

——そうは言っても、すぐにウィリアムは嫌になるだろう。

メリルはそう考えていたのだが……

「メリルさーん！　止血薬はどうやって作るんですか？　あ、メリルさんって、古代魔術も知っているんですよね。今度こっそり教えてください！　そういえばメリルさん、魔術書の解釈で知りたいことがあるんですけど～……」

廊下を歩きながらメリルさんメリルさんと囀《さえず》りながら後をついてくるウィリアムに、メリルは苦笑した。その姿は、親鳥に纏《まと》わりつくひな鳥のようだ。

「……それは治癒魔術師様や、ケイレブ様に聞いたほうがいいんじゃないかな」

「え～。だって、メリルさん、どの先生よりも教え方が上手《うま》いんですもん！　ケイレブさんは怖いですし！」

今まで医務室でも怠《なま》けていて、全く仕事なんてしていなかったウィリアム。てっきり無気力な若者なのかと思っていたら、そうではなかったらしい。彼は王宮に勤《つと》めていたが、人間関係で失敗して、貴族の息子なのに王宮内で居場所がなくなっていたという。本人曰《いわ》く『無知なくせに威張る奴らが悪い』らしいが、王宮では弾き出され、すっかり腐っていただけのようだ。

彼はケイレブの言う通り〝高い志《こころざし》〟はないが、その代わりに強い知識欲があった。その知識欲が、メリルの今まで習得してきた雑多な治癒術に興味を示しているらしい。ここ数日、あれこれと教えているうちに、すっかりメリルを師と仰《あお》ぐようになっていた。

「ケイレブさんってちょっと変わってますよね。知ってました？　あの人、貴族出身じゃないんですよ」

「へえ。平民出身なのに、治癒魔術師様なんだ。珍しいね」

「そうなんです。だからえーっと、なんて言うんですっけ？　実力主義？　僕みたいなお坊ちゃんを嫌ってるんですよね～」

ウィリアムは唇を尖《とが》らせる。まぁ、相性が悪そうなことは確かだ。ケイレブが平民出身だとは知らなかったが、厳格な彼とお喋《しゃべ》りなウィリアムは水と油だ。

そんなことを考えていると、後ろから野太い声が飛んできた。

「おい、どいてくれ！」

「わ、すみません！」

振り返ると、兵士たちが数名こちらに向かってくる。メリルとウィリアムが廊下の端に避けると、彼らは足音もけたたましく歩き去っていった。その様子にウィリアムがはぁとため息を吐《つ》く。

「ここの砦《とりで》の人って、やっぱりちょっと怖いですよね。なんかピリピリしているっていうか」

「しょうがないよ。すぐ近くに敵がいるかもしれないんだから」

メリルも初めは、ただ怖いと思っていた。だが兵士たちの現状を知るにつれて、彼らはただ乱暴なだけじゃないのだと知る。のんきに王都で想像していたよりも、ずっとこの砦《とりで》の状況は逼迫《ひっぱく》しているのだ。それこそ、将軍が倒れたらあっという間に敵国に攻め込まれてしまうほど。兵士たちはその逼迫感《ひっぱくかん》を肌で感じているのだろう。気が荒くもなる。

（なのに英雄が守っているから安泰だ、なんて……私は何も分かっていなかった。もっと私にも、何かできることがあれば）

まだくっついてくるウィリアムと、今まで足を踏み入れたことのない場所に立ち入る。兵士の訓練場の端、そこにメリルの捜していた人物はいた。

「カルロスくん、少しいいかな」

「あれ、メリル先生。こっちまで来るなんて珍しいですね」

声をかけると、くるくるとした髪の毛の彼がこちらを振り向く。メリルの後ろにいるウィリアムにちらりと視線を送り、会釈《えしゃく》をする。

「邪魔してごめんね。少し聞きたいことがあって」

カルロスの言う通り、普段なら来ない場所だ。いかつい顔をした兵士たちがひしめき合う訓練所は、メリルにとってあまり居心地が良いとはいえない。じろじろと兵士たちに見られるから緊張もする。だが今日はできるだけ早くカルロスに会いたくて、勇気を出して足を踏み入れていた。

「この間使った倦怠感《けんたいかん》の薬、どうだったかな？」

「あれ、凄《すご》く効いていますよ！　もちろんメリル先生の催眠術のほうが手っ取り早いですけど、朝起きた時に体が軽いです。疼痛《とうつう》も和《やわ》らいだし寝つきも良くなった気がします」

「良かった。今日は携帯用の止血薬を持ってきたんだ。訓練でだって怪我をするだろう？　いちいち薬を医務室まで取りに来なくても、すぐに使える」

「え！　そんなもの貰《もら》っていいんですか？」

「もちろん。良ければ、これを他の人にも配りたいんだけど……」

懐《ふところ》から薬を入れた小袋を取り出すと、カルロスは目を大きく見開く。メリルが渡すままに受け取るが、じっとそれを見ると、少し気まずそうに口元をもごもごとさせた。

「その、言いづらいんですが、俺たちの中には金に困っているのもいます。薬なんて貰《もら》ったら、売り払っちまう奴が出るかもしれないです」

「ああ、大丈夫だよ。これは薬の中でも一番安価なものなんだ。処理の仕方が面倒だからなかなか作らないけど、薬師じゃなくても作れる。もちろん魔力がなくても」

なるほど。転売を心配していたのか。嫌なのかと思って少し緊張してしまった。

メリルの説明に、カルロスは「本当ですか！」と瞳を輝かせる。

ウィリアムが手伝ってくれるようになり、薬の備蓄《びちく》が一気に増えた。魔力を込めた効力の強いものも保管でき、この砦《とりで》の薬事情は一気に改善したと思う。

だが、それでも足りない。

魔力がない兵士が砦《とりで》の外で怪我をしたら、その場で応急処置をして砦《とりで》に運び込む。衛生兵はおらず、基本的に応急処置をお互いにやっているため、適当に包帯を巻くなど雑なものだ。

それをどうにか改善できないかとメリルはここのところ考えていた。

「それで……カルロスくんたちに少し頼みがあるんだ。手が空《す》いている時でいい。少しだけ時間をくれないか？　この止血薬を作るのを手伝ってほしい。それに君たちがやっているよりも効果的な止血方法や骨折時の対応も、できたら教えたいんだ」

どうにかこの砦《とりで》の医療事情を向上できないかと考え、辿《たど》り着《つ》いた答えは、『兵士自身が薬を作る』ことと『兵士が処置を覚える』というものだ。

本当なら治癒魔術師を増やし、薬師を配備し、傷を負った人をすぐに治療できるようにしたい。だけど、現実問題としては無理だ。治癒魔術師も薬師もほとんどいないし、今ここにいる人も王都に帰ってしまう。それでは意味がない。

代わりに、兵士自身で作れる薬を教え、それを携帯してもらおう。それに砦《とりで》に戻るまでの応急処置の知識だけでもつけてもらえれば、彼らの生存率が上がるんじゃないか。そう思ったのだ。

しかし……黙ったまま立ち尽くすカルロスに、メリルは不安になる。

「……やっぱり面倒かな？」

「あ、いえ。その、俺みたいな一兵卒が軽々しく返事はできないのですが……凄《すご》く助かります」

メリルの言葉に、はっと我に返ったようにカルロスは呟《つぶや》く。いつもの元気のいい声と違って、どこか呆然《ぼうぜん》としたものだ。少し戸惑《とまど》った様子の彼は、そのまま言葉を重ねる。

「薬って、医務室に申請しないと手に入らないじゃないですか。若い兵士とか、言い出しにくくて怪我を悪化させちまうことがあるんです」

「そうなんだ……」

「はい。それに薬の使い方も怪我の処理も、今まで先輩から聞いて見様見真似でやってきました。

だけどこの間、メリル先生に薬の使い方を聞いて、俺たちが思っているのと全然違っていて。今までは適当にぶっかけたり、でなければ高いものだって言われてほんの少ししか付けなかったりだったんです。そのせいか傷が治っても調子が悪いことが多くって」

カルロスは恥ずかしそうに言いながら頭を掻《か》く。己の無知を恥じているのだろうが、それよりもメリルは申し訳なさに胸が痛んだ。

治癒魔術師団がきちんと手当てをできれば良かった。いや。あまりにも怪我をする頻度が高いから、それでも間に合わなかったかもしれない。だけど前線で戦う彼らが、今までその恐怖や不自由さを受け入れなければいけなかったことを、申し訳なく思う。

「もし使い方を教えてくれるなら、凄《すご》い嬉しいです。薬も作れるなら頑張ります。何しろ命に関わりますから」

いつの間にかカルロスの後ろに他の兵士たちが集まってきている。その誰もがメリルとウィリアムを好意的な目で見ていて、メリルはほっと息を吐いた。

良かった。王都の人間は生意気だと突っぱねられることも想像していたのだ。だけどひとまずは受け入れてもらえたようだ。本当に良かったと胸を撫《な》で下《お》ろす。

「じゃあ、君たちの隊長にお願いして……」

少しだけ時間を作ってもらおう。メリルがにこやかにそう告げようとした時、堂々とした体躯《たいく》が音もなく現れた。

「何をしているんだ」

空気を震わせる低い声に振り返ると、少し離れた場所に、険《けわ》しい顔をした強面《こわもて》の男が立っている。

サディアスだ。彼は数人の部下を連れて、こちらへ向かってくる。

「将軍！」

「サディアス将軍」

それまでわらわらとメリルの周りに集まっていた兵士たちが一斉に道を開ける。慌てて整列すると直立し、一気に訓練場の中は静かになった。その流れに乗り損ねたカルロスは一人、メリルの前で固まっている。それに気が付いたらしいサディアスが、じろりとカルロスを睨《にら》んだ。

「カルロス。何を集まっている」

「あ、あの、メリル先生が、えーっと」

突然現れた砦《とりで》の将軍。彼に冷たく問われてカルロスが口をもごもごとさせる。彼だと上手《うま》く説明できないかも、とメリルはそっと一歩前に出た。

「すみません。僭越《せんえつ》ですが、薬作りと、薬の取り扱い。それから怪我への応急処置の方法を教えてもいいかと、お願いしていました」

「薬作り？　取り扱い？」

訝《いぶか》しげに眉間《みけん》に皺《しわ》を寄せられて、その迫力に押されそうになる。最近よく話すせいですっかり忘れていたが、彼は熊《くま》よりも恐ろしい男なのだ。

だが恐れていてもしょうがないと、腹に力を込める。

「はい。この砦《とりで》では兵士たちに薬が行きわたっていません。薬不足は一気には解消できませんが、少しでも砦《とりで》の中で用意できれば、携帯薬を持たせることができます。ただ、せっかく薬を手に入れても、使い方が分かっていません」

サディアスはじっと黙る。相槌《あいづち》もないが、最後までは聞いてくれるようだ。

「大怪我は治癒魔術で対応してますが、小さな怪我の積み重ねや、日々の疲労には手が回っていません。私は催眠術師ですが、少しでもお力になれればと思いまして……」

手が回っていない、と言い切ってしまうのは失礼だろうか。しかしそれが今の実情だ。

最後まで言い切ったものの、恐ろしさで語尾がやや力なく揺れてしまった。

「なるほど」

暫《しばら》く黙っていたサディアスが低い声で呟《つぶや》く。腕を組み、何か思案しているようだ。そしてまた鋭い視線をカルロスに向けた。何故《なぜ》かメリルではなく。

「だが、応急処置が分かっていない？　兵士なら学んでいるはずだが」

「ひっ！　すみません！」

「あ、えっと、一応みなさん基本は分かっています。ですが医療者からではなく、先輩兵士から口頭で聞いているだけです。もちろん今のやり方でも悪くないとは思いますが、もっと効果的な方法があります。包帯の巻き方一つ、骨折した時の添え木の当て方一つでも、その後の治りが違います」

カルロスが不憫《ふびん》で、思わず庇《かば》うようにぺらぺらと喋《しゃべ》る。

「みなさん、普段の訓練も仕事もあると思うので、無理にとは言えないのですが……」

あれこれと言葉を重ねてから、少ししつこかったかと、口の中でごにょごにょと言葉を濁《にご》した。良かれと思って突っ走ってしまったが、兵士たちはみんな砦《とりで》の見回り、街の警備、それから訓練にと忙しい。下《した》っ端《ぱ》になれば雑用もあるし、決して彼らは暇ではないのだ。気のいいカルロスはやってくれると言ったが、サディアスが必ずしも賛成だとは限らない。

そこで厳しい顔をしたままのサディアスが、深く頷《うなず》いた。

「分かった」

片手を上げると、後ろにいた副将軍のレイノルドを近くに呼ぶ。

「何をしたらいい？」

「え？」

「薬作りに、薬の取扱と怪我の応急処置だろう。言ってくれ」

咄嗟《とっさ》に言葉が出てこない。でも、すぐにサディアスが手配してくれようとしているのだと気が付き、メリルは意気込んで胸の前で拳《こぶし》を握った。

「あ、はい！　薬作りにそれほど人数はいりません。手先が器用な方を四名程、一日一、二時間で結構です。薬の取り扱いと応急処置は、私から数名の方に伝えて、それをそれぞれの隊で周知してもらえれば」

サディアスはメリルの言葉を聞き、隣に立つレイノルドに顔を向ける。

「分かった。レイノルド、手配してくれ。訓練は調整していい。警備はできるだけずらさないように」

「了解です」

レイノルドが柔和な顔を更に崩しきょろりと兵士たちの顔を見ると、顎《あご》に手を当てて思案する。

「じゃあ、薬作りはカルロスの隊から選ぼうかな。カルロス、隊長呼んできてくれる？　他の奴らは散った散った。いつ誰が何をするかは、俺から隊長に言うから」

ざわざわと騒ぎながら、兵士たちが訓練に戻っていく。その姿を、メリルは呆然《ぼうぜん》と見つめた。上手《うま》くいくかは正直分からない。カルロスたち顔見知りの兵士は賛成してくれても、その上の人や、他の兵士には反対されるかもしれないと思っている。

だけど、サディアスが指示を出してくれるなら、誰も文句は言わないだろう。

「良かった……」

「メリルさん、良かったですね！　僕、ケイレブさんに言ってきます！」

ウィリアムが嬉しそうに廊下を駆けていく。

「ああそうか。ケイレブ様にも言わないと」

だが少し力が抜けてしまい、メリルはぼんやりとしたままだ。そんなメリルに、サディアスが体をかがめてそっと呟《つぶや》く。

「メリル殿は少しこちらへ」

「え？」

サディアスはそう言って訓練場から出ていってしまう。置いていかれまいと慌てて後を追うと、彼は少し歩調を緩《ゆる》めた。

彼の部下たちは訓練場に残り、レイノルドと共に指示を出しているようだ。サディアスと共にいくらか歩くと、人気《ひとけ》のない静かな廊下に出た。いつの間にか聖堂のある中庭にまで来ていたらしい。中庭に下り、そのままその奥、聖堂に向かう。サディアスは小さな鍵を取り出して扉を開けると、中に足を踏み入れた。

「ここ、入れたんですね」

「あまり綺麗ではないがな」

綺麗ではない、と言ったが、埃《ほこり》は積もっておらず蜘蛛《くも》の巣もない。最低限の掃除はしているようだ。控えめな祭壇もきちんと片付けられていた。

祭壇の後ろには小さなステンドグラス。陽の光が落ちてきて、床が七色に照らされている。

そのステンドグラスの前に立ったサディアスに、メリルはおずおずと声をかけた。

「あの、すみません。出すぎた真似をしてしまって」

「いや。構わない。むしろ……」

サディアスは言いかけて言葉を切る。真っすぐにメリルを見ると、そっと手を出して両手を取った。まるで壊れ物に触れるかのような仕草だ。

「驚いた。王都から来て、ここまでしてくれる人は今までいなかった。治癒魔術師でも懸命に癒《いや》してくれる人や、兵士を憐《あわ》れんでくれる人はいた。だが、根本的にこの砦《とりで》をどうにかしようと尽力してくれる人はいなかったんだ」

サディアスの瞳が柔らかく光を反射している。触れ合った手から、穏やかな熱が伝わってきた。

「この砦《とりで》の医療体制がまずいものだというのは分かっていたが、俺にはどうにもできなかった。知識もないし、動いてくれる治癒魔術師もいなかった」

これまで本当に苦労してきたのだろう。声には深い悲しみがある。

満足な薬もなく、治癒魔術師もいないことにサディアスが心を痛めていないわけがない。この砦《とりで》を先頭で守ってきたのだから当然だ。誰よりも強い英雄である彼は、その心の痛みを口に出せなかったのかもしれない。

メリルは胸がぎゅうと引き絞られるような気持ちになる。

「本当に感謝している。ありがとう」

握られた手に力が込められる。そこからサディアスの気持ちが伝わってくる気がした。

「い、いえ。私は何もできていません。将軍こそ、ずっとこの土地で、国を守ってくださっていたんですね。王都にいた頃は、それを知らずにのうのうと生きていました」

「それが俺の仕事だ」

「難しいことです。口にするよりもずっと」

二十歳過ぎに親を亡くして、それからずっと彼はザカリアの英雄だ。それがサディアスの仕事だから、と言ってしまうにはあまりにも重い。その責任を一人で背負ってきた陰には、どれほどの苦悩があっただろうか。

メリルは繋がれた手を握り返した。

「この国を守ってくれて、ありがとうございます。これからは、少しは私も役に立てるようになりたいです」

「もう十分すぎるくらいだが……ありがとう」

サディアスの低い声が柔らかく降ってくる。光が溢《あふ》れる聖堂で彼の穏やかな声に包み込まれ、まるで神に、この砦《とりで》のために働くと誓うような気持ちだ。自分は部外者で、しかも彼を操っている人間なのに。王都で見えている世界とここは、全く違っている。

（もっと薬も、人手も欲しい。迷惑だと思われても、他にも誰か頼れる人がいれば……）

メリルが密かに決意していると、サディアスが急に一つ、大きな咳《せき》ばらいをした。

「ところで」

「はい？」

握られていた手の片方が外されて腰を抱かれる。そのまま傍《そば》に引き寄せられて、メリルは目を丸くした。

「え？」

顔がずいと近くに寄せられる。男らしい顔に、いつもの鋭い視線。至近距離から探るように見つめられて、息を呑む。

だが、サディアスの口から出てきた言葉は、メリルが思ってもみないことだ。

「カルロスとは、本当に恋仲じゃないんだな？」

「は……？　カルロスくん？」

思わず間抜けな声が漏《も》れる。ぱちぱちと瞬《まばた》きを繰り返すメリルに、サディアスは少しむすっとした子供みたいな顔になった。

「……あまり仲良くされると、妬《や》ける」

やきもち。いやまさか。だがそうとしか取れない。至近距離で「本当に恋仲じゃないのか？　告白されたりもしていないのか？」と重ねて問われて、メリルは首を横にぶんぶんと振った。

「ち、違います」

「本当に？」

サディアスは疑わしげに小さく呟《つぶや》くと、近かった距離を更に詰《つ》めてメリルを抱きしめた。強い力で腕に閉じ込められて彼の胸に頬がくっつく。存外に温かいその感触に、悲鳴を上げそうだ。

「メリル殿は優しいし美しいし、真面目で、勤勉で魅力的だ」

「な、何を……そんなわけないです」

「新しい青年も引き連れていたし……取られてしまわないか心配だ」

「取られるなんて、そんな」

サディアスが何か言っているが頭に入ってこない。混乱して手の行き場を失い、メリルは咄嗟《とっさ》にサディアスの上着に手を伸ばして掴《つか》まる。

図らずも抱きしめ返す姿勢になり、顔が赤くなった。

「好きだよ」とまるで言い聞かせるように囁《ささや》かれて、耳が溶けてしまいそうだ。

頬を固い掌《てのひら》が撫《な》でる。顎《あご》を持って引き寄せられ、その優しい指先に抵抗できない。

「んっ、ぅ……」

唇が重なり、柔らかな感触が優しく何度も押し付けられた。角度を変えながら、何度も啄《ついば》むように甘くキスを落とされる。

メリルの体からほんの少し力が抜けた頃を見計らい、舌が口の中に入り込んできた。前にキスされた時と違い、メリルを溶かす丁寧で繊細《せんさい》な動きだ。口の中を弄《いじ》られているだけなのに、愛撫《あいぶ》をされているみたいで体が蕩《とろ》け、頭の中もふわふわする。

結局その後、サディアスが「そろそろ戻らないと」と言うまで、深くキスを交わしてしまった。

彼に抱きしめられるのも、唇を奪われることもひどく緊張したけれど、不思議と嫌ではない。いや、静謐《せいひつ》な聖堂の中で大きな腕に強く包まれて、甘い陶酔感《とうすいかん》すら感じた。その気持ちがなんなのか、メリルは気が付いてしまう。

彼の顔を見るだけで心臓が早鐘を打ち、見つめられるとじわりと心が温かくなる。甘い言葉を囁《ささや》かれると心がふわふわと浮き立って、感情が暴走しそうになった。

(どうしよう……)

彼はあくまで催眠術をかけた相手。そのせいで優しくしてくれている。

そう何度思おうとしても、心が傾いていく。口付けされたことも嬉しくてたまらない。

歯止めの利かない想いに、メリルは一人身悶《みもだ》えた。

第四章　傾く心

木の葉が風に揺すられて、さらさらと涼やかな音を立てている。空は抜けるように青く雲もない。目の前には、果てしなく見えるほど大きな湖。

メリルは今、日の光を反射して輝く水面に目を細めていた。

「凄《すご》い……！　綺麗です！」

メリルはサディアスに誘われて、遠乗りに出たのだ。

数日前からバタバタして顔も見られなかった彼から「ザカリアの地を見てみないか」と誘われた。忙しい彼に時間ができるのは珍しい。もしかしたら無理やり作ってくれたのかもしれない。

こっそりと馬に乗せられた時は、てっきりまた街に行くのかと思っていたのに、彼は砦《とりで》から程近い森まで馬を走らせた。

「今日は風が穏やかで水が澄んでいるな。寒くなる前に来られて良かった」

「頂いたコートがあるので、冬だったとしても寒くないですよ」

柔らかい視線で見下ろしてくるサディアスに微笑《ほほえ》み、メリルは身を包んでいるコートを広げてみせた。メリルが身に着けているのは昨夜、サディアスから贈られたコートだ。彼の部屋を訪れたメリルに、サディアスが遠慮がちに渡したものだった。

『メリル殿、これを貰《もら》ってくれないか？　俺の母が使っていた毛皮を、仕立て直したものだ』

サディアスが手渡してきたのは銀色に輝く美しいコートだった。メリルの膝下程までの長さがあるだろう。羊毛でできた地は張りがあり、メリルが持っているものよりもずっと分厚く温かそうだ。その襟元からフードにかけて、豊かな灰色の毛皮が覆《おお》っていて、その毛並みの美しさにメリルは目を見張った。

『お母様の……？』

『ああ。これは狼《おおかみ》の毛皮なんだ』

サディアスの手に乗ったコートをそっと撫《な》でると、彼は穏やかな声で続ける。

『狼《おおかみ》は強い動物だ。誇り高く、仲間を大事にする。だからこの土地では、恐ろしい動物だと恐れるのと同時に、守り神とも言われている。その毛皮を使ったものは、大切な相手に贈るんだ。狼《おおかみ》の力が、持ち主を守ってくれるように祈りを込めて』

そう言うと、彼はコートを広げてメリルの体を包む。大きさはぴったりとメリルに合った。

『毛皮は古いが質はいい。嫌でなければ、使ってほしい』

『いいんですか？　大切なものなのに……』

『もちろん。メリル殿に使ってほしい』

戸惑《とまど》うメリルに、サディアスは深く頷《うなず》く。

銀に輝く艶《つや》やかで繊細《せんさい》な毛並みは、素人《しろうと》のメリルの目にも上等なものだと分かった。しかもサディアスの母の遺品。そんな大事なものを貰《もら》っていいのだろうか。

『これは俺の父が、母のために狩った毛皮だ。父は狩りの名手だった。だが、恋愛はからっきしで……母の心を射止めるために、この毛皮を用意したらしい』

サディアスはコートの上からメリルの体を優しく撫《な》で、熱っぽく囁《ささや》いた。

『俺も、あなたの心を射止めるために狼《おおかみ》を狩ってくる。それまでに冷えて風邪なんてひかないように、これを使ってほしい』

新しい毛皮なんていらない。でも甘い視線で見つめられて断れる人がいるだろうか。メリルはまるで操られるように頷《うなず》いて、「嬉しいです」と呟《つぶや》いた。

——その柔らかなコートがメリルの体を包んでいる。王都で買ったコートとは段違いに暖かい。そのコートを羽織《はお》っているので、メリルは寒くない。貰《もら》った時の幸せな気持ちを思い出して微笑《ほほえ》むと、サディアスも笑い返してくれた。

湖に近づくとサディアスは馬から飛び降りる。続いてメリルをそっと下馬させ、その手を取った。道中は青々と草が生い茂っていたが、湖のすぐそばは岩と砂になっていて、山歩きに慣れていないメリルは転びそうだったからだ。

「この湖は、山からの雪解け水でできているんだ。淡水だが魚が豊富で、昔からこの土地の民の生活を守ってくれた」

「雪解け水……だからこんなに綺麗なんですね」

水際まで近づくと手を離し、メリルはしゃがみ込んで水に手を浸《ひた》した。透明で清らかな水はひやりと冷たく、手が凍りそうだ。ガラスのように澄み切っていて、底まで見えそうなほど澄んでいる。

「冷たいだろう。冬は凍《い》てついて、湖上を歩いて渡れるようになる。俺が子供の頃は、レイノルドと連れ立って何度も来た。危ないから勝手に行くなと親には怒られたがな」

サディアスは湖の向こう側、山のほうに視線を向ける。この広大な土地で、彼は生まれ育った。その思い出の欠片《かけら》を見せてくれることがメリルは嬉しかった。

美しい山々をじっと見つめた彼が、少し声を落とす。

「ここは寒くて、貧しくて、敵国に近い。……酷《ひど》い土地。人が住むには厳しすぎる場所、それがザカリアだ」

そして、傍《かたわ》らのメリルに向き直る。酷《ひど》い土地だと言う彼の瞳は、言葉に反して力強く光っていた。その強い意志を秘めた瞳に、メリルは息を呑む。

「だが俺はこの土地を愛している。厳しい寒さも自然も、この土地に生きる力強い生き物たちもすべて、俺には大事なものだ」

「……サディアス将軍」

「絶対に誰にもザカリアを侵略させたりしない。この湖を見る度に、俺は決意を新たにするんだ」

力強く言われた言葉から、どれほど彼がこの土地を愛しているか伝わってくる。

メリルは彼に手を伸ばしそのコートの端を掴《つか》んだ。強いサディアスの支えに少しでもなりたい。自然とそう思う。

「王都も素晴らしい所だがな。暖かで華やかで、豊かな街だ。メリル殿の生まれ育った場所も、いつか見せてくれ」

メリルの視線を別の意味に取ったのだろう。気遣うようにサディアスは笑った。

「……いえ、私も、この土地が好きです」

王都よりもずっと。あの、気候だけは暖かい土地よりもずっと。

人がどれだけいようとも、あそこに自分を見てくれる人はいなかった。華やかな土地は、一見優しげだが、メリルがうずくまっていても誰も見向きもしない、冷たい所だ。たとえ物質的に豊かでも、メリルはいつも寂しくてたまらなかった。

たとえ氷に閉ざされていようと、王都よりもこの土地のほうがずっと好きだ。

「少し散策したら帰ろうか。メリル殿の足が痛んだら大変だ」

体を寄せ、そっと囁《ささや》かれる。耳元にサディアスの唇が触れて、その熱に心臓がどきりと鳴った。

近い。近すぎる。

「今夜も、また部屋に来てくれるか？」

サディアスの言葉に頬が赤く染まる。

今は彼に口説《くど》かれている最中だ。もっと夢中にさせるために、上手《うま》く躱《かわ》さないといけないと分かっているのに、恥ずかしさと期待で胸が高鳴る。

彼の振る舞いはすべて催眠術のせいだ。そう知っていても、まるで自分が本当に愛されているかのような錯覚にメリルはすっかり陥《おちい》っていた。

いつもの香が焚《た》かれた、サディアスの部屋。その静かな空間で、メリルはサディアスの寝顔を見下ろしていた。

すぅすぅと寝息を立てているサディアス。彼に催眠術をかけて眠らせたのに、いつまでもぼんやりと顔を見つめてしまい、部屋から出られないでいる。

相変わらず上半身には何も身に着けていない。剥《む》き出《だ》しの体には、無数の小さな傷の痕《あと》が残っていた。切り傷のようなものや、矢を受けたであろうものもある。

分厚い胸筋。その下の、割れた腹筋に視線を滑らせる。寝間着代わりらしいゆったりとしたズボンからは臍下《へそした》の茂みまで見えそうだ。

(……寝ている人の体をじろじろ見るなんて、失礼だな)

レイノルドがいないからって、何をしているんだ。誤魔化《ごまか》すように咳《せき》ばらいをし、メリルは努めて平静を装《よそお》って部屋を出ようとする。

だがその時、それまですやすやと眠っていたサディアスの眉根が、ぎゅっと寄せられた。

「……うっ、ぁ、あ」

「将軍?」

サディアスの呼吸が急に荒くなる。呻《うめ》き声《ごえ》が喉から漏《も》れて、彼の体がベッドの上で小さく跳ねた。

「将軍!?」

額《ひたい》にじっとりと汗が浮き、足は何かから逃げようともがいている。は、は、と苦しそうな吐息を聞き、メリルはサディアスの体を揺さぶった。

「起きて、起きてください!」

瞼《まぶた》を強く閉じている顔を撫《な》で、肩を揺する。何度も「起きて」と繰り返し、体を揺すっているうちに、サディアスの意識が浮き上がってくるのを感じた。

「大丈夫です、……大丈夫ですよ。落ち着いて、呼吸を繰り返してください」

ゆっくりと瞼《まぶた》が開き、ぎょろりとした目が辺りを見回す。ようやく意識が覚醒《かくせい》したようで……サディアスが固く強張《こわば》っていた体から力を抜いた。息を整えながら、ゆっくりと体を起こす。

「……すまない」

メリルは慌てて水を持ってくる。手渡すと、サディアスは一気に飲み干した。

「ありがとう。……まだいてくれたのか」

「は、はい。少し考え事をしていて」

「早く部屋に戻って寝たほうがいい。メリル殿も疲れているだろう？」

疲れた顔で言われるが、メリルはそれよりも、と首を横に振る。

「先程、悪夢を見ていたんですか」

「……ああ」

サディアスは一瞬言葉に詰《つ》まり、額《ひたい》の汗を手で拭《ぬぐ》う。

悪夢――以前にも聞いていたが、随分《ずいぶん》と苦しそうだった。呼吸が乱れて、苦痛に満ちた顔をしていた。もしメリルが起こさなければ、もっと長く苦しんだだろう。

「もしよければ、私が傍《そば》にいましょうか。目が覚めたら、その都度、催眠術をかけ直します」

彼が熟睡できたのは僅《わず》かな時間だった。精神と肉体を酷使《こくし》するサディアスに、その睡眠時間はあまりに短すぎる。ならば自分が助ければいい、と思ったのだ。

メリルの申し出に、サディアスはゆっくりと首を横に振った。

「そうしたらメリル殿が眠れないだろう」

「大丈夫ですよ。最近はこちらの生活にも慣れたので、少し睡眠時間が減るくらい、たいしたことないです。その代わりそこの長椅子を使わせていただきますけど」

サディアスの寝室の隣、応接室には長椅子が置いてある。そこで横になれば、いくらか睡眠はとれるだろう。彼が起きたことを察知しないといけないから、できたらその長椅子をこの部屋に持ってきてもらえないだろうか。

メリルがそんなことを考えていると、サディアスは何やら腕を組んで思案にふけった。

「将軍？」

「……眠りを妨《さまた》げる原因を調べれば、不眠が治るかもしれない。前にそう言っていたな」

腕を解くと、静かに語りはじめる。

「今見た通り、俺は悪夢を見る……入眠できない理由も、眠りの途中で目が覚めるのも、その悪夢のせいだ」

「幻覚魔術、というわけではないですよね」

「違う。魔術師にも一応見てもらったが、外部から攻撃を受けている気配はなかった」

ゆっくりと首を横に振り、彼は唇の端を吊り上げて、皮肉げに笑った。

「だが〝念のため〟でこんな敷物や魔石を使うほどに、追《お》い詰《つ》められている」

「そうだったんですね……」

サディアスは床に敷かれている絨毯《じゅうたん》を指さす。その文様は魔法陣。見たことのない古代魔術のもの。これは悪夢避けなのだろう。天蓋《てんがい》に飾られている魔石も、魔除《まよ》けとしてのものだ。

あまりにもサディアスに似合わない装飾の数々に、最初この部屋に入った時は違和感を覚えた。彼の好みでなさそうな品々の理由は、そのためだったのか。

納得しているメリルに、サディアスは淡々と言葉を続ける。

「悪夢の内容は、いつも決まって戦《いくさ》のことだ。俺は二十歳そこそこの若造に戻っていて、敵国が大挙して攻めてくる。そこで周りの兵士……友人だった人間がバタバタと死んでいく。俺はそれを見ていることしかできない。民が殺され、山が焼かれ、土地が踏みにじられる。なのに腑《ふ》抜《ぬ》けの俺はそれを見ていることしかできないんだ」

紡《つむ》がれた悪夢の内容に、メリルは相槌《あいづち》も打てずに固まった。その悪夢は、果たしてただの夢なのか、それとも彼が実際に経験したことなのか分からない。顔が強張《こわば》る。

「いつの間にか死体が足元に転がっていて、その顔を見ると……夢なのにな、本当に死んだ昔の仲間たちなんだ。俺がもっと強ければ死なないで済んだ。そんな仲間たちだ」

サディアスの眉間《みけん》に、深い皺《しわ》が寄せられる。痛みをやり過ごすように奥歯を噛み、それからふ、と息を吐いた。

「俺の精神が弱い。それだけなんだが、眠るとあの夢を見ると思うと……どうにもな」

苦しそうに笑うサディアス。その笑みはメリルを気遣ってのものだった。

弱いと彼は自身を責めるが、そんなわけがない。心理的な負担を考えれば、当然のことだ。剛健な体に隠された繊細《せんさい》な心が悲鳴を上げて、それが積み重なり悪夢を齎《もたら》したのだ。

彼が兵士になったのは二十歳になる前。人を殺し、周りが殺されていくのを見たのもその年だろう。そして初めて彼が英雄と呼ばれたのは、まだ二十歳過ぎたばかりの頃だったという。

メリルが魔力なしだと卑屈《ひくつ》になって涙に暮れていた時、彼は命を懸けて仲間を守っていたのだ。

仲間が死んだのはあなたのせいじゃない。それを自分が軽々しく言っていいのかすら分からなくて、メリルは言葉を呑み込んだ。

「メリル殿が来てくれてから、怖いと思わずに眠れるようになった。感謝している」

「でも、まだ悪夢は見るのですね」

「しょうがない」

サディアスは緩《ゆる》く首を横に振る。

「すまない。こんな弱いところ、誰にも見せたことはなかったんだが……」

謝られるようなことではない。むしろ、そんな重荷を彼一人に背負わせていたことを、そして彼が強いのだと信じて疑わなかった自分を、メリルは恥じた。

「その悪夢、私が和《やわ》らげてもいいでしょうか？」

「……できるのか？　治癒魔術でも治らなかったんだが」

「おそらく」

治癒魔術は、体内の状態を活性化して怪我や病《やまい》を回復させる。そのため物理的な損傷には治癒魔術のほうが圧倒的に手早く効く。だけど催眠術は心に作用して、思い込みを取り去ることができる。

彼の、『自分にだけ責任がある』という思い込みをなくせるのではないか。そうメリルは思った。

「眠る前に、悪夢を見ないように催眠術をかけます。それで駄目でしたら、今晩だけでも、朝まで傍《そば》にいさせてください」

「……朝まで？」

「はい。将軍がうなされたり悪夢を見ている様子が現れたら、それを和《やわ》らげる催眠術をかけます。それでも悪夢を取り去れないようでしたら、一度起こして、再度入眠できるように術をかけます。それならいつもよりも長く眠れるでしょう」

彼が少しでも休めれば。さっき聞いた恐ろしい夢を見ることなく眠れるならば。

そんなつもりでメリルは勢い込んで話した。だがサディアスは何やら低く唸《うな》る。

「……メリル殿」

「はい」

「あなたが仕事熱心なのはよく分かっている。わざと言っているんじゃない、ということも」

「わざと？」

言っていることが分からなくて、メリルは首を傾《かし》げた。メリルが分かっていないことを察したのだろう。サディアスはもう一度唸《うな》るような声を出す。

「自分に懸想《けそう》している男の部屋に、簡単に泊まるなんて言ってはいけない。その、普通の男は期待してしまう」

「期待……」

懸想《けそう》している男……というのはサディアスのことだろうか。

男の部屋。泊まる。期待。

そこまで考えて、ようやくメリルは彼が何を言っているのか思い至る。自分が誘うようなことを言ってしまったのだと分かり、顔が熱くなった。

「え、いえ、そういう意味では……！」

「メリル」

呼び捨てで名前を呼ばれ、じっと見つめられる。サディアスの体から滲《にじ》み出《で》てくる色気にあてられて、メリルはふらふらと誘われるままに更にベッドに近づく。強く手を引かれてベッドに乗せられた。

緊張で心臓が早鐘を打っているのが分かる。どうしよう。

だが、迷っている暇もなく、太い腕に抱き込まれる。

触れた所から彼の素肌の熱を感じて、気が遠くなりそうだ。強く抱きしめた腕が緩《ゆる》んだと思ったら、存外に優しい手つきで背中を撫《な》でられた。

掌《てのひら》がメリルを落ち着かせるように優しく何度も背中をさする。体の強張《こわば》りが抜けた頃、その手がそっとメリルの頬に添えられた。

「口付けてもいいか」

尋ねるなんてずるい。強い力で無理やり押さえ込んでくれれば、抵抗できなかったと言い訳できるのに。

真摯《しんし》な瞳で許しを乞《こ》われて、メリルは頷《うなず》く。メリルも彼に口付けたいと思ってしまったのだ。

最初はメリルの額《ひたい》に、それから眦《まなじり》に柔らかい唇がそっと降ってくる。温かで乾いた感触。辿《たど》るように肌を伝い、ようやく唇に口付けられた。ゆっくり怖がらせないように何度も啄《ついば》み、そして離れていく。

離れてほしくなくて、メリルは軽く伸び上がり彼の唇を強請《ねだ》った。すると彼の唇が薄く開いて、舌先でそっと唇をくすぐられる。ぬるりとしたそれが唇を割って口内に入り込んできた。

「ん……、ぅ、ん」

ぴくりと肩が跳ねて、思わず抵抗しそうになった体を抱きしめられる。ゆっくりと口の中を舌で撫《な》でられ、ぞくりと鳥肌が立った。背筋を快感が走り、メリルは逃げるように体を揺する。

気持ち良い。口付けだけでこんなに気持ち良いなんて、思ってもみなかった。舌を擦《こす》り、舐《な》め、唾液《だえき》を絡め合わせる。その度に背中から腰まで快感が広がり、痺《しび》れるようだ。

「メリル、好きだよ」

長く口の中をかき回されて、ようやく唇を放された時は、すっかり息が上がっていた。上手《うま》く息を継げなかったせいで頭がくらくらする。くったりと体の力が抜けて、彼の胸に寄りかかった。そのまま胸に耳を当てると、とくとく、と速い鼓動の音が耳に届く。自分の鼓動と同じくらい速い。

どうしよう。この人が好きだ。

離れたくないほど好き。……好きに、なってしまった。

口付けだけで胸が震えるほど嬉しくてたまらない。

「メリル、本当に好きなんだ。だから……」

口付けの陶酔感《とうすいかん》に浸《ひた》っているメリルに、サディアスが熱っぽい声を出す。その声は耳を溶かしそうだ。

「抵抗されないと、……あなたを抱いてしまう」

そう言いながら、彼は優しく唇を落とす。甘やかすように軽く啄《ついば》まれ、メリルが唇を薄く開くと再び舌が差し込まれた。

抱いていい。抱いてほしい。

いつの間にか体に熱が灯《とも》り、抑えがきかない。それはサディアスも同じだったようで、間近で見る彼の瞳には獣欲を感じさせる危なげな熱が宿っていた。

音を立てて口内をかき回されて、ますますメリルは追《お》い詰《つ》められる。口付けだけで気持ち良くて、でもそれが怖くて、震える腕でサディアスに抱き着いた。

その仕草に理性を焼き切られたのか、サディアスがメリルをごろりとベッドの上に押し倒す。

「は、……可愛いな」

着ていた服を剥《は》ぎ取《と》られて、メリルの白い体が晒《さら》される。

細い腰。薄い胸。貧相とすら言える体を見られて、恥ずかしくてたまらない。サディアスのように鍛《きた》えられた体ならば良かった。羞恥《しゅうち》に体を隠そうとするが、その手をサディアスに払われる。

「待って、サディアス、将軍……」

「サディアスと呼んでほしい」

覆《おお》いかぶさられて、頬に口付けられる。その唇が首筋、それから鎖骨に下りてきた。

最初はただ甘く啄《ついば》むだけだった唇は、いつしか舌を伸ばしてメリルの滑《なめ》らかな肌を舐《な》めている。

柔らかく濡れた舌がなまめかしく動き、メリルの官能を刺激していく。胸元まで下りた舌がべろりと乳頭を舐《な》め、メリルは悲鳴を上げそうになった。神経を直接舐《な》められているような心地だ。愛《あい》撫《ぶ》されて、恥ずかしさと気持ち良さに涙目になる。

「待って、……ま、って……、や」

「何か嫌だったか？」

メリルの体に唇を落としながらサディアスが問う。気遣うようなことを言いながらも、肌を音を立てて吸い上げてきて、メリルはその刺激に体を跳ねさせた。

「ちが、……でも、は、恥ずかしい、……！」

「恥ずかしくない。綺麗だ。いつまでも見ていたい」

「そん、な、……ぁあっ！」

押し問答をしているうちに、彼の愛撫《あいぶ》はどんどん大胆になっていく。辛《かろ》うじて身に着けていた下着すらも取り去られて、すべてが晒《さら》される。

メリルの陰茎は既《すで》に勃《た》ち上《あ》がって、足の間で存在を主張していた。体の震えに合わせて揺れるそれに、サディアスが小さく笑みを浮かべる。

「感じてくれているのか」

「ひっ！」

陰茎を握り込まれると、悲鳴じみた声が漏《も》れた。今までそこを誰かに触られたこともなければ、自慰もそれほどしなかった。この砦《とりで》に来てからは尚更、そんなことをする時間もなかったから、直接の刺激はそれだけで腰が跳ねるほど気持ち良い。

大きな手に握られて上下に擦《こす》られる。はじめは少し遠慮気味に。だけどすぐにその手は激しくなった。与えられる強い快感に、あっという間に追《お》い詰《つ》められたメリルは喉を反《そ》らして呻《うめ》く。自分のものと全く違う固い掌《てのひら》がたまらない快感を齎《もたら》し、辛《つら》いほどだ。

先走りが漏《も》れて、擦《こす》られる度にくちくち、と恥ずかしい水音がする。でも恥ずかしいのに気持ちが良くて、喘《あえ》ぎ声《ごえ》が漏《も》れるのを我慢できない。自分の陰茎にサディアスの指が巻き付いているのが見え、その卑猥《ひわい》さに羞恥心《しゅうちしん》を煽《あお》られた。

「だめ、サディ、ア、……ん、だめ、……ぁっ！」

このままでは達してしまう。精液がせり上がってくるのを感じて、メリルは嫌だ嫌だと体を捻《ひね》る。それでも大きな手は止まってくれない。

「だめ、も……イ、イク、や、……ああッ！」

細い悲鳴を上げて体を震わせる。体がびくり、びくり、と大きく跳ねて、陰茎の先から白い蜜を吐き出した。はぁはぁと荒い息を吐くメリル。吐精の余韻でぐったりと体から力が抜ける。

絶頂してしまった。サディアスの手で。

脳髄を焼き切るような快感に抗《あらが》えなくて、彼の手に出してしまった。

吐き出された精液を乱雑に手巾で拭き取ると、サディアスはサイドテーブルの引き出しに手を伸ばす。その中から小瓶を取り出し、ベッドに寝転がるメリルにじっとりと熱い視線を向けた。

「すまない、メリル。もう少し付き合ってくれ」

彼は小瓶を片方の手に乗せたまま、もう一方の手でぐい、と大きくメリルの足を持ち上げる。

「……ッな！」

片手で軽々と足を持ち上げられて、割《わ》り拓《ひら》かれる。男同士で繋がる時はそこを使う。知識はあったが、メリルは誰かにそこを見られたことも、触られたことも当然ない。

「苦しい？」

「それは、だ、大丈夫、です、けど……」

メリルの声を違う意味に取ったのだろう。サディアスが腰の下に枕を入れた。体を折り曲げられる圧迫感は減ったものの、さっきよりも彼の眼前に秘所を晒《さら》すことになり、メリルは羞恥《しゅうち》に太ももまで真っ赤に染める。

「できるだけ、痛くないようにする」

小瓶の中身を彼が片手の掌《てのひら》にあけた。ふわりといい匂いを漂《ただよ》わせるそれは、おそらく香油だろう。ぬめりを帯《お》びた指が後孔を撫《な》で、くるくると甘く香油を馴染《なじ》ませる。暫《しばら》くそこをくすぐった後、ゆっくりと指が差し込まれた。

「んッ、ぅ……くるし、……っ」

太い指が中をじわじわとゆっくり進んでくる。

広げるように慎重に。でも時折内部をぬるりと悪戯《いたずら》にくすぐって、メリルの体を跳ねさせた。香油をたっぷり指に纏《まと》わせているせいか、湿った音がする。その度に、メリルは耳まで犯されている気分になった。

後孔を広げるのと同時に、サディアスはさっき吐精して萎《な》えたメリルの陰茎を掴《つか》み、ゆっくりと扱《しご》きはじめる。その手にも香油が垂れていたようで、ぬるぬるとした感触が余計に快感を生んだ。

「ま、待って、サディアス、……あ！」

後ろだけの愛撫《あいぶ》ではまだ圧迫感のほうが強いため、両方を攻めることでメリルの気を逸《そ》らしているようだ。

陰茎から齎《もたら》される快楽にメリルが蕩《とろ》けている間に、サディアスはぬるついた指を増やしていった。何度も指を抜き差しされているうちに、少しずつ違和感が減っていく。強く指を締め付けていた後孔がほぐれ、じわりと甘い疼《うず》きを感じはじめる。もう三本目の指まで呑み込んでいた。

苦しい呻《うめ》きだけでなく、甘い吐息を漏《も》らし出すメリル。それを見てサディアスは己の下衣を下穿きごと脱ぎ、再び覆《おお》いかぶさった。ぶるりと震える陰茎はすっかり上向き、メリルの中に入りたいと先走りを垂らしている。自分のものとは比べ物にならないほど大きくどす黒い陰茎の恐ろしさに、蕩《とろ》けていたメリルが僅《わず》かに怯《ひる》んだ。

「いいか？」

怖いけれど、溶けそうなほど熱い視線でそう言われると断るなんてできない。

いや、彼を受け入れたい。怖いという気持ちよりも、彼をもっと感じたい気持ちが上回っている。

メリルが黙ったまま頷《うなず》くと、サディアスはメリルの頬に唇を落とした。

本当は余裕なんてないのだろう。彼の陰茎はもう張《は》り詰《つ》めていて、それがどれだけ辛《つら》いかを同じ男のメリルは知っている。だけどメリルを怖がらせないようにしているのだ。

サディアスが己の陰茎を掴《つか》み、後孔にぴたりとあてる。じわじわと腰を進めて亀頭がメリルの中へ入り込んでくる。

「はっ、あ、あ、……！」

時間をかけてほぐした後孔はすっかり蕩《とろ》けているが、それでも狭くきつい。辛抱強くゆっくりと、少しずつ先端を差し込まれた。

「んっ、あ、くるし……ぁあ！」

「大丈夫だ。ゆっくり息をして」

メリルはふ、ふ、と息を繰り返して圧迫感をやり過ごそうとする。入ってくるものは太くて、熱くて、あまりに圧倒的で体が作り替えられそうだ。

サディアスは更にメリルの奥へ腰を進め、やがて、ぬぷ、と陰茎の先端が中に入り込んだ。

「……ッ！　あ、あっ！　あ、っあぁあ！」

「……入った、な」

ほんの先の部分だけ。だけど、彼が中に入った。

熱い。熱くて苦しくて怖い。

でも、もっと深くでサディアスの熱を感じたい。

息を吸うために口を開くと、押しつぶされたような呻き声《うめごえ》が漏《も》れる。喘ぎ声《あえごえ》とも言えない、潰《つぶ》れた声。なんとかサディアスをもっと深くまで迎え入れたくて、自ら足を開き、力を抜こうと呼吸を繰り返す。そんなメリルに、サディアスは柔らかく囁《ささや》く。

「メリル、大丈夫だ……ゆっくりでいい。少しだけ、力を抜いてくれ」

中が馴染《なじ》むのを待つように動かなかったサディアスが、腰をゆっくり突き入れてくる。少し先に進み、また戻りを繰り返して、内壁を擦《こす》りながら奥に侵入してきた。

「う……、あ、あ、……、は、ぁ」

メリルは少しずつ息を落ち着かせる。それに合わせてサディアスも、僅《わず》かに体を揺すった。不意にサディアスの亀頭が気持ち良い所を掠《かす》めて、メリルの中がきゅうと収縮する。

「んあ、あぁ！　な、何、……ッ」

「ここ、気持ちが良い？」

メリルが震えたことに気が付いたサディアスは、そこを何度も掠《かす》めるように突く。中を抉《えぐ》り擦《こす》られて、持ち上げられた足がその度にぴくぴくと揺れる。

陰茎への刺激とは違う快感。気持ち良くてたまらない。重たく深い快感が、体の奥から湧き上がってくる。固いものが小刻みにそこを擦《こす》り、たまらない悦楽を引き出した。

どれほど虐《いじ》められただろう。陰茎と後孔の両方への刺激ですっかり追《お》い詰められた頃、はぁとサディアスは深い息を吐いた。

「メリル、ちゃんと最後まで、入ったぞ」

サディアスに言われて下腹を見る。彼の腰はぴったりとメリルにくっつき、下生えがメリルの睾丸に当たっていた。

全部、最後まで入った。あの大きな陰茎が、すっかり自分の中に入り込んだ。

信じがたい気持ちでサディアスの顔を見上げると、彼の額《ひたい》に汗が垂れている。メリルの視線に気が付いた彼は、幸せそうな蕩《とろ》けた笑みを浮かべた。

「苦しい？」

「ん、ッ！　……平、気です」

「もう少し動くぞ」

言うが早いか、腰を揺すりはじめる。はじめはゆっくりと、本当にメリルが苦しくないか確かめるように。だがメリルが細い嬌声《きょうせい》を上げはじめると、次第に速く強くなっていく。内壁を擦《こす》り、先程暴かれた内側の気持ちの良い場所をこね回す。

体だけじゃない。何度も口付けをしながら「可愛い」と囁《ささや》かれて、心臓がぎゅうと絞られる。

好きだ。この人が好き。強さの仮面の下に、繊細《せんさい》な柔らかさを持ったサディアスが好きだ。

胸を満たす幸福感と、体を貫《つらぬ》く快感で頭がくらくらする。意識が遠くに吹き飛びそうだ。

「サディアス……、あッ！　ん、や、んあッ！」

自分の喘《あえ》ぎ声《ごえ》が室内に響くのが恥ずかしい。でも気持ちが良い。他に何も考えられなくなってしまう。もっと彼にもこの行為に、自分に夢中になってほしい。

「や、また、……！　イ、イク……！」

中の気持ちの良い個所を抉《えぐ》られると、堪《たま》らない。さっきまですっかり追《お》い詰《つ》められていたメリルは堪《こら》えきれず、一際強く陰茎をねじ込まれるのと同時に、漏《も》らすように遂情《すいじょう》する。揺すられ続けているせいで震える陰茎から、ぱたりぱたりと精液が零《こぼ》れた。

甲高《かんだか》い声でメリルが鳴くと、少ししてサディアスも低く小さく呻《うめ》く。腰を強く掴《つか》まれて引《ひ》き剥《は》がされると、腹の上に熱いものを零《こぼ》された。長く続く吐精に、サディアスが熱く息を吐く。

「メリル……好きだ」

精液をすべて吐き出した後ぎゅうぎゅうと抱きしめられて、その独占欲を表すような行為にまた心がいっぱいになる。

メリルにぴたりとくっついたまま、サディアスが蕩《とろ》けるほど甘い声で名前を呼ぶ。彼の重みを感じながら、メリルは必死に彼を抱きしめ返した。


どこか遠くから鳥の鳴き声がする。それから瞼《まぶた》の裏に、眩《まぶ》しいほどの光。もう朝だ。まだ眠っていたいが、メリルは瞼《まぶた》を揺らした。

なんだろう。体が重い。いや……痛い。変な所がひりひりと痛い。

でも包《くる》まっている毛布は、いつもよりもずっと暖かくて心地がいい。

（……あれ？）

不思議に思ってぱちりと目を開けると、目の前には肌の色。誰かの胸筋があった。それを辿《たど》っていくと、薄《うっす》らと髭《ひげ》の生えた男くさい顔がこちらを見下ろしている。

「おはよう」

「……おはようございます」

サディアスに抱きかかえられて眠っていたようだ。その肌の感触から、昨夜自分たちに何が起きたのかを思い出して、メリルは一気に眠気が吹き飛んだ。

抱かれたんだ。サディアスに。顔が真っ赤に染まってしまう。

「体は平気か？」

「は、はい。大丈夫です」

本当は少し痛いけど、我慢できる程度だ。あのサディアスの陰茎を入れたにしては、痛みが少ないとは思う。相当ゆっくりと抱いてくれたはずだ。

「良かった」

ふ、と微笑《ほほえ》まれて頬を撫《な》でられる。その優しい手つきに、思わず自分から頬を擂《す》り寄《よ》せたくなって……それからメリルは大事なことを思い出した。

「あ……！　悪夢は、悪夢は見ませんでしたか⁉」

サディアスに抱かれた後、気絶しそうだったメリルは催眠術師としての最後の根性で彼に術をかけた。ただ眠らせるだけではなく、悪夢を見なくていいように、彼が一人で背負い込んでいる責任を、少しでも自分が背負えるように。そんな思いを込めて力を振り絞ってサディアスを安眠にいざなったのだ。

だけどその後、彼が寝たのを確認したメリルは眠り込んでしまい、サディアスの様子を見守れなかった。

メリルがサディアスの胸の中からがばりと身を起こすと、彼は心底嬉しそうに微笑《ほほえ》んだ。

「ああ。さっきまでぐっすり眠れていた。一度も起きずに」

「一度も起きずに……良かった……」

メリルはほっと、深く息を吐く。良かった。本当に良かった。

白い光に包まれた寝室で見るサディアスは、確かにいつもよりも少し顔色がいい。頬には血色が戻り、目の下の隈《くま》も薄くなっている気がする。漆黒《しっこく》の瞳も力強く輝いていた。

だいぶ長く抱かれていたから、睡眠時間としては足りないかもしれない。でも熟睡できたのだとしたら良かった。

「メリル」

身を起こしてベッドの上に座るメリルと同じように、サディアスも体を起こす。彼は胡座《あぐら》をかくとメリルの両手を取った。

「俺にはもう二度と、穏やかな朝なんて迎えられないと思っていた。毎晩苦しんで、鉛《なまり》のように重たい体と、痛む心を背負って生きるんだと思っていた」

白い光に包まれた彼は、そっとメリルの指先に唇を落とす。

「……ありがとう、メリル」

その熱くて柔らかな感触が嬉しくて心地よくて、じんと甘い陶酔感《とうすいかん》が胸に広がる。礼を言われるほどのことではない。効果は一時的なものかもしれないし、十年蓄積した疲労もそう簡単になくならないだろう。

それに幸せな朝を迎えたのは、メリルのほうだ。

自分の記憶にある限り、ベッドはいつも冷たくて凍《こご》えそうだった。どれだけ泣いても、誰も傍《そば》にいてくれることはない。悲しくても辛《つら》くても、メリルを抱きしめてくれる人なんていなかった。

消えてなくなってしまいたいと思ったこともある。与えられた温かい腕の感触。誰かと共に目覚める朝。それがこんなにも幸せだなんて知らなかった。

「私も、幸せです」

そう言うと嬉しそうに笑われて、ぎゅうと抱きしめられる。満ち足りるとはこういうことなのか。

ふわふわと浮き立った気持ちのまま、メリルは彼の体に回した腕に力を込めた。

第五章　波乱

いつもの朝、メリルは医務室で一人忙しく薬品の補充をしていた。

寝不足気味だけど気分は高揚している。サディアスのことを考えたら、いくらでも働けそうだ。リリアの実を詰《つ》めた重たい薬瓶も、いくつでも持ち上げられるに違いない。もっと、もっと彼と砦《とりで》のために動きたい。そんな気持ちがメリルを突き動かしている。

しかし浮き立った心に水をかけるように、ひやりと冷たい声が飛んできた。

「メリル」

振り返ると、そこに立っていたのは兄、ジューダスだ。メリルと違いよく手入れされた銀髪が、砦《とりで》の中の弱い光すらも反射して輝いている。彼はずっと砦《とりで》の外に出ているか、彼にあてがわれている部屋に籠《こも》っているかで、兵士を癒《いや》すことなんてしていない。なのに医務室に、しかもこんな時間にやってくるなんて。

「随分《ずいぶん》と楽しそうだな」

「とんでもないです。楽しいなんて……」

不機嫌そうに睨《にら》まれて、咄嗟《とっさ》に首を横に振る。メリルの言葉なんて聞いていない様子のジューダスは、苛々《いらいら》した様子で腕を組んだ。

「仕事は進んでいるのか？」

「え？　仕事、ですか？」

「最近、何やら兵士たちに囲まれているようじゃないか」

「あ……はい。その、最近は兵士のみなさんに薬草の使い方を教えているんです。今まで指南役がいなかったので」

「薬草？」

メリルの言葉に、ジューダスはぴくりと眉を動かす。そして激高し大声を上げた。

「ふざけるな！　この愚図が！　そんなものは仕事じゃない！　お前の本当の役割を忘れたのか！」

ジューダスはつかつかとメリルに近づくと、メリルの持っていた瓶を取り上げる。

「兵士なんてどうでもいい！　将軍は、将軍はどうした！　催眠術はかけられたのか⁉」

「は、はい。ご期待に沿えるように努力しております」

圧力に負けて後ずさりしながらそう言うが、ジューダスの眉毛は吊り上がったままだ。

「努力？　お前は努力しても魔術が使えなかったんだろう。努力なんて無意味だ。それよりも、命に代えても結果だけしっかり出せ」

残酷にも、メリルが言われたくないことをあっさりと口にしたジューダス。その冷酷な響きにメリルは息が詰《つ》まる。なんとか声を絞り出そうとしても、情けなく掠《かす》れた音しか出てこなかった。

「申し訳ありません……」

「将軍はまだ王女への求婚を取り下げていない。お前がぐずぐずしていたら、あの美しい人が獣《けもの》に娶《めと》られるんだぞ」

獣《けもの》なんかではない。サディアスは決して獣《けもの》なんかではなく、美しく気高い人だ。

だがそれよりも、ジューダスの言った言葉にメリルは戸惑《とまど》った。

「……将軍はまだ求婚しているんですか」

求婚、と口に出すと、その言葉の重みが胸に沈み込んでいく。

顔から血《ち》の気《け》が引いて青くなる。その様子に気が付かないジューダスは、より一層メリルを責めるように声を荒らげた。

「そう言っただろう！　クソ！　きっと王も、夏になったら返事を出す。それまでに間に合わせないと……！　いいか。催眠術で駄目なら、毒でもナイフでもなんでも使え。お前の無駄な命を、少しは役に立ててみせろ」

乱暴に言い切ると、ジューダスはどん、と強くメリルの肩を押す。よろめいている間に、彼は持っていた薬瓶を叩《たた》きつけるように机に置いて、医務室から出ていった。静かな医務室にメリルは一人立ち尽くす。

冷たい空気の満ちる部屋で、まるで石のように重たく心が沈んでいく。

「求婚は、まだ取り下げられていないのか……」

好きだと何度も囁《ささや》いてくれたサディアス。彼は自分にも、砦《とりで》にもメリルが必要だと言ってくれた。だけど求婚を取り下げていない。そのことを知ってメリルは愕然《がくぜん》とし……そして自分のどうしようもない勘違いに気が付く。

（私は何を浮かれていたんだ）

サディアスは王女に一目惚《ひとめぼ》れしたのだ。彼女の可憐《かれん》な顔立ち、華やかな笑顔、華奢《きゃしゃ》で柔らかそうな体。どれも自分にはないものだ。

顔を上げると、薬棚のガラスに映るのは、死神のように青白い顔。陰気な瞳に、かさついた頬、手入れのされていないくすんだ灰色の髪。

それを見てメリルは夢から醒《さ》めたような気持ちになった。

ガラスの前には、ドブ鼠《ねずみ》と呼ばれた、暗い顔をした男が立っている。

サディアスが褒めそやす、美しく繊細《せんさい》な人ではなく、薄汚れてくたびれた、見るだけで陰鬱《いんうつ》な気持ちになるような男だ。その姿を自分で分かっていたはずなのに、いつから忘れていたのだろう。

魔術が、いや催眠術が解けた気分だ。

薄汚いドブ鼠《ねずみ》。そのドブ鼠《ねずみ》が、何を勘違いした？　自分は王女ではないのに、何故《なぜ》のうのうと彼の褒め言葉を受け取っていたんだ？

「……こんな醜《みにく》い男相手には一目惚《ひとめぼ》れなんてしないよな」

浮かれていた心が静かに冷えていく。愛を囁《ささや》かれて、甘く蕩《とろ》かされて、浮かれ切っていた。そして浮かれすぎて、勘違いしていた。

もし催眠術をかけなければ、サディアスだってメリルのことを小汚い男だと思っていただろう。決して恋愛対象にする価値のある人間じゃない。

灰色の髪を年寄りのようだと嗤《わら》うことはあっても、それを撫《な》でて微笑《ほほえ》むことはなかった。寝不足で落ちくぼんだ瞳を陰気でうっとうしいと吐き捨てることはあっても、新緑のようだと褒めることはなかった。

この地を治める将軍であるサディアス。雄々《おお》しく精悍《せいかん》な顔立ちの彼の隣に立てる人間じゃないのに、いつの間に勘違いしていたんだろうか。親兄弟ですら愛さなかった自分を、彼が求めるとでも思ったのか。

自分の浅はかさに吐き気がする。彼の優しさや強さを間近で見て、すっかり勘違いしていた。

彼の気持ちも優しさもすべてマリアローズのものだということは知っているはずなのに、彼を好きになっていた。偽《いつわ》りの恋愛なのだということから、目を逸《そ》らすほどに。

あまりにも愚か。そして……そんな愚かな自分を悲しく思った。

(支度……しないと、間に合わなくなっちゃう……)

のそのそと緩慢《かんまん》な動きで医務室の支度の続きをするが、頭に浮かぶのはサディアスのことばかりだ。

サディアスからは『今夜も来てほしい』と言われている。それを嬉しいと思っていた自分が嫌だった。彼に求められているという勘違いが辛《つら》い。

まだ求婚を取り下げていないということは、マリアローズとも結婚する気があるのだろう。あれほどメリルを激しく抱いたのに、好きだと何度も囁《ささや》いたのに、催眠術にかかっていてすら、まだマリアローズを求めているんだろうか。恋愛と結婚は別だと考えているのかもしれない。術のかかりが悪くて、二人共好きになったとか?

そう考えかけて、別の可能性に気が付く。

もしかして、術にかかってすらマリアローズを諦《あきら》めきれないくらい、深く彼女を愛しているのか。

そう思うと、胸がぐっと詰《つ》まり薬瓶を持っている手が震える。

まるで自分はサディアスとマリアローズを引き裂く悪役だ。

いや、実際そうなのだ。マリアローズは、この土地を人生をかけて守るサディアスが、唯一望んだ相手。なのに、それを卑劣《ひれつ》な手段を使って邪魔している。

マリアローズが嫌がって命令した……と自分を誤魔化《ごまか》していたが、サディアスのことを知れば彼女もきっと好きになる。あれほど魅力的な人間に惹《ひ》かれない女性はいない。

それをマリアローズに伝えることなく、彼女に操られているふりをして自分の都合の良いように動いている。

その上、彼を本当に好きになってしまうなんて、おとぎ話の中にもこれほど惨《みじ》めな悪役はいない。

「こんなに好きなのに……私のほうが、好きなのに」

自分のほうが、ずっとサディアスを好きだ。

サディアスのためなら力の限り働くし、この砦《とりで》で死んでも構わないと思っている。ザカリアの人々を愛して尽くすことができる。自分のすべてを捧《ささ》げてもいい。この砦《とりで》に来てからの短い期間でも、サディアスと人々のために身を尽くして働いてきたつもりだ。

それなのに、あんな甘ったれのマリアローズを好きだなんて。彼女はサディアスのことも、ザカリアのことも気にかけない女なのに。

じわりじわりと胸の中にどす黒い感情が広がっていく。

「あんな人の一体どこに惹《ひ》かれたんだ……」

マリアローズがこんな寒い土地で暮らしていけるわけがない。この土地に来てもきっとすぐに文句を言って逃げ出すに決まっている。我儘《わがまま》ばかりで、サディアスの足を引っ張るに違いない――

そこまで考えて、自分の中の吐き気がするような感情に気が付いた。

嫉妬《しっと》。この醜《みにく》い感情は嫉妬《しっと》だ。

自分がどれだけ醜《みにく》く、人に求められないか分かっているのに、勝手に彼女を恋敵のように思うことすら恥ずかしい。

「……ドブ鼠《ねずみ》が、思い上がりすぎだ」

どれだけメリルが羨《うらや》んだところで、彼女は美しく若く、何よりも女性だ。王家の後ろ盾を持ち、サディアスの子を産んであげられる。そんな相手と張り合おうだなんて、身の程をわきまえていないにも程がある。

メリルは魔力がなくて、みすぼらしい見た目で、更には男。実家には嫌われて金があるわけでもない。

そんな男がすべてを捧《ささ》げると言っても、差し出せるものなんて屑《くず》ばかりじゃないか。どれだけ屑《くず》をかき集めて差し出したって、彼女の微笑《ほほえ》み一つにも敵わないだろう。

やりきれない思いを抑えて、なんとか気力を振り絞り、支度を進める。

マリアローズの白くて艶《あで》やかな手とは大違いの、かさついた薬くさい手で薬棚を整えていくと、どんどん暗い気持ちになる。

カルロスや砦《とりで》のみんなにもてはやされて、自分はここに必要な人間な気がしていた。ここに来て初めて、催眠術師でも人の役に立てると思った。

だけどそれは、治癒魔術師がいないからで、自分に価値があるわけではない。

「勘違い、していたな……」

メリルが悶々《もんもん》と考えていると、バンと大きな音を立てて扉が開かれた。すぐに、メリルの陰鬱《いんうつ》な気配とは真逆の、明るい声が響く。

「おはようございまーす！　って、メリル先生？　大丈夫っすか？」

「あ……おはよう。カルロスくん」

ここ最近、すっかりメリルと共に行動するようになったカルロスだ。

「本当に大丈夫ですか？　今日は聖堂の片付けですけど、メリル先生お疲れでは？　顔色悪いっすよ」

「大丈夫だよ」

「……本当っすか？」

顔色が悪いのは、きっと疲れのせいではない。サディアスのことを考えていたせいだ。

それを言うわけにはいかなくて、メリルは曖昧《あいまい》に笑った。

「そうか、聖堂の片付けの日だったね。行こうか。早く取り掛からないと終わらないかもしれない」

実は薬作りを行う場所が問題になっていた。医務室では狭すぎるし、兵士の訓練場は汚すぎる。頭を悩ませていた際に、メリルがあの打ち捨てられた聖堂を思い出したのだ。

あの場所なら兵士たちが薬を作っても邪魔にならないし、医務室からも近い。サディアスにそれを伝えると、二つ返事で許可を貰《もら》えた。

無理やり笑顔を作って医務室を出ようとするメリルの顔を、カルロスがじっと見つめる。

「……メリル先生、ここのところずっと俺たちに薬のことを教えてくださっているでしょう。薬品の用意に、普段の手当もあるし。お疲れだったら無理しないでください。メリル先生が倒れたら、俺たちみんな頼る人がいなくなっちまいます」

「そんなこと……」

「そんなことありますよ。少なくとも俺は、メリル先生に絶対に倒れてほしくないです。本当に、休む時は休んでください」

普段は明るく屈託《くったく》のないカルロスが、やけに真剣な顔で「メリル先生の健康が一番大事なんですから」と言う。その直球の優しさに、メリルは少し驚いた。それから掠《かす》れた小さな声で返す。

「……ありがとう」

「え？　お礼言うのは俺たちですよ。本当に助かってるんですから」

「いや、本当にお礼を言わないといけないのは、私のほうなんだよ」

ザカリアの人たちはみんな、必死で生きて必死で戦ってくれている。この砦《とりで》を守り、国を守ってくれている。寒く厳しい土地で、常に攻め入られる恐怖と戦いながら、それでも逃げ出すこともせずに戦ってくれている。

(それなのに、私は……)

メリルは俯《うつむ》いた。

メリルは自分のことしか考えていない。王女に命令されたからだとか、家や父から見捨てられたくないとか言い訳を並べていたけれど、結局は自分の意志でサディアスに催眠術をかけた。彼の幸せなど考えずに、恋心を踏みにじろうとした。

そして更に悪いことに、今は将軍に恋をしてしまって催眠術を解きたくないと思っている。被害者であるサディアスのことより、自分の恋が叶わないのを嘆《なげ》いている。

自分は価値がない役立たず。こんな感謝なんてされるべきではない。

メリルの言葉にカルロスが疑問を抱く前に、メリルは廊下へ出て、聖堂へ向かって歩き出した。

「最近の戦況はどうですか?」

「あー。ここのところずっと小康状態だったんですけどね。また怪しい敵兵がウロウロしはじめているので……まぁ、近いうちに襲撃してくると思います」

「そう……」

「しょうがないっすよ。もう春も終わりで、早めにあちらさんも揺さぶりをかけたいんでしょうね」

春が終わり、ほんの短い夏が終われば、ザカリアはぐっと寒くなる。冬のこの辺りは吹雪《ふぶき》で荒れ、敵国としては侵攻が難しいのだろう。猛吹雪《もうふぶき》の中を進むのは歩兵にも馬にも辛《つら》すぎる。

メリルがこの砦《とりで》に来てから、初めての戦《いくさ》が始まるのかと暗い顔をすると、カルロスが慌てて手を顔の前で振った。

「あ！　大丈夫ですよ！　砦《とりで》の中は一歩も進ませませんから！　俺が守ります！」

「ありがとう。でも今のうちに、沢山《たくさん》薬品を備蓄《びちく》しておこう。私も薬を使った治癒ならできるから」

「何言ってんですか。もし敵兵が攻め入ってきたら、メリル先生は真っ先に逃げてくださいね。たしかどっかに逃げ道があるはずなんで。偉い人の部屋には、俺たち下っ端《したっぱ》には分からない、隠し扉なんかもあるらしいですよ」

話しながら歩いているうちに中庭に辿り着《たどつ》く。二人は雑草の伸びた中庭に足を踏み入れ、サディアスから預かっていた鍵を使い聖堂の扉を開けた。

「隠し扉に、逃げ道？」

「そうっす。本当は俺みたいな一兵卒には内緒なんですけど、レイノルド副将軍に前に聞いたんですよ。この砦《とりで》にはいくつも抜け道があるって。でも、どこだったかな……」

カルロスは記憶をひねり出そうとしているのか、腕を組んで首を傾ける。

その時、二人の間を聖堂の奥から、ひゅう、と風が通り抜けた。その風の生暖かさに、メリルは聖堂の奥に目を凝《こ》らす。だが暖炉に火が入っているわけもないし、そもそも風が通る窓もない。冷たい風なら隙間風だろうけど、何故《なぜ》、生暖かいんだ？

少し不思議に思ったものの、メリルは唸《うな》り続《つづ》けるカルロスへ向き直る。

「別に知らなくてもいいよ。みんなが残るのに、逃げるつもりはないから」

「駄目っすよ。メリル先生、捕まったら敵兵に何されるか分かんないっすよ。兵士はみんな飢えてるんですから。ヤバイ時にはちゃんと隠れてくださいね」

「飢えてるなら食堂を荒らすんじゃないかな？」

「いえ……先生は全然分かってないです……まぁ、分からなくてもいいですけど」

「そうなの……？　それよりも、早く片付けを済ませちゃおうか」

「あ〜……、そうっすね。薬作れたら、兵士の士気も上がりますし」

話を変えると、カルロスはあっさりと聖堂の中に入る。がこがこと靴音を鳴らしながら、乱雑に置かれている机を動かしはじめた。その後ろ姿を見ているメリルの胸に、恐ろしさが広がる。

戦《いくさ》が近い。もし戦《いくさ》が始まったら、この砦《とりで》の人たち全員が無傷、というわけにはいかないだろう。

それを考えると胸が重たくなる。

サディアスへの恋心と、罪悪感。それに戦《いくさ》への不安もあいまって、メリルは自分の心がじわりじわりと追《お》い詰《つ》められていくのを感じていた。


「——メリル？　どうしたんだ？　浮かない顔をしているな」

低くて穏やかな声が鼓膜を揺らす。

静かな寝室で、メリルはサディアスのベッドに腰掛けていた。今夜も来てほしいと言われていたから、その言葉を撥《は》ねのけることができなかったのだ。

本当なら嬉しくてたまらないが、彼へのままならない恋心と、戦《いくさ》が近いこと。メリルの手には負えないことが重なり合って、頭が破裂しそうだった。

陰のある暗い顔で押し黙るメリルを、サディアスは訝《いぶか》しく思ったようだ。

「……すみません」

催眠術をかけて、眠らせてあげないといけないのに余計な心配をさせている。それを細い声で謝罪する。サディアスはメリルの隣に腰掛けると、そっと手を握った。

「大丈夫か？　何か困りごとでも？」

「い、いえ。そんなことは……」

問われたメリルが思わず首を横に振ると、サディアスは落ち着いた声で囁《ささや》く。

「では心配事か？　俺には手助けできない？」

安心させるように、大きな手で背中を撫《な》でられる。いつもサディアスに細い、ちゃんと食べているのかと問われる背中だ。でも自分ではそこまで細いとは思わない。

王都にはもっと華奢《きゃしゃ》な美青年が沢山《たくさん》いる。女性のように髪の毛の先まで磨き上げた美しい男たち。

裕福な男の愛人を生業《なりわい》としている者もいる。

もしメリルの体を華奢《きゃしゃ》だと思うなら、ただそれはサディアスの体が大きすぎるのだ。それに……どんな男よりも、マリアローズのほうがずっと美しい。

いい匂いがして、滑《なめ》らかな肌と艶《つや》やかな髪を持つ、華やかな女性。本当は彼女にこうやって触れたかっただろうに、催眠術で惑《まど》わされて、ドブ鼠《ねずみ》を抱き寄せている彼が哀れだった。

催眠術にかかったサディアスの瞳には、メリルがマリアローズのように美しく見えているのだろうか。そう考えると胸がずきりと痛む。

胸が痛くて、痛くて、潰《つぶ》れてしまいそう。

その痛みを誤魔化《ごまか》すように、メリルは広い胸に抱き着く。この痛みは彼には言えない。自分で抱えないといけない。優しい言葉をかけられるのも辛《つら》かった。

「サディアス……したいです」

「メリル？」

悩みを言わないと決めたメリルの様子に気が付いたのか、サディアスは少し戸惑《とまど》った顔になる。

それを押し切るようにメリルは言葉を重ねた。

「抱いてほしいんです。駄目ですか？」

「……いや、俺もしたいよ。メリルを抱きたい」

伸び上がりサディアスの唇に自分の唇を重ねる。いけないことだ。こんなことしてはいけない。

催眠術で操っている彼と寝るなんて、しちゃいけない。絶対に後悔する。

分かっているのに止められなかった。

抱いてと強請《ねだ》るよりも、求婚を取り下げるように強請《ねだ》らないといけない。

なのに、できなかった。求婚なんて口にしたら、取り乱してしまいそうだ。

「ん……っ……」

唇が擦《こす》り合《あ》わされて、体が熱を帯《お》びてくる。唾液《だえき》を纏《まと》った舌がメリルの唇を舐《な》めて、歯で唇を甘噛みされた。僅《わず》かな痛みも、彼の存在を実感できて嬉しい。

固い掌《てのひら》がメリルの体を撫《な》でる。優しく労《いた》わる手つきは、いつしか性感を刺激するものに変わっていく。

「んぅっ、あ」

服を剥《は》ぎ取《と》られて素肌をまさぐられる。性急に触れてくる掌《てのひら》が嬉しい。この苦しい気持ちを、すべて快感で押し流してほしかった。

全裸になったメリルを、サディアスがベッドに押し倒す。足の間に体を入れられて、膝を割られた。まだ見られることも触れられることも恥ずかしくて、少し体が固くなる。でもサディアスの掌《てのひら》が太ももを撫《な》でて鼠径部《そけいぶ》をくすぐり淡い茂みを触ると、すぐに快感のほうが上回った。

「サディアス、んん」

太い指を陰茎に絡められると、いつもたまらなくなる。

腰が揺れてもっともっとと、はしたなく刺激を強請《ねだ》った。陰茎の先端がとろりと先走りを吐き出してサディアスの手を濡らし、扱《しご》かれる度に湿った音がする。

「気持ち良い？」

「ん……っ！　ん、あっ」

メリルがすっかり蕩《とろ》けているのなんて分かっているだろうに、からかうように問われる。

気持ち良くて自然と足が更に大きく開く。陰茎を差し出す卑猥《ひわい》な姿になっても、悦楽に脳みそが支配されて、恥ずかしさよりも彼の掌《てのひら》にもっと擦《こす》られたくて堪《たま》らなくなり、我慢ができない。

触って。もっと奥まで触ってほしい。

甘く視線で強請《ねだ》ると、後孔に彼の指が滑っていく。つぷりと差し込まれた指が、じわじわと中に押し込められていった。

もう何度か抱かれているというのにメリルに痛みがないかを確認しながら少しずつ入ってくる指先。じれったいほど優しい指が一本根本まで差し込まれ、メリルはため息のような声を漏《も》らした。

「あ、ぁあ、サディア、ッ……！」

優しく入れられた指が、急に内壁を軽く押し上げる。的確にメリルの中の気持ちの良い所を刺激され、痺《しび》れるような快感に腰が跳ねた。

「や、あっ、それ、……！」

とんとん、と軽く虐《いじ》められているだけなのに、爪先《つまさき》まで快感に支配されて喘《あえ》ぐしかできない。快感に翻弄《ほんろう》されている間にいつの間にか二本目、三本目の指が中に入り込んでくる。

気持ち良くて指をきゅうと締め付けてしまう。もう片方の手で陰茎も同時に弄《いじ》られたメリルは、達しないように必死に息を吐いて、首を横に振って訴える。

「も、むり、っ！　や、ぁ！　イ、イキたい……！」

「無理？　もうちょっと我慢できないか？」

目を眇《すが》めて意地悪な顔で笑われる。

その色気のある表情に余計に追《お》い詰《つ》められて、メリルはもう無理だと快感に喘《あえ》ぎながら彼の手に縋《すが》る。するとサディアスは目をますます細め、手の動きを速めた。

「いいぞ、イっても」

濡れそぼった陰茎も香油にまみれた後孔も、ぐちぐちと水音を立てて彼に嬲《なぶ》られる。息が詰《つ》まるほどの快感が襲ってきて、目の前が白くなっていく。

「サディア、ス、……あ！　ああ！　ぅ、んん、好き、……ん！」

「俺もだ」

思わず漏《も》れた言葉。聞こえないほど小さかったはずの呟《つぶや》き。それにサディアスが応《こた》えてくれる。驚きと、これは彼の本心じゃないんだという悲しみに、現実に引き戻されそうだ。熱に浮かされた体と、悲痛な痛みを訴える恋心の間で、気持ちがバラバラになる。

「好きだよ、メリル」

更に追い打ちをかけるように、甘い声が響く。この恋から目が覚めなければいいのに。きゅうと苦しくなる胸の内を隠して、メリルはただ快感に身を任せた。

「んぁ、ああっ、や、あああああ！」

指先で前立腺を刺激され、陰茎を強く擦《こす》られて、精液が迸《ほとばし》る。射精している間も後孔から前立腺を刺激されて、体がびくびく跳ねて小刻みに震えた。

ぎゅうと緊張した後に弛緩《しかん》していく体。メリルは長く細い嬌声《きょうせい》を上げた。

すぅ、と意識が遠のいて……それからまたゆっくりと浮き上がる。

「あ、……れ」

体を拭《ぬぐ》われる振動で、はっと目を開けた。

射精の後の急激な眠気で、一瞬、意識が飛んでいたようだ。まだそれほど時間は経っていないみたいだけど、メリルは慌てて起き上がろうとする。それをサディアスに手で制された。

「すみません」

「大丈夫だ」

サディアスはやや性急にメリルの体を拭《ぬぐ》っていた手巾を床に投げる。薄暗い部屋の中でも分かるほどぎらついた視線。それに気が付いて、メリルはぴくりと肩を跳ねさせた。

視線を彼の下腹までずらすと、いつの間にか服を脱ぎ去った彼の陰茎は勃起している。太くどす黒いそれに、頭がくらくらした。

「負担をかけて悪いが、指だけじゃなくて俺も入れてくれ」

「わ、っ」

そう言うとサディアスはメリルの体をくるりとひっくり返す。四《よ》つん這《ば》いにされ、後孔が彼の目の前に晒《さら》された。恥ずかしくて尻をもぞもぞと動かすと、余計に彼がそこに視線を注いでいる気がする。

大きな手で柔らかな尻たぶを割《わ》り拓《ひら》かれると、さっき指でほぐされた穴がヒクついた。

は、と荒い息を吐いたサディアスが、剛直を挿入してくる。

「んぅ、ぐっ、……ッあ！」

「痛いか？」

「へい、き……っ！」

ゆっくりと入れられて、押し出されるように低く呻《うめ》いてしまう。ごりごり内壁を擦《こす》られる感触がたまらない。体の中がみっちりサディアスで埋まってしまったような感覚になる。ぐちゅぐちゅ音を立てて抜き差しされて、前立腺を刺激されると一度射精したのにまた体に火が灯《とも》った。

「あ、ふッ、う、……ッぁッ、あ」

「メリ、ル……ッ」

だんだんと動きが激しくなり腕で支えていられなくて、上半身がベッドに崩れて突っ伏す。すると、高く上げた腰を掴《つか》まれて、一層強く奥まで突き込まれた。

気持ち良い。目の前がちかちか光って、また射精感が込み上げてくる。

「ん、っあ、あああっ！　や、イ、ッくうッ！」

イく、と思った時にはとろりと精液が零《こぼ》れていた。その後を追うように、サディアスが剛直を最奥に叩《たた》きつけてくる。痕《あと》が付きそうなほど強く腰を掴《つか》まれて引き寄せられ、どろりと熱いものが大量に後孔へ注ぎ込まれた。

散々交わって息も絶え絶えだったが、メリルはなんとかサディアスが眠れるように催眠術をかけた。罪悪感と疲労感にまみれて、メリルも早く眠ってしまおうと思ったのに、薄暗い部屋の中で静かに吐息を漏《も》らすサディアスをぼんやりと見つめてしまう。

眠る彼の顔を愛らしいと思う。メリル以外には武骨で恐ろしい強面《こわもて》に見えるだろうが、自分にとっては可愛らしい。すやすやと安らかに眠る彼の顔をもっと見ていたい。ずっと見ていたい。

そう思うのと同時に、胸が苦しくなる。

生まれて初めて好きになった人。それなのに、自分はこんな酷《ひど》いことをしている。

「なんで、好きになったんだろう……」

心に作用して、サディアスを意のままに操る。そのためにこの砦《とりで》に遣わされたのに、その催眠術師が恋に落ちてしまうなんて笑い話だ。あまりにも馬鹿すぎる。サディアスの心は操れたのに、自分の心を制御できていなかったなんて。

秀麗な眉。その下の、今は閉ざされている意志の強い瞳。すっきりと通った鼻筋。美しい顔立ちだが、彼の顔にはいくつも古傷がある。深く刻まれた傷は昔の戦《いくさ》で負ったもの。彼は噂で言われている血を好む非道な獣《けもの》ではなく、この土地を守ろうと努力する優しい人だ。

その彼が唯一望んだ女性。彼が望んだ恋を、メリルは横から奪い取った。

「最悪だ……」

最悪で、汚らしい。自分がひどく醜《みにく》い人間に思えた。家族からの愛を求め、代償としてサディアスを騙《だま》して陥《おとしい》れた。そして今度は、その騙《だま》したサディアスにも愛してほしいと願うなんて、寒気がするほど強欲だ。

「ごめんなさい」と小さく呟《つぶや》き、そっと彼の頬を撫《な》でた。

愛している。どうしようもなく愛している。

彼の強さだけに惹《ひ》かれたわけじゃない。その男らしく引きしまった横顔も、逞《たくま》しい体躯《たいく》も好きだけれど、それだけじゃない。

眠る時に少し不安そうに瞼《まぶた》を震わせるところも、唇を求める時に僅《わず》かに甘えるように強請《ねだ》るところも、そのすべてを好きになったのだ。彼の弱さも含めて愛したいと、そう深く願っているのに。

(……なんで、私を好きじゃないんだろう)

胸が詰《つ》まり、喉の奥から苦しげな声が漏《も》れる。

彼を知って彼に惹《ひ》かれて恋に落ちた。

でもそれはメリルの一方的なものだ。サディアスの心は本当はマリアローズのもの。美しく若い彼女に一目惚《ひとめぼ》れして、求婚するほど彼女を好いている。マリアローズに欠片《かけら》も似ていないメリルなんて、催眠術がなければ見向きもされないだろう。

みすぼらしく、髪はパサつき、肌も艶《つや》がない。こんな体では抱いても楽しくないだろう。話すことも仕事のことばかりで辛気臭《しんきくさ》い。

加えて自分は魔力がない。人に好かれる要素なんて何もないのだ。

心を操っていなければ、あの甘やかすような視線も、温かな掌《てのひら》も与えられなかった。分かり切っていたはずのことが、ひどく悲しい。

誰にも見向きもされない人生の中で、彼だけは私を愛してくれると、そんな幻覚を見たのだ。抱きしめられて、そんなくだらない夢を見てしまった。

催眠術で操った、空虚な恋でしかないのに。

誰も自分を愛することはない。誰にも顧《かえり》みられることはない。十分思い知っていたのに、欲が出てしまった。

人を好きになることがこんなに辛《つら》いなんて思いもしなかった。

この苦しみは、サディアスの意思を無視し、彼の恋を邪魔した罰なのかもしれない。きっとサディアスは、同じように熱い気持ちをマリアローズに寄せているのだから。

熱《ほて》っていた体がどんどん冷えていく。罪悪感と自分への嫌悪で吐き気がする。

それでもサディアスに縋《すが》りたくて、メリルはそっと彼の体に身を寄せた。


廊下に吹きすさぶ風の音にまぎれて、メリルは深いため息を吐《つ》いた。

悶《もだ》えるような苦しさに身を焦《こ》がして、もう数日が過ぎている。サディアスに求婚のことはまだ聞けていない。

恋人同士の何げない会話を装《よそお》って、上手《うま》く尋ねればいい。彼はメリルが王都でどう過ごしているのか時折聞いてくるから、その話題に乗ってマリアローズのことを話せばいい。信じられないほど美しい王女がいる、と。そして求婚していることを彼の口から言わせて、取り下げるように強請《ねだ》ればいい。恋人なら不自然ではない。

そう分かっているのにいつも言葉に詰《つ》まって、口にできなかった。彼の前でマリアローズという名前を出すだけでも、恋の夢が醒《さ》めてしまうのではないか。そんな不安にかられて、臆病にも体が強張《こわば》る。

どうせ彼の愛情なんて、すべて幻《まぼろし》なのに。醜《みにく》く、能力のない自分なんて彼は求めていない。あの笑みも言葉も、全部マリアローズのものだ。

止まらないため息を呑み込み、メリルは廊下の端、豪奢《ごうしゃ》な扉の前に立つ。

廊下の窓から外を見ると、月がすっかり真上に上っていた。いつもならば、そろそろサディアスの部屋に行く時間。だが今夜、メリルはジューダスの部屋を訪れていた。

メリルの部屋に「何に使うのかは知らないが、頼まれた薬ができた」とジューダスから手紙が入っていたのだ。

薬なんて頼んでいない……と思ったものの、もしや王都から追加の薬が来たのだろうか。そう期待して彼の部屋に行ったのだが、……扉を開けてメリルを出迎えたのは、殺気立った顔つきのジューダスだった。部屋に入るなり、彼が掴《つか》みかかってくる。

「おい、メリル」

「……？　はい」

「お前、将軍の部屋に夜ごと行っているというのは本当か⁉」

「……っ！」

ついにバレてしまった。

メリルは息を呑む。できるだけこっそり訪れていたし、護衛にも内密にと言っていた。けれど、もしかしたら、廊下を歩く姿を誰かに見られていたのかもしれない。

「はい……その、疲労感の軽減のために、就寝前に部屋を訪れています」

「それで、催眠術は？　催眠術はかけたんだろうな⁉」

「……はい。ですが、やはり将軍ですから、なかなか上手《うま》くは……」

「どういうことだ」

「術はかかっています。ですが……求婚を取り下げるほど強くはかからなかったようです」

「……催眠術すら、半端《はんぱ》な落ちこぼれということか」

ジューダスはひどく険《けわ》しい表情でメリルを睨《にら》みつけ、暫《しばら》く口を噤《つぐ》んだ。まるでメリルの心の裡《うち》を見透《みす》かそうとしているようだ。そしてぱっと掴《つか》んでいた手を放すと、メリルが思ってもみなかったことを口にする。

「もういい。お前が将軍の部屋に入れるなら……今夜は俺が代わりに行く」

「え？」

「お前のコートを借りるぞ。お前はこのまま俺の部屋にいろ」

「え、お、お待ちください！」

言うや否や、ジューダスはメリルの着ていた白銀のコートを奪おうと手を伸ばしてくる。咄嗟《とっさ》にその手を避けると、ジューダスが舌打ちした。

「この砦《とりで》に来てもう二ヶ月経つ。ようやく部屋に入り込んだが催眠術なんざ、結局、役立たずだったんだろう？　だったらこのまま愚図に任せてなんていられない」

「ですが、どうやって将軍を籠絡《ろうらく》するおつもりなのですか？」

「心配しなくていい。もっといい方法がある」

彼はにやりと笑うと、再びメリルに手を伸ばしてきた。

嫌な予感がする。だが、さっきよりも明確な意思を持ったジューダスの手は、逃げようとするメリルをしっかりと掴《つか》んだ。

「安心しろ。これで上手《うま》くいったら、父上には『メリルのおかげだ』と伝えておいてやろう」

「ジューダス様……！　おやめください！」

「邪魔するのか？　魔力なしの愚図が、この俺に逆らうのか！」

「……ッ！」

叫びながらジューダスは手を振り上げ、メリルの頬を叩《たた》いた。ジューダスも力が強いわけではないけれど、それでもメリルは痛みに呻《うめ》く。その隙をついてジューダスはメリルのコートを剥《は》ぎ取《と》った。その勢いで突き飛ばされて、メリルはその場に尻もちをつく。

「ジューダス様!?」

「いいか、よく聞け。お前はここには来ていない。……この部屋じゃなくて、お前は将軍の部屋に行ったんだ」

「……え？　な、何を」

「分かったな？　俺がお前の命を役に立ててやる」

「ジューダス様！　……ぐぁっ！」

メリルのコートを羽織《はお》ると、彼は足を振り上げて思い切りメリルの腹に蹴りを入れた。鋭い痛みに呼吸が止まり、メリルは目を見開いて体を折り曲げる。暴力とは無縁の彼には、体中から冷や汗が噴き出るような痛みだ。

「……ジュ、……ダス様！」

去っていくジューダスに手を伸ばすが、彼は振り向くことなく部屋を出ていってしまう。ガチャリと重たい音を立てて扉が閉められた。メリルはその後を追い、床を這《は》って進む。

「く……、う」

なんとか扉に辿《たど》り着《つ》き、それを開こうと手を伸ばす。だが取っ手をいくら揺すっても開かない。

「な、なんで……」

外側から鍵がかけられ、しかも錠までかけられているようだ。メリルをここに閉じ込めるつもりで用意していたのだろう。そういえば、ジューダスが好きに部屋を改造していると随分《ずいぶん》と前に噂で聞いた気がする。

「一体、何をするつもりだ……」

何かを企《たくら》んでいる。でなければ外鍵なんて付けない。何かを成《な》し遂《と》げるために周到に準備してきたのだ。

ようやく引いてきた腹部の痛みに、メリルは床から立ち上がり、のろのろと室内を歩き回った。

ジューダスの使っていたらしい机の上の書類を掴《つか》み、素早く目を通していく。王宮の治癒魔術師から届いたもの、他の魔術師からのもの。マリアローズに宛てて書いたらしい手紙の下書きもあったが、どれも彼女の美貌《びぼう》を褒めたたえるばかり。

ジューダスの荷物の中も漁《あさ》るが、不自然なものは出てこない。一体彼は何を企《たくら》んでいるのか。諦《あきら》めかけて再び扉に向かった、その時。打ち捨てられた小さな瓶がメリルの足に当たった。

「これはリリアの実の瓶？　なんでこんな所に……」

床に無造作に転がっていたのは、医務室で使っているリリアの実の瓶だ。市場で手に入りやすく、安価で使い勝手がいい。最近はメリルがよく鎮痛剤として使っているリリアの実。その横には乾燥させたメリベール草を入れていた箱がある。どちらも変なものではないはずだが、何故《なぜ》かメリルは違和感が背筋を駆け上っていくのを感じた。

ジューダスは治癒魔術師。催眠術師はおろか薬師すら馬鹿にするほど、魔術の力に絶対の自信を持っている。そんなジューダスの部屋にリリアの実？　おかしい。安価な鎮痛剤なんて彼が必要とするはずがない。

「リリアの実は……沈痛。……だけど、幻覚作用とそれから弱毒性がある」

弱毒性、と口にして、体から汗が噴き出る。頭に毒殺という言葉が浮かび上がった。弱毒性のリリアの実を他の毒草、たとえばメリベール草と混ぜて使うと、毒性は増す。

(でも毒性はそれほど強くない。……強くないはずだ)

数日のうちに適切な治療を施《ほどこ》せばすぐに回復する。そう頭で思うのに、どくどくと心臓が嫌な音を立てる。

「まさか……いや、いくらなんでも、まさか毒殺なんて」

相手は将軍だ。サディアスは不敗の英雄で、彼のおかげで北の砦《とりで》は難攻不落なのだ。北の敵国からこの国全体を守っている。ジューダスは恐ろしいことを口にしたけれど、本当に実行に移すなんて、そんなことあるのだろうか。

マリアローズも、メリルに「催眠術で虜《とりこ》にしろ」と命令したが、その命を奪ってこいとは言わなかった。それなのに、どうしても嫌な予感がする。

「……治癒魔術師は体の機能を活性化させて、傷を治し、病《やまい》を払う」

解毒の治癒魔術を使う場合、細胞一つ一つに働きかけて、毒の排出を促《うなが》す。だけどもし、その活性化させる力で解毒ではなく、血流を活性化させたら。怪我を何倍もの速度で治せる治癒魔術。それを使って毒を、何倍もの速度で体に回そうとしたら……。ジューダスほどの治癒魔術師が、その力のすべてを悪いほうに使ったら……

そこまで考えて、メリルは弾かれたように扉に駆け寄った。

「誰か！　誰かいませんか！」

扉を思い切り叩《たた》いて大声を出すが、シンと静まり返った廊下から応答はない。ジューダスの部屋はこの砦《とりで》でも位の高い人間が使う、特別な部屋。メリルの部屋のように、壁が薄かったり近くに同僚がいたりする、なんてことはないのだ。

「誰か、開けてくれ！」

激しく扉を叩《たた》いても、重たい木の扉はびくりともしない。拳《こぶし》だけでなく足でも蹴り、体当たりをして取っ手を壊そうとするが、僅《わず》かに軋《きし》んだ音を上げるばかりだ。何か投げつけられるものがないかと辺りを見回すが、椅子や机くらいしかない。そのどちらも重厚すぎてメリルには持ち上げられそうになかった。

クソ、と口の中で小さく罵《ののし》り、もう一度扉を蹴り飛ばす。貴賓室の無駄に頑丈に作られた扉が恨めしい。敵を通さず、時間稼ぎをするための強固な扉が。

「ん……？　貴賓室……敵……」

　貴賓室。貴賓室について、何か聞いた覚えがある。どこだったか……記憶の中を必死で探ると、明るい声が脳内でよみがえった。

『偉い人の部屋には、俺たち下っ端《したっぱ》には分からない、隠し扉なんかもあるらしいですよ』

　カルロスがそう言っていた。聞いた時は自分には関係のないことだと聞き流していたが、もし彼の言葉が本当ならば。このジューダスの割り当てられた部屋にも隠し扉があるんじゃないか。メリルは扉から一歩離れると、は、は、と荒い息を吐く。

　神経を研ぎ澄まして、どこかに空気の流れがないか探る。興奮した兵士のような荒々しさでは見つけられない。目を瞑《つむ》り、一度ぎゅっと体に力を込めると、深呼吸を繰り返して体から力を抜いた。

「私は、落ち着いている。私には、僅《わず》かな気配も見つけられる。たとえほんの少しの、風の通り道でも」

　ふ、ふ、と息を吐いて自己催眠をかけていく。いつも患者にかけるよりもずっと雑なものだ。それでも、額《ひたい》、眉間《みけん》、眉、それから耳にかけてじっくりと催眠の糸を垂らしていくと、跳ねまわるようだった心臓がゆっくりと落ち着いていった。同時に、鋭敏になった神経が風の流れを感じる。僅《わず》かな、だけどはっきりと流れる空気の道。それを慎重に追いかけて寝室に足を踏み入れ、空気の出所を探った。

「……あった。本当にあった！」

　風が吹いてくるのは寝室の中の小さな黒い竜が祀《まつ》られた祭壇。その祭壇を横へずらすと、メリルの肩程までの低く狭い通路があった。薄暗い道に魔石がぽつぽつと淡い光を放っている。吹いてくるのは冷たい風。この道がどこへ続くのかは分からなかったが、ごくりと唾《つば》を呑み込み、メリルは薄暗い通路に一歩足を踏み入れた。

暗い通路は、細く、湿っぽい。手入れなんてされていないから、不快な埃《ほこり》のにおいがした。寒い土地のおかげで虫は湧いていないようだが、薄気味悪い。先が見えない中に飛び込むのも、足元が暗いのに走ることも、恐ろしくてたまらない。

だけど今は少しでも早く、と竦《すく》みそうになる足を鼓舞《こぶ》した。

は、は、と自分の荒い息遣いが、狭い通路に響く。空気が薄いわけでもないのに、恐怖心のせいだろうか、息苦しく感じた。

どれだけ自分が走っているのか分からなくなり、別の世界に迷い込んでしまいそうで恐ろしい。だが、いくらも走らないうちに、ふわり、と清らかな空気が漂《ただよ》ってくるのを感じた。

(外、もうすぐ外だ……!)

薄暗い中で、転ばないように走るのは思ったよりも労力がいる。それほど長い間駆けていたわけでもないのに、背中にじっとりと汗をかいていた。

通路の先には、年季の入った木製の扉。その扉に体当たりするように飛びつき、外側に向かって勢い良く開く。

「こ、ここ、は……聖堂?」

その先は、あの中庭の聖堂だった。更に外に通じる道もあるようだが、聖堂を中継地点としているようだ。一瞬ぽかんと口を開けてしまったものの、メリルはすぐに聖堂を飛び出し、ある人物の私室の扉を強く叩《たた》いた。

「っ、すみません！」

「……メリル？　どうした、そんなに焦《あせ》って」

「ケイレブ様！」

向かった先はケイレブの部屋だ。夜も遅い時間だったが、ケイレブは即座に扉を開いた。「まさか敵兵か」

と眉を吊り上げた彼に、メリルは首を横に振る。

「不躾《ぶしつけ》な願いだというのは分かっています。ですが、一緒に来ていただけませんか！」

「敵兵ではないのか？　……どこにだ？　こんな時間に」

「サディアス将軍の私室です！」

「将軍？」

ケイレブの吊り上がった眉毛が、今度はぐにゃりと歪《ゆが》む。一瞬の間、思案した彼は、深く頷《うなず》いた。

「分かった、行こう」

「……いいんですか!?」

あっさりと承諾《しょうだく》したケイレブに、逆にメリルのほうが戸惑《とまど》う。

今までもメリルに協力してくれてはいたが、彼は慎重で、いちいちその真意を確認してからでないと動かない男だ。連れていくまで時間がかかることを覚悟していたのに。

「何を驚いているんだ。お前が頼んだんだろう」

「す、すみません。まさか聞いてくれるとは思っていなくて。しかも理由も聞かずに」

「怪我か？　それとも急病？　お前がそれだけ慌てているのなら、状態はかなり悪いんだろう。お前に治せないくらいに」

言いながらケイレブはてきぱきとローブを身に纏《まと》い部屋の外に出る。

「将軍の部屋だな。急ぐぞ」

「はい……！」

ケイレブに促《うなが》されて、メリルは大慌てで走り出す。当然、といった彼の態度に、廊下を走りながら呟《つぶや》いた。

「ケイレブ様は……信じてくれるんですね」

メリルは催眠術師。王宮ではいつまでも補助で、下男と同じ扱いだ。いくら勉強しても、治癒魔術師たちはメリルのことを馬鹿にしていた。メリルの怪我や病《やまい》への知識なんて、彼らにとっては取るに足らないものだったし、何かを訴えても聞き入れてもらえることはなかったのだ。

ケイレブは公平な人間だと分かっていたけれど、あっさりと信じてもらえたことで、つい思いが口から零《こぼ》れ出《で》てしまう。するとケイレブは相変わらずの気難しそうな顔で、ふん、と鼻を鳴らした。

「お前の知識には偽りがないからな。催眠術師など辞めて、俺の弟子になればいい。魔力は使えなくても薬師として鍛《きた》えてやる」

「……ありがとうございます。ですが私は、催眠術に誇りを持っておりますので」

「そうだな。……催眠術師でも、お前は悪くない」

気難しく、厳しいケイレブ。ウィリアムあたりが聞いたら逃げ出しそうな言葉。だけどその厳しさの棘《とげ》に隠れた優しさに、メリルはぎゅっと胸の前で手を握った。

認められている。今までの努力も、今の知識も。そう確かに感じることができた。

将軍の私室には、行き慣れたメリルが先導する。バタバタと足音を響かせ、とにかく少しでも早く彼のところへ。将軍の部屋の前に着いた時には、メリルもケイレブもすっかり息が上がっていた。

「す、……！　すみません！　通してください！」

「え、あれ？　メリル様？」

「さっき、メリル様をお通ししたような……」

必死の形相で掴《つか》みかかるように言うメリルに、護衛兵は困惑した顔をした。

「だよな。メリル様のコートを着て、この砦《とりで》では他にいない銀髪で」

「ああ。いつもと同じ様子だったからお通ししたんだけど……」

ジューダスだ。彼は宣言通り、サディアスの部屋にやってきたのだ。しかもメリルの振りをして。メリルと同じような背格好に、同じ髪色。それに加えてサディアスからもらったコートを纏《まと》っていたので、すっかりメリルに慣れきっていた護衛は通してしまったんだろう。この薄暗い廊下で、確かな誰何《すいか》もせず。

「それはジューダスです。彼は将軍の暗殺を企《くわだ》てているかもしれません。ここを通してください」

「は!?　暗殺!?」

「おいメリル、それは本当か」

メリルの言葉に、護衛兵もケイレブも目を見開く。その姿を見て暗殺という言葉の重さを改めて感じ、唾《つば》を飲んだ。

「私の勘違いかもしれません。もし違ったら、私が責任を取ります。ですから、どうか退《ど》いてください」

違ってほしい。せいぜい、ジューダスもサディアスを操ろうとしている程度であってほしい。

だが、そうはならなそうな予感がする。

「おい、お前は副将軍を呼んでこい！　中には俺が行こう」

「分かった」

護衛兵の二人は素早く言葉を交わし、一人が廊下を駆けていく。もう一人が扉に向かって声を張り上げた。

「将軍！　サディアス将軍！　失礼します！」

強く扉を叩《たた》き、声をかけるが返事がない。護衛はすぐに鍵を取り出して扉を開いた。それと同時に、メリルは中に飛び込む。

通い慣れたサディアスの部屋。いつもの通り灯りが落とされて、柔らかな絨毯《じゅうたん》が足を包む。

だが、その部屋の異変にメリルはすぐに気が付いた。つんと鼻を突く刺激臭。薄《うっす》らと部屋に充満する白い煙。

「サディアス！　サディアス将軍！　……いけない、この匂い、リリアの実です！　みなさん、鼻と口を布で覆《おお》ってください！」

「リリアの実？　リリアの実なら、別に毒性は……」

「おそらくメリベール草も混ぜられています。しかも焚《た》いただけでこの強い匂い……相当な量です！」

「待て、ジューダス様は治癒魔術を使う……おい。まさか」

リリアの実と聞いて訝《いぶか》しげな様子だったケイレブだが、メリベール草と聞いて顔色が変わる。彼もその二つを混ぜること、そして治癒魔術を悪用することの危険性に気が付いたのだろう。

「ケイレブ様、みんなに解毒の治癒魔術を！　このまま踏み込んだら共倒れになります！」

「分かった！」

ケイレブは頷《うなず》くや否や、短い呪文を唱えてまずはメリルに解毒の治癒魔術を施《ほどこ》す。術の効果が続く限り、吸い込んだ少しの毒は解毒され排出されるだろう。ケイレブが護衛兵にも術をかけはじめるのを確認して、メリルは寝室に踏み込む。

「サディアス将軍……ッ！」

ベッドの脇で、大きな体がジューダスと揉《も》み合《あ》っている。メリルの白いコートは床に落ち、ジューダスに踏みつけられていた。

「メリル！　どうやってここに……！」

ジューダスの冷たい緑の瞳が、寝室に飛び込んだメリルを睨《にら》む。サディアスの顔はこちらからは見えない。だが彼の太い腕は、たしかにジューダスを掴《つか》んでいる。

（良かった、サディアスは無事だ……！）

そうメリルが安堵《あんど》しかけた、その時、大きな体が、ぐらりと崩れた。

膝が折れ、応接室よりも濃く煙の充満する寝室の床の上に、サディアスの大きな体がゆっくりと倒れる。

「サディアス！」

メリルは弾かれたようにサディアスのもとに駆け寄った。膝をついて彼の顔を覗き込むと、薄暗い部屋でも分かるほど肌が青白く血の気《ちけ》が引いている。

「サディアス！　しっかりしてください！」

サディアスの呼吸を確認しようとした直後、横からジューダスがメリルを蹴り飛ばした。

「クソ！　メリル！　邪魔をするなと言っただろう！」

「ッ！　こんな、こんなこと……！　ジューダス様はこんなことをして、許されると思っているのですか！」

「俺はお前の代わりにやってやったんだ！」

激しく罵《ののし》られる。この部屋でまともに立っていられるということは、彼は自分に解毒の治癒魔術をかけ続けているのだろう。

「何もできないクズが、邪魔をするな！　お前が役立たずなせいで、俺がどれだけの重圧に苦しんだと思う！」

すらり、とジューダスが腰から何かを抜き取る音がする。煙の充満する薄暗い室内でも光るそれは、短刀だ。

大きく振り上げられた刀身は、メリルに真っすぐ向けられていた。

刺される。刺されてしまう。

逃げようのない距離。目を瞑《つむ》ることもできずにメリルが固まっていると、低い唸《うな》り声《ごえ》が響いた。

「……させるか」

倒れていたはずのサディアスの手が、メリルを引く。刀身は空を切り、ジューダスは体勢を崩した。その隙に素早く体を起こしたサディアスが、ジューダスの腕を払う。

「なっ、……！」

ジューダスの手から、短刀が弧を描いて吹き飛ぶ。

その無駄のない動きは、メリルには何が起きているのか分からないほどだ。

サディアスはそのままジューダスを殴ろうとしたが、すぅと息を吸い込んだ次の瞬間、再び床に膝をついた。

「サディアス……！　駄目です、動かないで！」

先程よりも、更に呼吸が荒い。

メリルが悲痛な叫び声を上げるのと同時に、ケイレブと兵士たちが部屋に踏み込んできた。

短刀を弾き飛ばされて呆然《ぼうぜん》としていたジューダスは途端に焦《あせ》り、部屋の奥に逃げようとする。

「ジューダス・ファーディナンドを捕まえろ！」という怒声が聞こえる。

だがメリルはそれに構っていられなかった。

「ケイレブ様、早くサディアス将軍に解毒魔術を！」

ケイレブが将軍の傍《かたわ》らに膝をつき、彼を仰向《あおむ》けにさせると短い呪文を唱える。

「……サディアス！」

「術は効いているはずだ。だが……毒の回りが速い。ジューダス様が使ったのは治癒魔術。攻撃魔術と違い、止める術がないからな……」

「そんな……！」

ケイレブの悔しそうな渋面に、メリルの声が震える。

どうしよう。体から血の気《ちけ》が引いて、指先が冷たくなる。どうしたらいいんだ。は、は、と絶望に荒い息を吐いていると、サディアスの瞳が薄《うっす》らと開いた。

「……メリル？」

「サディアス！」

「メリル、無事か？」

弱々しく掠《かす》れた声。息をする度に苦しげに上下する胸。それでもサディアスは、メリルの姿を瞳に映すと微《かす》かに笑った。

「俺は大丈夫だ。心配ない。……お前の兄だと聞いて油断した。お前の家族に好かれたいと、下心を出して、失敗したな」

「……ッ！　話さないでください！」

メリルは手を伸ばしてサディアスの頬を包む。その頬は室内にいるとは思えないほど冷たい。冷えた自分の指よりも冷たくて、そのことにますますメリルは追《お》い詰《つ》められる。

どうしよう。彼を失ってしまう。本当に失ってしまうかもしれない。自分のせいで。そう思うと震えが止まらなかった。

ますます呼吸が荒くなり、涙が零《こぼ》れる。頬を伝いぱたぱたと滴《したた》る涙に、サディアスは苦しそうに眉を寄せた。

「心配いらない。すぐに良くなる……。だから泣かないでくれ」

ゆっくりと彼が手を伸ばして、メリルに触れようとする。だけど力が入らないのだろう。その手は微《かす》かに震えると床の上に落ちた。

「副将軍が到着しました！」

「サディアス！」

廊下から騒がしい人の声が響き、荒々しい足音と共にレイノルドが入ってくる。彼は床の上のサディアスを見ると目を見開き、それから声を張り上げた。

「犯人は！」

「こちらに捕らえています！」

「ジューダス殿……！　あんたが、そんな……！」

「煩《うるさ》い！　黙れ！　俺から手を放せ、この薄汚い獣《けもの》どもめが！」

護衛兵に捕らえられて床に押さえつけられたジューダス。まだ呪いの言葉を吐き続けている。

「ザカリアの兵なんて、治癒魔術がなければ死んでいた！　その命を奪って何が悪い！」

ジューダスの言葉に、レイノルドの体がよろりと揺らめく。命を賭《と》して戦っているザカリアの兵士に対しあまりにも侮辱的《ぶじょくてき》な発言だ。だが衝撃を振り払うように首を横に振り、彼はいつもの冷静な仮面を被《かぶ》り直《なお》した。

「縛り上げろ。絶対に逃がすなよ。自害しないように口に布を詰《つ》めておけ」

「承知しました！」

「サディアスの容体は？　治癒はどうなっている？」

ジューダスを他の兵士が取り囲むのを見て、レイノルドはサディアスに近づく。彼の問いに、苦渋の表情のケイレブが静かに答えた。

「体が毒に侵《おか》されています。かなり、深く……」

「毒か……。だが治癒魔術師なら、解毒はできるんだろう？」

「解毒魔術はかけました。ですがジューダス様はかなりの治癒魔術師で……毒の回りを早めることができるのです」

「治癒魔術師は、攻撃できないんじゃなかったのか？」

「できません。できないはず、なんですが……術で体の機能を活性化させ、何日も毒を放置したのと同じ状態にしたのです」

ケイレブの説明にレイノルドは低く唸《うな》った。「治るのか」と静かに問うが、ケイレブは答えられない。青いままのサディアスの顔を見つめる。

ケイレブの治癒魔術が早く効けばいいが、毒が回る速度が勝ってしまったら。

……このまま、ただサディアスが弱っていくのを見ていないといけないのか⁉

絶望に静まる部屋で、メリルは息を吸い込み声を上げた。

「私に、催眠術をかけさせてください」

「メリルさん？」

「私なら、毒の回りを遅くできるかもしれません。治癒はできなくても」

そう言うと、姿勢を正してサディアスに意識を集中させる。体中の魔力をかき集め、ゆっくりとサディアスの耳に言葉を注いだ。

「サディアス。聞こえますか？ ……ゆっくりと呼吸をしてください。少しずつ体が重くなっていきます。体が重くなって、眠りにいざなわれます。眠っている間は、体内の動きが遅くなります。血の巡りもゆっくりになり、呼吸も静かになります。……眠っている間に体の痛みが取れ、目が覚めたら、……私が今までかけた催眠術は消え去っています」

低く、優しく言葉を重ねていく。意識が朦朧《もうろう》としていたサディアスは呼吸を落ち着け……静かに目を閉じた。

「メリルさん、今のは」

「体の働きを鈍らせるように催眠術をかけました。活発だった血流がこれで少し落ち着けば……」

体内の動きを鈍らせて、呼吸を減らし、冬眠のような状態にした。活性化しすぎている体が落ち着けば時間が稼げ、ケイレブのかけた解毒魔術が競《せ》り勝《か》つのではないかと思ったのだ。

こんな治療法は駄目かもしれない。不安になってケイレブを見ると、サディアスの脈を取る彼に力強く頷《うなず》かれる。その表情に背中を押されてホッと息を吐いた。

やがて、ばたばたと他の治癒魔術師も部屋に入ってきて、彼らへケイレブがてきぱきと指示を出す。そうしてサディアスはベッドに乗せられると、手厚い解毒魔術がかけられはじめた。

これで……できることはすべてした。メリルはへたり込みそうになる。

……だが、ぐ、と唇を噛むと、静かに息を吐いた。自分にはまだやらないといけないことがある。

ベッドから離れ、険《けわ》しい顔をして立つレイノルドに真っすぐ顔を向けた。

「副将軍。ジューダス・ファーディナンドは私の兄です」

「……兄？」

「はい。苗字が違うのは、私が遠縁の家に養子に出されたためです。彼は、……いえ、彼と私は、将軍を害するためにこの砦《とりで》に来ました」

震えそうになる唇を叱咤《しった》して、できるだけ淡々と告げる。その内容に、ケイレブとレイノルドは目を見開いた。

「メリル？」

「メリルさん、それって……」

「兄と私は、サディアス将軍とマリアローズ王女の縁談に反対でした。だから私はサディアス将軍に、心を操る催眠術をかけ、求婚を取り下げさせるためにここに来ました。レイノルド副将軍もご存じの通り、私はサディアス将軍に取り入って、彼に催眠術をかけるようになりました。ですが催眠術をかけたのになかなか求婚を取り下げないので、……兄は実力行使に出たのだと思います」

言い切ると、レイノルドは数秒ぽかんと口を開けて、それからまるで獰猛《どうもう》な獣《けもの》のような光を瞳にぎらつかせる。

「おい、この国を守っている英雄を、そんな理由で殺そうとしたのか？　王女様と結婚させたくないからって、命まで奪いに来たのか⁉」

「……申し訳ありません」

胸倉《むなぐら》を掴《つか》まれて怒鳴りつけられる。その恐ろしさと気迫に竦《すく》みそうになるが、メリルのしでかしたことはその通りで、反論する言葉もない。視線を落として、情けなく謝ることしかできなかった。

いや、謝っても罪が償《つぐな》われるものではないのだけれど。

「マジかよ……って、おい！　さっきの催眠術は⁉」

「先程かけたのは、誓って彼を害するものではありません。サディアス様に異変がないことは、ケイレブ様に確かめていただけるかと」

メリルの首元を掴《つか》んだまま、レイノルドはケイレブを睨《にら》む。まるで治癒魔術師の全員が敵だと言わんばかりの顔で、それをメリルは申し訳なく思った。

ケイレブやウィリアムが積み上げた信頼すらも、メリルが台なしにしてしまったのだ。

ケイレブが頷《うなず》くのを見ると、レイノルドは再び鋭い視線をメリルに戻す。怒りをどう処理していいのか分からないのか、何かを堪《こら》える顔をして、彼は瞳を氷よりも冷たく凍らせた。

「おい、こっちに兵をよこせ！　この男を連れていけ。こいつも暗殺者の仲間だ。兄弟共々、牢屋にぶち込んでおけ」

若い兵士が二人こちらに近づいてきて……その『暗殺者の仲間』がメリルであると知ってぎょっ

とする。

それはそうだろう。この間まで医務室で薬を手渡していた人間が敵だったのだ。

メリルは手荒く縄で後ろ手に縛られて、引《ひ》き摺《ず》られるようにして部屋を後にする。最後にそっと後ろを振り返ると、サディアスの眠るベッドの上で魔石が鈍く光っていた。彼の顔が見えないことが悲しく、でも悲しいと思ってしまう自分が傲慢《ごうまん》で愚かで、吐き気がする。

「……ごめんなさい」

ごめんなさい。本当にごめんなさい。愛している。愛しているのに、こんな酷《ひど》いことをしてしまった。

絞り出した言葉は、兵士たちの足音に掻《か》き消えて、冷たい空気の中に溶けていった。

第六章　罪と居場所

ひゅう、と冷たい風が石造りの牢の中を吹き抜けていく。

砦《とりで》の奥にある牢は、薄暗く狭く寒い。鼻を突く糞尿の不快なにおいも漂《ただよ》ってくる。その中でもとりわけ狭い、鉄格子に囲まれた牢にメリルは入れられていた。

陽の光の差さない室内で、まるで氷のように冷えて薄汚れた木製のベッドの上、メリルは身を守るようにぎゅうと膝を抱く。

(……サディアスの命は、助かったのだろうか)

この牢に入れられて何日になっただろうか。三日を過ぎたところで、数えるのをやめてしまった。

頭に浮かぶのはサディアスのことばかり。

最後に見た青白い顔。光のない瞳。それでもメリルを気遣って優しくかけられた声。

何度も繰り返し思い出して、その度に胸が潰《つぶ》れるような気持ちになる。牢屋に繋がれた立場ではサディアスの安否を聞くこともできずに、焦燥感《しょうそうかん》に身を焦《こ》がす。

(もし助からなかったら……私のせいだ)

直接手を下したのではなくても、メリルが催眠術をかけた。ジューダスが危険だということも分かっていたのに、サディアスに忠告することもせずに、のうのうと彼との恋愛ごっこにうつつを抜かしていたのだ。これが罪でなかったらなんであろうか。自分の愚かさに唇を噛みしめる。

助かってほしい。助かってほしい。

自分の命と引き換えに彼を助けられるなら、いくらでも差し出すのに。

彼はこのザカリアの大事な人。そんな人を、自分なんかが奪っていいはずがない。メリルなんかが触れていいはずのない、気高い精神と穏やかな性格を持った人だ。

膝を抱え、祈るような気持ちで目を閉じていると……ガン、と荒々しく鉄格子が蹴り飛ばされた。

「おい、飯だ」

顔を上げるとでっぷりと太った牢番がこちらを睨《にら》んでいた。顎《あご》どころか頬にまで生えた無精髭《ぶしょうひげ》に、だらしなく着崩した兵士服。彼が傍《そば》に寄ると酒のにおいが漂《ただよ》った。同じ兵士でも、サディアスやカルロスとは大違いな風体《ふうてい》だ。

彼は固そうなパンを乱雑に牢の中に投げ入れると、ねっとりとした視線をメリルに投げる。

「にしても、お前はひ弱だよな～。拷問される前からペラペラなんでも喋《しゃべ》っちまって、やりがいがないったらありゃしねぇ」

その言葉に、もう一人、通路の奥から別の牢番がひょいと顔を出す。彼は痩《や》せているが、他方の牢番と同じように薄汚い服と、酒のにおいを身に纏《まと》っていた。

「やりがい？　はは、何言ってんだ。お前はただ、こういうすました顔の奴を甚振《いたぶ》るのが趣味なんだろ？」

「がはは、その通りだな！　せっかくじわじわ虐《いじ》めてやろうと思ったのによ～、自分で喋《しゃべ》っちまうんじゃ、殴る理由ができねぇからな」

笑いながら男たちはメリルが入っている牢の中を覗き込む。恐ろしいことを口にした男は、瞳に残忍な色を浮かべていた。

「ああ、でも……こいつは、例の暗殺者の一人なんだろ？　俺たちの将軍を殺そうっていう。だったら理由がなくても、甚振《いたぶ》ってやっていいんじゃねぇか？」

「お前は本当にしょうがねぇな～！」

痩《や》せた男がげらげら笑いながら牢の鍵を開ける。錆《さ》びついた音を立てて格子が開き、狭い牢の中に太った男が入ってきた。

「な、……！」

「はは！　お、肌が綺麗だなぁ。女みてぇ」

狭い室内では逃げる場所もない。メリルはベッドの上で壁に背をつけてなんとか距離を取ろうとするが、すぐに手が伸びてきて腕を掴《つか》まれる。その力の強さにメリルはおののいた。

「や、やめてくれ」

「地味で薄汚いだけかと思ったが、意外と可愛い顔してるじゃねぇか。最近娼館にも行けてねぇから溜まってるんだよ」

強い力で腕を引かれて、ベッドの上でつんのめるように手をつく。その肩に男の太い指がさわさわと這《は》ってくる。

「安心しろ、騒がなきゃすぐ終わらせてやるよ」

「ひっ！　い、嫌だ！　やめろ！」

「お前……嫌だとか罪人のくせに偉そうだな」

牢番の男の声が低くなった。直後に、ばしんと大きな音が耳元で鳴り、目の前が揺れる。体が吹き飛び、一瞬の後に床に叩《たた》きつけられた。

「い、……！」

頭をしたたか殴られてベッドから転がり落ちたようだ。弾けるような痛みが襲ってくる。

咄嗟《とっさ》に手をつくが、ぐらりと視界が揺れた。ついでと言わんばかりに腹も蹴り上げられる。衝撃と痛み、それから吐き気が込み上げてきた。ろくに食べていないはずの胃が引《ひ》き攣《つ》り、胃液がせり上がる。

「う……ッぐ！」

「あーあ、せっかく綺麗な顔してんだから、汚すなよ」

声も出せずにのたうち回るメリルの背を男が踏みつけた。爪先《つまさき》で転がされて、うつ伏せにされる。

遠慮も気遣いもなくそのくさい体が圧《の》し掛《か》かり、メリルの後ろ髪を掴《つか》んだ。片手が顔を床に押し付け、もう片方の手がメリルの下衣を引《ひ》き剥《は》がそうとまさぐる。動物のまぐわいよりも下卑《げび》た姿。

生暖かい吐息がメリルの首筋にあたり、そのおぞましさにゾッと鳥肌が立つ。

嫌だ。嫌だ。触られたくない。サディアス以外には触られたくない。

痛さと悔しさ、それから恐ろしさに心が凍る。重たい体から逃げようと体を揺すると、背中に拳《こぶし》が降ってきた。

「ぐ、あ！」

「おい！　暴れてんじゃねぇよ！　ブチ殺されてぇのか！」

容赦《ようしゃ》なく繰り返される打撃に息が止まる。だけど頭を掴《つか》まれているから避けることも、身を丸めることもできない。痛みに体が硬直して、喉からは潰《つぶ》れた悲鳴が漏《も》れた。

あまりの痛みに、目の前が暗くなる。

ああ、もう駄目だ。こんな圧倒的な暴力からは逃げられない。乱暴に服を引《ひ》き剥《は》がされても、硬直した体では抵抗もできなかった。

消えていってしまう。サディアスに優しく触れられた感触が、消えてなくなってしまう。

メリルが諦《あきら》めかけた、その時。大きな音を立てて、廊下に続く扉が開かれた。

「何をしている」

薄い光が差し込む。同時に、凍《こご》えるほど冷たい低い声も。その声に聞き覚えがあり、メリルの体がびくりと跳ねた。懐かしくて愛《いと》おしくて、でも苦しくて叫びたいような気持ちだ。

だが、メリルの口から出たのはひゅうひゅうと湿った息だけで、叫んだのはメリルに跨《また》がっている男たちのほうだった。

「え⁉　サディアス将軍⁉」

「あ、いえ、こいつが……その、罪人のくせに生意気なもんで、躾《しつ》けてました！」

メリルに乗ったまま口々に騒ぎ立てる。汚い声を響かせる男たちを、サディアスがぎろりと睨《にら》みつけた。大股で牢に入ると、メリルに乗った男の襟首を掴《つか》んで投げ飛ばす。

「囚人の不当な扱いは禁じていたはずだ。レイノルド」

「はいはい」

廊下のほうから、ひょこりと緩《ゆる》い巻き毛の男が姿を見せる。甘い顔立ちのレイノルドは、いつも通りの軽やかな口調だが、瞳だけは怒りに燃えていた。

「おい、お前ら。今、何やってた？　初犯じゃねぇだろ。お前らも牢にブチ込まれたいのか？　それがいいな。そうしてやろう」

「ひっ！」

「え、そんな、まっ、お待ちください！」

レイノルドも牢の中に入ると、男たちの胸倉《むなぐら》を掴《つか》み外に引《ひ》き摺《ず》り出《だ》す。彼はどれだけ力が強いのか。騒ぐ男たちを軽々と引《ひ》き摺《ず》って廊下を歩いていった。粗野な男たちの声が遠ざかっていく。助かったと思うよりも先にメリルの頭に浮かんだのは……

「サディ、ア……ス。生きて」

「メリル、大丈夫か？」

生きていたんだ。

メリルの傍《そば》に駆け寄り、体を抱き起こしてくれたサディアス。薄暗い牢の中でも、彼の瞳に力があるのが分かる。あの死んだような青白い顔ではない。

無事で良かった。生きていてくれて良かった。

抱き上げられた腕の温かさも、また自分の名前を呼んでくれる声も、すべてが夢のようだ。もう二度と会えないかもしれないと思っていたのに、無事だった。

そう思うと、糸が切れたように意識が遠くなっていく。「メリル、メリル」と遠くでサディアスに呼ばれている気がする。その声に応《こた》えることはできず、メリルは気を失った。


――メリルは暗い、暗い部屋にいた。

体が水を含んだようにずっしりと重く、手も足も動かない。体の感覚がなく、自分は座っているのか、それとも寝ているのかも分からなかった。周りを見回すが、ただぼんやりとした暗闇が続いている。意識だけの存在になって、空気の中を漂《ただよ》っているようだ。……まるで、魂《たましい》になってしまったような。

ここはどこだろうか。自分は牢屋にいたはずなのに。

答えが出る前に、じっとりと湿っぽい恨みを含んだ低い声が響く。

「メリル」

サディアスだ。サディアスの声だ。生きていたんだ。生きていてくれたんだ。

そう呟《つぶや》いたはずが、言葉にならない。不可解な空間の中、ホッと息を吐く。

サディアスが生きてくれているかだけが、本当に気がかりだった。自分の命なんかよりも、ずっと大事な存在のサディアスが生きていてくれた。

胸を撫《な》で下《お》ろしたが、続いたのは、凍《こご》えるように冷ややかな声だ。

「メリル、お前は、俺を騙《だま》していたのか」

声とたがわない冷たい視線がこちらを見ている。

メリルがザカリアに来た日に見た、この土地に害をなすものは容赦《ようしゃ》しないと物語る、恐ろしい将軍の瞳だ。

メリルを憎々しげに睨《にら》みつけたサディアスが、再び口を開いた。

「そうなんだろう。善人の振りをして俺に術をかけ、弱みを探り出して騙《だま》したんだ。そこまでして家族の情にしがみつきたかったのか。まだ自分が要《い》らない人間だと認められないなんて、愚かにも程《ほど》があるな」

投げつけられる辛辣《しんらつ》な言葉に、息をするのも忘れる。固まっているメリルを、侮蔑《ぶべつ》しきった瞳で見たサディアスは、顔を不愉快そうに歪《ゆが》めた。

「違うのか？　俺の命よりも、自分の保身を優先したんだろう？」

違わない。サディアスの言う通りだ。自分は恐怖と自己憐憫《れんびん》のあまり、間違った道を進んだ。その振る舞いがどんな結果になるかも深く考えずに。

でも、決してサディアスの命まで取ろうとは思わなかった。許してください。ごめんなさい。言葉にならず、ただ祈るように胸の中で繰り返す。だが、その思いは伝わらない。

「お前は俺を騙《だま》していたんだ。己の私利私欲のために、このザカリアの土地すべてを欺《あざむ》いたんだ。俺だけじゃない。お前を信じた兵たちも裏切った」

サディアスは厳しい言葉を止めることなく投げつけてくる。その厳しさに、自業自得だと思っても辛《つら》くて、心臓が止まりそうだ。

「しかも俺に惚《ほ》れるなんてな。醜《みにく》い、こんな醜悪《しゅうあく》なドブ鼠《ねずみ》が、色欲に溺《おぼ》れてベッドに潜《もぐ》り込《こ》んできたなんて……汚らわしい」

辛辣《しんらつ》な言葉に加え、恋心まで踏みにじられる。は、は、と荒い息をついてなんとか正気を保っているメリルに、言い聞かせるようにサディアスが囁《ささや》く。

「お前なんて誰も好きにならない」

やめて。

「お前は要《い》らない人間なんだよ。誰にも望まれない、いないほうがいい人間だ」

やめてくれ。お願いだから。

耳を塞《ふさ》いで目を閉じるが、頭の中に言葉がするりと入ってくる。

「役立たずの、催眠術師風情《ふぜい》が」

目を閉じたはずなのに、目の前にサディアスの姿が見える。冷たく射貫《いぬ》く視線が。

きっとこれは悪夢だ。悪夢であってほしい。サディアスの口から出てくる言葉は鋭くメリルの心を貫《つらぬ》いて、胸から血が出ているみたいに痛む。

ごめんなさい。優しいあなたにそこまで言わせてしまうほど、自分は酷《ひど》いことをした。謝るから、どうか私の心を壊さないで。

どれだけそう言いたくても、言葉が出てこない。

これが悪夢だったとしても、目覚めた自分はきっと同じことを言われる。ならもうこのまま消えてなくなってしまいたい。暗闇に囚われたまま、そう願う。

許してもらえないのは分かっているけど、それでも謝らずにいられない。

体中に纏《まと》わりつく恐怖にうなされていると、そっと温かな感触が頬に触れた。

「メリル、平気だ……大丈夫だよ、落ち着いてくれ」

柔らかく、誰かが頬を撫《な》でてくれている。その手が離れ、少し寂しく思ったところに、再び戻ってきて今度は前髪を額《ひたい》から払ってくれた。穏やかな、愛情深い手だ。

子供の頃風邪をひくと、母にこうやって撫《な》でてもらいたかった。だけどそんなふうに甘やかしてくれることなんてなかった。今更そんな夢でも見ているんだろうか。

メリルの目は開くことを拒んだが、陽の光を瞼《まぶた》の裏に感じて、その眩《まぶ》しさに目元を震わせる。起きるのが怖くて、まだ寝ていたい。でも、起きないといけない気がする。

「目が覚めたか」

「あ……う……」

張り付く瞼《まぶた》をゆっくりと開けると、目の前にいたのはサディアスだった。眉間《みけん》に皺《しわ》を寄せて、険《けわ》しい顔でメリルの顔を覗き込んでいる。

視線を動かして辺りを見ると、サディアスの部屋のベッドに寝かされているようだと分かった。魔石の飾られていた天蓋《てんがい》は取り払われ、大きな窓から白い光が入ってきている。

サディアスはメリルが起きるのを待っていてくれたのか、ベッドの傍《かたわ》らの椅子に座っていた。

夢だったのか。

メリルは声を出そうと口を開くが、出てくるのは掠《かす》れた吐息。その様子を見て、サディアスは頬を撫《な》でていた手を止めた。

「……怖い目に遭《あ》わせたな。体の傷は治癒魔術師に診《み》せたから、治ってるはずだ」

そう言われて、夢うつつだった頭がようやく動き出す。

ああそうだった、自分は牢に入れられて、あの牢番たちに甚振《いたぶ》られかけたのだ。思い出すのも恐ろしいが、男たちから与えられた痛みは、体からすっかり消えていた。

「だが、随分《ずいぶん》と痩《や》せた。何か口に入れるものを持ってこよう。お前は三日も眠っていたんだ」

サディアスはまだぼんやりとしているメリルにそう言うと、さっとその場から立ち上がる。

ああ、行ってしまう。彼が行ってしまう。言わなければいけないことがあるのに。

そう思うとたまらず、メリルはふらふらと腕を伸ばした。その手はサディアスに届かず空を掴《つか》んだが、彼は気が付いて振り返った。

「どうした？　どこか痛むか？」

メリルの顔を再び覗き込んで、サディアスが問う。穏やかで優しく、メリルを傷つけないように気遣った静かな声だ。その優しさも申し訳なくて心が痛くて、胸が詰《つ》まる。

自分はそんな優しさを与えられるべき相手ではない。あの牢番たちに踏みつけられて犯される、そちらのほうがお似合いの汚い人間なのに。

「ごめんなさい」

たった一言なのに、これほど勇気がいることはなかった。謝っても許されることではない。それを分かっていて彼に言葉をかけるのは、恐ろしくて仕方なかった。

辛辣《しんらつ》な言葉を投げかけられることを想像して、体が惨《みじ》めに震える。

「私はあなたを操っていました。言い訳もできません」

「ジューダスと共謀し、俺を虜《とりこ》にしようとした、だったか？」

横になったまま頷《うなず》くと、サディアスは言葉を続けた。

「ジューダスが吐いた。王女への求婚を取り下げさせるために、メリルを使ったと。だが、なかなか求婚が取り下げられないから、痺《しび》れを切らして暗殺しようとしたとも。お前の振りをして俺を殺して、罪をなすりつけようとしたらしい」

メリルの振り、と言われて、コートを剥《は》ぎ取《と》られていたのを思い出す。わざわざリリアの実を使ったのも、メリルの犯行だと印象付けたかったのかもしれない。

「ジューダスは……ジューダスはどうなりましたか」

「彼の身柄は王都へ移した。……王の判断にゆだねられるが、おそらく処刑される。ファーディナンド家も無事では済まないだろうな」

しでかした罪の重さから想像できたが、処刑という言葉にメリルはぐ、と息を詰《つ》める。

ファーディナンド家の当主はまだ父ではあるものの、長子であるジューダスが処刑されたのなら、家も取りつぶされるかもしれない。長い長い歴史のある家だったのに。

温情をかけられないほどのことをジューダスは……いや、ジューダスと自分は、してしまった。

「……ごめんなさい。あなたが、どれだけ必死にこの土地を守ろうとしているか知っているのに、私はあなたを守るどころか傷つけてしまった。いえ、殺そうとまでしてしまった」

「メリル」

メリルは零《こぼ》れそうになる涙を、必死で押しとどめる。しかしサディアスの口から出てきたのは、温かい声だった。

「俺を殺そうとしたのは、ジューダスで、お前じゃない。お前は助けに来てくれたんだろう？」

「……いいえ、私は兄が不審な動きをしているのに気が付いていたのに、止めなかったんです。あなったのは私の責任です」

自分は罪をなすりつけられたのではなくて、本当にジューダスに加担したのだ。催眠術をかけて操ろうとし、ジューダスを止めることもしなかった。

サディアスはまるでメリルに罪はないような言い方をしたが、そんなことはない。もし本当に、何も知らずに利用されていただけならばどれだけ良かっただろう。

こんな綺麗なベッドで、手当てなんてされるべき人間じゃない。あの薄汚い牢屋に戻り、罪を償《つぐな》うべきなのだ。拷問され、汚い男たちに嬲《なぶ》られ、処刑されるべき存在だ。

「ごめんなさい……」

涙を堪《こら》えきれなくなり、くしゃりとメリルの顔が歪《ゆが》む。汚らしい泣き顔を見られたくなくて手で顔を覆《おお》った。

サディアスは涙を零《こぼ》すメリルを暫《しばら》く黙って見つめていたが、再びベッドの傍《かたわ》らの椅子に腰を下ろし、その頭を撫《な》でた。

「メリル」

断罪されるのだろうか。メリルはそう思って涙を手で乱暴に拭《ぬぐ》い目を開く。すると、何かを思案するようにサディアスは視線を彷徨《さまよ》わせた。彼はゆっくりと「実は……」と話しはじめる。

「泣かないでくれ。俺は……お前が怪しいと最初から疑っていたんだ」

サディアスの言葉が理解できずに、メリルは目を何度か瞬《またた》かせた。

「え……？」

「何から話そうか」

サディアスがやや前に体を傾けて、膝の上に肘を乗せる。所在なげに手を握ったり開いたりして、それから話を続けた。

「俺がマリアローズ王女に求婚したことは知っているな。一目惚《ひとめぼ》れした、と手紙を送った」

「はい……」

マリアローズに一目惚《ひとめぼ》れしていた。それをサディアスの口から聞いて、ぎゅっと心臓が絞られる。恋心なんてもう捨てないといけないのに、未練がましく胸が痛む。

「だが俺は、別に彼女に惚《ほ》れていたわけじゃないんだ」

「え……？　どういう、ことですか？」

「彼女を欲しいと願った理由は、惚《ほ》れたからじゃない。……彼女をこのザカリアに留めることが、この土地の処遇改善に繋がると思ったんだ」

「処遇、改善……？」

サディアスの言葉に首を捻《ひね》り、メリルは上ずった声で彼の言葉を繰り返す。あの享楽的なマリアローズと、この土地の処遇改善が頭の中で結び付かなかった。少なくとも彼女は、兵士や民のために身を粉《こ》にする類《たぐい》の人ではない。

「俺たちは敵との境にいる。十年以上、ずっとだ。もう兵士も土地も疲弊しすぎている。だがそれをいくら王や王宮の貴族院に訴えても、まともに取り合ってもらえない。何しろ、この砦《とりで》の兵士は優秀で、疲弊はしているが今までに一度も敵の侵入を許したことはないからな。王都の連中は、俺たちがいつもぎりぎりのところで持ちこたえているということが理解できない」

「それはたしかに……そうかもしれません。王都にいた頃は、ザカリアのことはどこか遠い世界の物語のようでした。難攻不落の砦《とりで》だと、みんなが言っていましたし」

「だろう？　王都からは、俺たちがやすやすとこの砦《とりで》を守っているように見える。実際は、綱渡りのような状況でも、だ。だが、もしマリアローズ王女がこの土地に来たら、話は変わる。何しろ彼女は王国の華。お付きも沢山《たくさん》来るし、食料も薬も今までより運ばざるを得ない。極寒の地で食料もなく飢えて、危険に晒《さら》されているなんて民衆に噂されたら大変だ」

サディアスは「それに」と真剣な瞳で言葉を区切った。

「もしマリアローズ王女がこの土地に来たら、王も隣国との停戦を考えるんじゃないかと思った。彼女を唆《そそのか》して、停戦を強請《ねだ》らせてもいい。隣国は俺の親の仇《かたき》でもあるが……この戦いは長く不毛すぎる」

隣国との小競《こぜ》り合いは、もう十年以上続いている。今でこそ小康状態だけれど、一時期は地面が血で真っ赤に染まるほど苛烈《かれつ》だったと聞く。どれだけ沢山《たくさん》の人が死んだのだろう。その中には、サディアスの父親や友人もいた。

だが彼は一臣下の身、しかも辺境にいたから進言できずにいるのだと想像できる。

下手したら反逆とみなされかねない。反逆の罪は重く、捕らえられるだけでなく命まで取られる。サディアスが処刑されてしまい、王都の人間が将軍になったら……兵士たちの待遇は今よりも更に悪くなるだろう。それを考えると、サディアスは動けなかったに違いない。

「だからマリアローズ王女を妻にと乞《こ》うた。もちろん理由をそのまま言えるわけもないから、手っ取り早く一目惚《ひとめぼ》れということにしたんだ。彼女はその容姿だけが自慢だからな」

「そう、だったんですか……」

「ああ。だが俺みたいな男が、花と呼ばれる王女を望んだら、当然、周りからは反発される。そもそも、俺は王宮の人間にあまり好かれていない。民がもてはやす『英雄』なんて肩書を、田舎者《いなかもの》の俺には分不相応だとやっかむ貴族は多い。小さな嫌がらせは前から受けていたし、今回は何をされるかと思って、砦《とりで》に入る人間はあらかじめ厳しく調べていたんだ」

メリルは体を固くした。催眠術師の自分は知らなかった話だ。まさか彼が貴族から妬《ねた》まれているとは。

「求婚して間もなく、治癒魔術団が到着しただろう？　急遽一人増えたこともあって探りを入れていた。しかもその人間の登記は『助手』で、これ以上ないくらい怪しい。到着したところを見にいって……それでメリルを見つけたんだ」

サディアスが見に来たのは覚えている。美形だとは思ったが、同時に大きな体と硬い表情が恐ろしくて、彼の鋭い眼光がこちらに向けられないようにとメリルは身を潜《ひそ》めていた。

「お前は他の治癒魔術師と違って、白い顔に不安げな瞳。まるで道に迷った銀色の子ぎつねみたいで、あまりに治癒魔術師団に似つかわしくなかった。ほら、治癒魔術師は大抵ふてぶてしいだろ」

「……こっちなんて見ていないと思っていました」

「これでも兵士だからな。気取《けど》られない術《すべ》は身につけているんだ」

メリルのやや間の抜けた言葉に、サディアスはふっと笑う。

「お前は怪しくて、でも悪い人間には見えなくて混乱した……正直に言うと初めて見た時から、気になってしょうがなかったんだと、思う」

「気になって……？」

「ああ。怪しい。だが悪そうに見えない。妙に気になって、常に頭に居座るんだ。それでレイノルドが様子を見に行くと言ったのをいいことに、俺も便乗した」

レイノルドが様子を見に来る……つまりは監視されていたのだ。全く気が付かなかった。

「そうしたらお前は兵士と打ち解けているようだし、他の治癒魔術師よりもよっぽど働いていた。寒そうなコートを着て、がたがた震えているのに、むさくるしい男たちのために砦《とりで》の中を駆けずり回っている。正直、信じられなかった。その献身的な態度も罠かと思った」

「罠って……」

「治癒魔術師の態度は知っているだろう？　大怪我でもなければ、兵士に声もかけない」

そう言われると言葉に詰《つ》まる。メリルもケイレブと知り合うまではお高くとまった治癒魔術師しか知らなかった。

「レイノルドがお前を俺の部屋に呼んだのは、純粋に催眠術で俺を助けたかったのもあったが、それよりもお前が不審な動きをしないか確かめたかったんだ。俺の部屋に入って怪しい動きをするか、俺が不眠症だと知って、それを外部に漏《も》らすか。そうすれば、誰と繋がっているのか分かる。お前が手紙を出すなり密会なりするだろうと考えていた」

「……だから、私はあの夜呼ばれたんですね」

なんで部外者である自分を、と思ったが、あの日からメリルは試されていたのか。今更ながら、腑《ふ》に落ちた。

あの夜のサディアスもレイノルドも、演技をしていたとは。自然な態度だったので信じられないけれど、この砦《とりで》を守り抜く男たちにとっては、その程度の演技は簡単なものなのかもしれない。

サディアスはメリルから目を逸《そ》らして、苦しそうに息を吐く。

「だが、メリルと話してみると、真面目で、純粋で、誰にでも優しくて……俺のために夜ごと催眠術をかけに来てくれていただろう。自分も寝不足だっていうのに。このままだと……お前に惹《ひ》かれてしまって冷静な判断ができなくなる。そう思って、レイノルドに頼んだんだ。『用事がある振りをして、メリルと俺を二人きりにしてくれ』と」

サディアスの声がますます低くなり、言いづらそうに言葉が紡《つむ》がれた。

「そうしたらお前は、俺にいつもと違う催眠術をかけた」

レイノルドが用事があると言っていなくなり、初めて二人きりになった、あの夜だ。あれは偶然なんかじゃなくて仕組まれた、メリルを試すものだった。メリルはその罠にやすやすと引っかかったようだ。

「催眠術は、かかっていなかったんですね……」

「ああ、俺を恋に落とす、というやつだけはな。正直に言うと危なかった。お前が部屋を出た後に、隠れていたレイノルドが俺を叩《たた》き起《お》こしてくれたんだ。だから辛《かろ》うじて振り払えた。でも、もし眠っていたら入眠の催眠術と一緒に効いていたかもしれないな。入眠の催眠術はよく効いたから」

入眠の催眠術は一番初歩的なものだからかかったが、彼の心の奥まで操る術は効かなかったんだろう。

「レイノルドはすぐにでも捕らえて拷問しろと言ったが、俺は少し泳がせて様子を見たいと思った。首謀者が誰なのか突き止めたかったのもあるし……単純に、お前のことが気になっていたのもある。入眠の睡眠術はしっかりとかかったし、悪意も感じなかった。恋愛感情を操られる程度なら、それほど害もないだろう、と」

「……じゃあ、……私に跪《ひざまず》いて告白したのは……」

「あれは演技だ。かかっている振りをした」

この話を聞きはじめた頃から薄々気が付いていたけれど、はっきりと告げられてしまった。「演技」という言葉の残酷さに、メリルは息をひゅうと吸い込む。

自分にはなじる資格なんてない。そう分かっていても、胸がずきずきと痛みを増して、喉の奥から熱いものがせり上がってくる。

あの甘い言葉も、向けられた優しい瞳も、メリルを騙《だま》すためのもの。操られて発した言葉だと知っていてなお、どこかに本心が混じっているのではないかと夢見ていた。

つまり実際は、サディアスがメリルを操っていたのだ。

優しく手を引かれ、腰を抱かれて、恋愛経験のないメリルはまんまと彼に手玉に取られて舞い上がってしまった。彼が好き。彼に抱かれたい。そう思うほど。

そこまで考えて、サディアスと性行為をしてしまったその罪深さにおののく。

サディアスはメリルを好きでもないのに、メリルを籠絡《ろうらく》するために抱いたのだとしたら……自分はサディアスに途轍もなく嫌なことを強《し》いてしまったんじゃないか。

メリルはサディアスに惹《ひ》かれ抱いてほしいと思ったけど、サディアスはそうじゃない。術にかかっている状態でもないのに好きでもない相手と寝るなんて、これほど不快なことはないだろう。

それは牢番に組み敷かれて嫌というほど実感した。嫌悪感で吐き気すらした。自分を抱くことで何か情報を引き出そうとしたのなら……。そこまで考えると全身に汗が噴き出て、顔から血《ち》の気《け》が引いていく。

「騙《だま》して悪かった」

「……いえ、すべて私の責任です。サディアス将軍。本当に申し訳ありません」

横になった状態ではあるが頭を下げる。

抱かれて浮かれていた自分が恥ずかしい。まんまと彼の罠にはまり、すべてを捧《ささ》げた気持ちでいた自分がどうしようもなく惨《みじ》めで、消えてなくなってしまいたい。

抱きたいと言われた時になんで断らなかったんだ。こんな地味な顔と貧相な体、触れても彼はちっとも楽しくない。欲しがるわけがない。なんであの時、そう気が付かなかったんだ。

喜んで体を差し出したメリルを、彼はどう思っただろう。

あさましい淫乱《いんらん》だと心の中で嗤《わら》っただろうか。身の程をわきまえていないと憤慨《ふんがい》しただろうか。

汚い体を見て、これを抱くのかと嫌気がさしただろうか。

分からない。分からないけど、それについて考えると胸が潰《つぶ》れそうだ。

頭を下げたまま意識して息をゆっくりと細く吐く。そうしないと息をすることを忘れてしまいそうだった。だがそんなメリルに、降ってきたのは、予想外の言葉だ。

「……もう、サディアスとは呼んでくれないのか」

「え？」

「俺は確かに、催眠術にはかからなかった。だが、メリルに惚《ほ》れたのは本当だ」

「は……？」

混乱して思わず顔を上げる。サディアスは真剣な瞳でメリルを見つめていた。

「メリルを最初に見た時から、気になってしょうがなかったのは嘘じゃない。その上、メリルのことを知れば知るほど惹《ひ》かれていって、途中から演技なんてできなくなった」

「え……？」

「お前の周りにいる男すべてに妬《や》いて、恋人になりたくて苦しくて仕方なかった。お前が傍《そば》にいてくれるのはマリアローズ王女の命令があったからだけだと思うと、おかしくなりそうだ」

「え、でも、そ、そん――」

そんなことあるわけない。そう言いたかったけど喉につかえて出てこない。突然のことに口をぱくぱくと開け閉めするメリルに、サディアスは畳《たた》みかける。

「メリルは俺のことを少しも好きじゃないか？　俺の傍《そば》に寄ってきたのは、すべてマリアローズ王女のため？」

「い、いえ、それは……その……」

血《ち》の気《け》が引いて青かったメリルの顔が、今度は赤く染まっていく。

なんて言えばいいんだろう。色々なことが起こりすぎて、思考が追い付かない。

打ち上げられた魚のように息をするばかりのメリルに、サディアスは椅子から立ち上がる。真っすぐメリルを見つめたまま床に片膝をついた。

「――あなたに一目会った時から惹《ひ》かれていた。俺にもメリルにも秘密があるからと気持ちを押しとどめていたが、もう我慢できない」

以前、彼に執務室で言われたような台詞《せりふ》。あれは催眠術にかかっている振りをしていたからのはずだ。だけどメリルを見つめる穏やかで熱い瞳に、偽《いつわ》りはないように見える。

「どうか、俺の恋人になってもらえないだろうか。……美しい人」

サディアスはそう言うと、そっとメリルの手を取る。そして懇願《こんがん》するように手の甲に口付けた。

柔らかな感触に、固まっていたメリルは声を絞り出す。

「う、嘘、ですか……？」

「そんなわけない。信じてくれ」

「だって……私は、サディアスを殺そうとしたんですよ」

「ジューダスに強要されただけだ。メリルはそこまでしようとは思っていなかっただろう？　それに俺のほうこそ、血にまみれた人間だ」

「でも……でも、私の弱さのせいでサディアスを危ない目に遭《あ》わせました。そんな自分は許せないです……」

自分が弱くなければ、サディアスは倒れなかった。父の関心や、王都での居場所なんてものを求めなければこんなことにはならなかった。サディアスの人柄を知り、恋した時点で、彼を信じてジューダスの企《たくら》みを告げれば良かった。

それをしなかったのは、愚かな恋心にしがみついたせいだ。

俯《うつむ》くメリルに、サディアスは力強く首を横に振った。

「俺も弱い。メリルの知っている通り、一人では眠れないような駄目な男だ。……でもメリルが傍《そば》にいたら少しは強くなれる。メリルにもそう思ってもらいたい。これは傲慢《ごうまん》だろうか」

彼は握ったメリルの手をくるりとひっくり返すと、柔らかな掌《てのひら》に口付ける。

跪《ひざまず》き真摯《しんし》に愛を囁《ささや》いて熱い瞳で見つめる、その姿に、メリルは胸が詰《つ》まった。

「私は、美しくないですよ。マリアローズ王女とは違う……」

「綺麗だよ。控えめな笑顔も、優しさに満ちた瞳も、すべてが俺の好みだ」

サディアスの言葉に、メリルの心が震える。

「懸命に働いて乱れる髪も、漂《ただよ》う薬の匂いも愛《いと》おしくてたまらない」

「サディアス……」

メリルはこの土地に来てサディアスに救われた。

生家でも王宮でも、勉強も仕事も、どれだけ努力しても、誰もメリルを見ることはない。そこに存在することすら認められなかった。ずっと自分なんて取るに足らない存在だと思い、小さくなって生きていた。それでも努力を続けてきたのは、いつか誰かに認められて愛されたかったから。

ザカリアでようやく、人として認めてもらえた。求められることがどれほど嬉しくて、心強かったか。サディアスに抱かれた時に、どれだけ心が温まったか。

じわりと目を潤《うる》ませていた涙が、頬を伝う。

「ごめんなさい……好き、好きなんです。サディアスのことを好きになってしまった」

「謝らないでくれ」

サディアスの掌《てのひら》が、メリルの頬を撫《な》でて涙を拭《ぬぐ》う。固い掌《てのひら》。だけど、それが誰よりも優しいことをメリルは知っていた。決して血にまみれてなんていない。人を守るために戦ってきた手だ。自分を犠牲にして、民を守ってきた強い手だった。

腕を伸ばしてサディアスに抱きつくと、ぎゅうと強く抱きしめ返される。

「愛している」

「私もです。私も愛しています……！」

窓から差し込む柔らかな日差しの中、メリルは何度も愛していると繰り返し呟《つぶや》いた。

あなただけだ。あなたがいてくれて、自分は変わることができた。誰にも必要とされず、卑屈《ひくつ》になっていたメリルを救ってくれた人。

自分は許されない罪を犯したけれど、サディアスが抱きしめてくれるなら、彼が飽きるまででも傍《そば》にいさせてもらおう。心の底からそう思った。

好き。好き。好きな気持ちで胸が弾けそう。

抱き着いたサディアスの頬に、メリルはそっとキスをする。久しぶりに嗅《か》ぐ男らしい匂い。彼に触れたくてたまらなかった。

「本当に、愛しています」

猫が甘えるように彼の首筋にすり寄ると、ぐい、と体を押し返される。

「メリル、やめなさい」

「え……？」

なんで。せっかく想いを通じ合えたのに。やっぱり自分を陥《おとし》いれた相手とは触れ合いたくない？

そんな不安が顔に出ていたのか、サディアスは咳《せき》ばらいをすると「違う」と首を横に振った。

「お前は三日も寝ていたんだ。まずは食事をしないと」

「あ、すみません。随分《ずいぶん》長く水を浴びていないなら、汚かったですね」

牢屋にも入っていて、汚れ切っている。慌てて体を離そうとするが、サディアスは再び首を横に振った。

「そういう意味じゃない。その……勝手にやって悪かったが、怪我を治癒した後に体は洗わせてもらった。他の男に触れられたままなのが我慢ならなくて」

サディアスは眉間《みけん》に薄《うっす》らと皺《しわ》を寄せる。たしかにあの牢で犯されかけたことは、思い出すだけで吐き気がする。あの男たちの手垢を落としてくれたということにメリルはほっと息を吐いた。が、サディアスはまるで自分を制するかのように、厳しく眉を吊り上げる。

「怪我は治ったが、まだ完全に回復したとはいえない。そうだろう」

「でも、本当にサディアスの恋人になったっていう実感が欲しいんです。もうサディアスとは会えないと思ってたから……」

体を離されてしまったことが悲しくて、彼のほうに手を伸ばす。駄目ですかと視線で訴えると、サディアスがぐぅ、と低く唸《うな》った。何度か顔を横に背《そむ》けたり、歪《ゆが》ませたりしていたが、メリルの手が彼の服を引くと、観念したように息を吐く。

「辛《つら》かったらすぐ言ってくれ」

「サディアス……！」

嬉しくて再度飛びつく。その体はもう拒まれずに、強く抱き返された。

「俺も、もうメリルと抱き合えないかと思った。メリルの顔を見ながら死ぬのは悪くなかったが、もっと好きだと言えば良かったと後悔した。お前が俺の気持ちを誤解したままなのも辛《つら》くて、本当に愛しているんだと、早く言えば良かったと思ったよ」

「サディアス……」

「それに俺がいなくなったら、きっと別の男がお前を攫《さら》っていく。そう思ったら、死にかけているのに嫉妬《しっと》で頭が煮えそうだったな」

「……な、そんなわけ」

「ある。死ななくて良かったよ。でなければ悪霊になってとり憑《つ》いていたかもしれない」

サディアスはそう笑うと、ふわりとメリルをベッドに押し戻した。

「メリルを他の男になんて絶対に渡さない……死んでなんていられないだろう」

頭の後ろを掴《つか》まれ荒々しく口付けられる。触れ合うだけの優しいものではなくて、舌がメリルの唇をこじ開けて強引に入ってくるものだ。口内を舐《な》められて、舌を吸われると、腰がじん、と甘く痺《しび》れる。

「ん……ッ、んん」

「好きだよ、メリル」

口を離して、吐息と共に囁《ささや》かれる。その甘い響きに心が蕩《とろ》けていく。

「私も……私も、好きです」

そう言うと、サディアスに微笑《ほほえ》み返された。彼の優しい瞳は、見ているといつも胸が苦しくなる。

黒い瞳に自分が映っているのが幸せでたまらない。不意に彼が覆《おお》いかぶさってきた。

「サディアス、……んん」

首筋に唇が落ちてくる。そこを吸われ舐《な》められて、ぞわりと肌が粟立《あわだ》つ。くすぐったいのと気持ちがいいのが混ざり合って、メリルは身を捩《よじ》った。首にキスを落としていた唇は徐々に下がり、鎖骨、それから胸元に辿《たど》り着《つ》く。

「そこ、は、いいから……」

「舐《な》めさせてくれ」

メリルの胸に顔をうずめたサディアスは、丁寧に乳房に唇を這《は》わせる。当然膨《ふく》らみなんてない胸だ。そんな所を吸っても面白くないだろうとメリルは首を横に振るが、サディアスはニヤリと笑った。分厚い舌を出すと、今度は乳輪をそっと舐《な》める。ちろちろと舌で柔らかく虐《いじ》められて、もどかしい快感が全身に広がっていく。

「んっ！　……っさ、ディ、……んぁっ！」

乳輪を舐《な》められているのに、いつの間にか乳首がぷくり、と立ち上がった。

はしたないし、恥ずかしい。

嫌だと体を揺すると、それを催促《さいそく》と捉《とら》えたのか、サディアスがぱくり、と乳頭に吸い付いた。

「やっ……！　や、だ、ぁ……！」

口に含んだ乳頭を、固く尖《とが》らせた舌でこりこり弄《もてあそ》ばれる。舌が乳首を倒したり押しつぶしたりする度に、メリルの腰はびくびくと跳ねた。

胸なんて感じない。そう思っていたのにメリルの体は震えてしまう。体中が敏感になって、彼の舌の動きに翻弄《ほんろう》された。

彼が口を放すと、つぅ、と涎《よだれ》が糸を引く。てらてらと濡れて光る乳首。散々舐《な》めしゃぶられたせいでぽってりと紅《あか》くなっていて、それも恥ずかしい。

「サ、ディアス……ッ！　も、いい加減に……！」

「前から、もっと、ここを触りたかったんだ」

そう言うと再度、じゅ、と音を立ててサディアスが乳頭を強く吸い上げる。下肢を触られていないのに腰がムズムズして、メリルは細い悲鳴を上げた。

「～～ッ！　ほんと……も、やめ……っ！　ゃ、あ！　あっ！」

「じゃあ、名残惜《なごりお》しいが、また今度な」

ようやく口を放してくれたのに、戯《たわむ》れのように乳首を指で摘まれて、メリルの口から嬌声《きょうせい》が漏《も》れた。

胸への刺激だけですっかり陰茎は勃《た》ち上《あ》がっている。

でも射精するほどの強い快感ではない。もどかしさに腰を揺らすメリルに、サディアスは楽しそうに笑って、その下肢に手を伸ばした。

節の目立つ固い掌《てのひら》。その指先でそっと陰茎を撫《な》でられ、握り込まれる。

胸だけとは違う、強い快感に、喘《あえ》ぎの混じった吐息が漏《も》れる。だけどメリルは、伸びてきた手を掴《つか》んで陰茎から引《ひ》き剥《は》がした。

「メリル？」

訝《いぶか》しげな声を出したサディアスをちらりと見て、自ら足を大きく開く。掴《つか》んだ手をそっとその奥の窄《すぼ》まりまで引っ張った。

「それより……、早く、繋がりたいです」

こんなことを言うのは恥ずかしい。でも早く、早く入れてほしい。サディアスがいることを感じさせてほしい。愛撫《あいぶ》なんてもういらないから、彼が生きているということを、また抱いてもらえるんだということを体に感じさせてほしい。羞恥《しゅうち》に体が燃えそうだ。でも我慢できない。

メリルが強請《ねだ》ると、サディアスは一瞬無言で固まり……それから体を起こして、サイドテーブルを乱暴に開けた。

前にも使った香油の瓶。それをメリルの下肢の上でひっくり返す。どろりとした香油がメリルの陰茎を濡らし、尻にまで垂れていく。それさえももどかしくて、メリルは子供のようにむずかった。

「はやく、……おねが、い」

慣らすことなんかしなくていい。入れてほしい。そう言うよりも早く彼の指が後孔を撫《な》でる。ぬめりを纏《まと》った指がつぷりと窄《すぼ》まりに押し込まれた。

「あ……っ！　んぅっ！」

まだ一本しか入れてもらえない。でも中に、ぐぅ、と押し込まれた指は内壁を撫《な》で、内側を解していく。何度か抜き差しされた後に再び香油を纏《まと》って、今度は指が二本に増やされた。次はやわやわと前立腺を探られる。

気持ちの良い場所はすっかりバレていて、中を叩《たた》かれると腰が跳ねた。

「や、ぁあっ！　あ！　あぅ……っ！　きも、ち……」

快楽に悶《もだ》えていると、指が更に増える。その頃にはメリルの体はすっかり溶けて、力が抜けきっていた。

はぁはぁ荒い息を吐くメリルの足を、サディアスが大きく割《わ》り拓《ひら》く。とろりと蕩《とろ》けた窄《すぼ》まりに、サディアスの陰茎が押し当てられた。

「入れるぞ」

彼も切羽詰《せっぱつ》まった、ギラついた瞳をしている。メリルを喰いつくしたいと言っている瞳だ。

メリルが頷《うなず》くと、すぐに熱いものが入ってくる。太くて大きな亀頭が香油を纏《まと》い、ぐぷり、と卑《ひ》猥《わい》な音を立てて中に侵入してきた。

ぐちゅ、ぐちゅ、と水音をさせながら体を揺さぶられて、気持ち良さに体が痺《しび》れる。

「は、ぁ……っ！　あ、あ！」

「く、……」

いつもよりもやや性急に体を貫《つらぬ》かれている。陰茎が自分の腹に収まっていく、その熱が嬉しくて、メリルはぎゅうぎゅうとサディアスの体にしがみついた。

「サディアス……ッ、サディアス、ス！　……っ！」

「メリル、好きだよ……愛してる」

好き。好き。どうしようもなく好き。そんな気持ちを込めて、彼を受け入れる。ごりごりと前立腺を擦《こす》りながら中を穿《うが》たれて、メリルは甲高《かんだか》い悲鳴を上げた。


「――サディアスは、本当に私でいいんですか？」

「どういう意味だ？」

ベッドにごろりと寝転がったまま、メリルはぼそりと呟《つぶや》いた。体を柔らかく撫《な》でてくれていた手を引き剥《ひは》がし、サディアスのほうに顔を向ける。

「その……私は催眠術師で治癒魔術師ではないですし、マリアローズ王女のように王に和平を強請《ねだ》ることもできません。だから、私なんかではサディアスの恋人として力不足じゃないかと思いまして……。あ、もしかして恋人と結婚は別という考えですか？　そういえば求婚も取り下げられていなかったし」

「そんなわけないだろう」

サディアスの話では、彼は打算でマリアローズに求婚していた。この土地を守るための打算だ。自分を好きだという気持ちは疑っていないけど、メリルではとても王女の役割は果たせない。それが頭に引っかかっているのだ。

だが、サディアスはがばりと体を起こすと力強く否定した。

「求婚の取り下げはすぐにだってする。ジューダスを捕らえた今、黒幕を探る必要はもうないからな。それにメリルは力不足なんかじゃない」

「ですが……」

好きという気持ちは抑えられないほどあるとはいえ、好きだからこそ躊躇《ためら》ってしまう。メリルの生家も貴族だから、結婚は有力な道具の一つなのだとよく知っていた。

不安で顔を暗くするメリルに、サディアスは首を横に振る。

「メリルはずっと、この土地にもっと支援が欲しいと言ってくれていたらしいな」

「ご存じだったんですか？」

「ああ。……治癒魔術師のウィリアムがいるだろう。彼が『メリルのために』と父親に支援を頼んだらしい。ちなみに彼の父は、今の王妃の従兄弟だ」

「……え？」

ウィリアムは甘ったれたお坊ちゃんだと自分でも言っていたが、まさか王族に縁があるほど有力な貴族の子息だとは。驚きに目を丸くすると、サディアスは更に驚くことを続けた。

「それからケイレブ殿。ジューダスの抜けた、筆頭治癒魔術師に彼が選ばれたんだ。身分こそ庶民だが実力があるからな」

筆頭治癒魔術師は、代々ファーディナンド家が担《にな》ってきた。だけどジューダスが失脚した今、その座はケイレブに移ったようだ。

「彼は治癒魔術師をもっと頻繁に派遣するように王宮にかけあってくれたらしい。ウィリアムの父親とケイレブ殿、この二人の話が王にまで届いた。薬剤と物資の補給……あと、まだ内密だが、停戦も視野に入れているらしい」

「停戦!?」

「求められる医薬品の多さから、これ以上の戦《いくさ》を続けるのは難しいと気が付いたのかもな。実際、この砦《とりで》はいつもぎりぎりのところで耐えている」

「そう、なんですか……」

メリルは呆《ほう》けたように呟《つぶや》いた。物資の補給に、停戦まで。飛び上がって喜ぶべきことだが、あまりのことに頭がついていかない。そんなメリルの肩に、サディアスは手を伸ばす。

「全部お前のおかげだよ。メリル」

「い、いえ……私じゃなくて、ケイレブ様とウィリアムのおかげです」

自分は何もしていない。自分には権力も、頼れる親族もいない。そう思ったのに、サディアスは目を細めて首を横に振った。

「いや。お前が真面目に働いてケイレブ殿の信頼を得ていたから、彼は王に嘆願してくれた。それにウィリアムのことも。彼はあまりに人間嫌いで、手を焼いていたらしい。王宮では問題児で、有力貴族の息子なのに危険なザカリアに派遣されるほどだ。その彼をこの砦《とりで》のために働かせたのはメリルだ。彼の父親も、その変わりぶりにいたく感激している。……すべての架け橋になったのはメリルだよ」

「私……」

「今まで俺が王都の貴族に協力を願っても断られていた。メリルがみんなの心を自然に動かしたんだ」

サディアスにそう説かれても、未だに自分の手柄とは思えない。

だけど彼の熱い言葉は本心からのものだと伝わってきた。決してメリルを喜ばせるためだけのお世辞ではなくて、心から贈られた賛辞だ。

メリルは心の中に、小さな自信が芽吹くのを感じた。

自分の行ったことは小さなことだけど、それがさざ波のように広がり、サディアスの役に立ったのかもしれない。

「じゃあ……サディアスの恋人は、私だけでいいんですか？」

「もちろん。メリル以外には考えられない」

「治癒魔術師じゃなくても……、いいんですか？」

「俺は魔力に惚《ほ》れるわけじゃない。メリルに惚《ほ》れたんだよ」

本当は自分よりも、もっと役に立ったり、美しかったりする人が彼にはふさわしいとは思う。だけどメリルは、今はサディアスの優しさに甘えたかった。

「嬉しい」

メリルはへらりと笑う。恥ずかしくて上掛けを顎《あご》まで引っ張り上げると、サディアスが顔を覗き込んできた。優しい、だけど悪戯《いたずら》っ子《こ》のような顔だ。

「だがメリル、俺はお前が何もできなくても別にいいとは思っているけどな」

「え？」

「砦《とりで》の兵士たちには癒《いや》しの天使と大人気で崇拝されている。それにメリルは気づいていないかもしれないが、カルロスはお前を本気で想っているぞ。ウィリアムも、お前にだけ態度が違いすぎる。だいたい、父親に援助を求めたのもメリルに喜んでほしいからだ。惚《ほ》れているに決まってる」

「は？　え、え、天使？　崇拝？　カルロスくんと、ウィリアムくん？」

「誰にでも優しくて、努力家で有能で、目を離したらすぐに奪われそうで気が抜けない。……あまり他の男を魅了しないでくれ」

「な、何言っているんですか！　私のほうこそ、サディアスは格好いいし強いし、誰にでも慕《した》われているから心配です。いつも甘い言葉を言ってくれるし、モテそうですし……」

ずっと思っていたことをつらつらと言《い》い連《つら》ねる。その言葉は、ひどく甘い惚気《のろけ》のようで。サディアスとメリルは、お互いの顔を見合った後に噴き出す。

様子を見に来たレイノルドに「いつまでいちゃついてるんだよ」と叱《しか》られるまで、二人はベッドの中で、ただただ甘く囁《ささや》き合《あ》った。

エピローグ　王女の末路と二人の未来

温暖な気候に、明るい人々の笑顔が溢《あふ》れる王都。

所狭しと高級店が建ち並ぶ街は活気に満ちている。芸術も文化も栄えている王都は、その華やかさから地上の楽園とも呼ばれていた。

中でも一際贅《ひときわぜい》を尽くして建てられたのが王宮だ。

地方都市がすっぽりと入りそうな広大な庭には、一年を通して花が咲き乱れ鳥が遊ぶ。その庭園の奥に建つ、国中の大工を集めて作られたと言われる美しい王宮は、それ自体がまるで芸術品のよう。そこで日々、宮廷芸人が音楽を奏《かな》で、絵画を描き、時には劇を上演して、王や貴族たちを楽しませていた。

そんな笑いさざめく声の絶えない美しい城の中……なのだが、今、メリルは埃《ほこり》にまみれていた。

王宮の奥、人が滅多に立ち入らない蔵書室の中で、だ。

「ここはケイレブ様が特別に入室許可をくださったんですよ！　本当なら治癒魔術師だって、役職がなければ入れない所なんです。ほら、凄《すご》く貴重な本がいっぱいでしょう！」

本棚の間をふんふんと鼻息も荒く行ったり来たりしながら、メリルは並ぶ本を指さす。

「わ、わ！　見てください。この古文書！　これは古代の賢者、ウォーレンが書き記したものです！　ウォーレンは半分エルフの血が流れていたんですが、人間に恋をして、その恋人の寿命を延ばすためにありとあらゆる治癒魔術を習得したんですよ。うわ〜、こんなに素晴らしい状態で本が残っているなんて……って、すみません。私ばかり楽しんでしまって」

「いや、メリルが楽しんでいるのを見るのが、一番嬉しい」

にこりとサディアスに微笑《ほほえ》まれて、メリルは薄《うっす》らと顔を赤くする。

興奮しすぎて恥ずかしかったのもあるが、それ以上に微笑《ほほえ》むサディアスの顔が美しかったせいだ。照れながら、メリルも愛《いと》おしい恋人に微笑《ほほえ》み返した。

そろそろ秋の気配がザカリアに訪れていて、本格的な冬が来る前にと、メリルとサディアスは王都に来たのだ。

メリルは正式にザカリアに催眠術師として赴任《ふにん》し、無期限で移住することになった。そこで、王都で借りていた家を引き払ったり、王宮の隅に残っていた僅《わず》かな私物をまとめる必要があったのだ。

あの事件の後、ジューダスは処刑され、メリルの実家は取りつぶされた。メリルは実家から籍を抜かれていたのと、サディアスをはじめ、ザカリアの砦《とりで》のみんなが庇《かば》ってくれたため咎《とが》められなかった。

……悪い思い出ばかりの王都に来るのはもう最後だろう。そう思い、荷をまとめるために王都に戻るとサディアスに告げると、彼がついてきてくれることになったのだ。

隣国とは間もなく平和条約が締結される。まだ砦《とりで》は長くは空《あ》けられないが、休戦協定は既《すで》に結ばれている。和平まであと一歩だ。

そんな状況だったので行ってもいいだろうと、彼は部下数人を連れてメリルと王都にやってきた。

『一人で行かせるのは心配だ。王都で、昔の恋人にでも会ったらと思うと気が気じゃない』

そう甘く囁《ささや》いたサディアスの言葉を思い出すと、気恥ずかしさがこみ上げてくる。昔の恋人なんていないけれど、甘い言葉が嬉しくて、メリルは彼についてきてもらっていた。

手早く支度をしてザカリアに戻るつもりでいたのだが、一足先に王都に戻っていたケイレブにメリルは呼び出された。彼は今後はザカリアと王宮の両方に所属し、後進の指導にあたるらしい。王宮を訪れたメリルに、ケイレブは自分の権限の許す限りの魔術書を読んでいいと言ってくれたのだ。

「ここで催眠術師として働いていた頃は見せてもらえないものだったので……つい興奮してしまいました」

かつては、重要な書類も魔術書も見せてもらえなかった。言い訳のようにそう言うと、サディアスは一歩メリルの傍《そば》に寄って頬を撫《な》でる。

「気にしなくていい。たまには俺のほうも見てほしいが、あまり欲張るわけにはいかないからな」

「な……っ！」

「埃《ほこり》だらけでも、メリルが可愛らしいことには変わりないよ」

甘い言葉にますます顔が赤くなる。血まみれ将軍なんてあだ名を聞いた時は、もっと怖くて冷たい人間だと想像していたのに。朝から晩まで可愛いだの綺麗だのと褒めてくれるし、隙があれば髪や頬を撫《な》でたり腰を抱いたりと、彼は忙しい。

仕事中は引き結ばれている口元も、二人きりになると穏やかに緩《ゆる》んでいて威圧感が消え去る。そんなサディアスにメリルはじとりと目を細めた。

「……サディアスって意外とお喋《しゃべ》りですよね。前の恋人もそんなふうに口説《くど》いていたんですか」

「お前だけだ」

間髪をいれずにそう答えたサディアスは、メリルの手を取ってその甲に口付ける。

「こんなに愛したのは、メリルだけだよ。美しい人」

「〜〜〜……ッ！　そ、そろそろ、行きましょう！」

蕩《とろ》けそうな熱い視線を向けられて、メリルは思わず手をひっこめてしまう。

はぐらかされた気持ちもあるし、サディアスが今までどんな人と付き合ってきたのかが気になる。だけど彼の口を割らせるだけの手腕は自分にはない。むしろ丸め込まれて、このままぱくりと食べられそうだ。白旗を揚げる気分で蔵書室の扉まで逃げると、後ろからサディアスがついてくる。

「もういいのか？」

「はい。また来ます。読みたいものは確認したので」

真っ赤な顔を冷ますようにパタパタと手で顔に風を送り、メリルは扉を施錠した。

蔵書室が位置するのは、王宮の中でも一番の深部。少し歩くと王族たちが住まう部屋のある場所だ。その廊下には人気《ひとけ》がなく、誰にも見られてはいないと思うが、赤い顔で歩き回ったらサディアスに恋をしているのだと言っているようで恥ずかしい。

鍵をケイレブに返しに行こう、と廊下を進むと、あっさりと気持ちを切り替えたらしいサディアスがのんびりと口を開く。

「そろそろ昼食にしようか。ここはザカリアと違って、食材が豊富だからいいな。ああ、それから……食事が終わったら、一緒に行きたい所があるんだ。王宮の外なんだが」

「王宮の外ですか？」

「ああ。いいか？」

「もちろんです」

サディアスと一緒ならどこでも楽しい。自然とそう心の中に言葉が浮かんで、メリルはその柔らかな感情に少し驚いた。

こんなふうに、穏やかな気持ちで王宮の廊下を歩ける日が来るとは思わなかった。人に受け入れられているというだけで、こんなに幸せになるなんて。安心して愛しい人の傍《そば》にいて、自分の人生が幸せだと思える日が来るとは、想像もしていなかった。

そう思うとじわりと胸が熱くなる。

サディアスに抱き着きたい。抱き着いて口付けたい。人目のある場所だからできないけど、もっと彼を近くに感じたい。サディアスが前の恋人のことなんか気にならなくなるくらい、強く彼を惹《ひ》きつけたい。胸の奥からそんな気持ちが湧き上がってくる。

さっきは照れて手を振り払ったものの、本当はメリルももっとくっついていたいのだ。

「サディア……」

だが、メリルがサディアスの袖を引こうと思った、その時。廊下の奥から何やら人の叫び声が聞こえてきた。

「嫌よ！　どきなさい！」

「王女！　王女、お待ちください！」

「……なんだ？」

叫び声が耳に入ったサディアスは、す、と背中にメリルを隠す。広い背中の陰から騒動のほうに視線を向けると、女性が一人、手を振り回したり周りの人を突き飛ばしたりして暴れている。あれは……

「……マリアローズ王女？」

遠目にも分かる派手なドレスに、美しい金髪。だけど、いつも優雅に取り巻きを引き連れていた彼女は、今日は様子が違った。

耳を刺す金切り声を上げながら、まるで脱走でもしたかのように侍女を置いて走っている。扇《おうぎ》は投げられ、美しいドレスも髪も乱れていた。

「放しなさい！　嫌よ、嫌！」

「いけません！　お部屋にお戻りください！」

穏やかではない彼女と侍女たちの様子に、サディアスが体からぴりぴりとした雰囲気を漂《ただよ》わせる。そっと「メリル、あちらへ」と彼女らから遠ざかろうとするが、大柄な彼が隠れられるはずもなく、マリアローズの剣呑《けんのん》な瞳がサディアスに向けられた。

「そこの大男、見ていないで助けなさい！　王女が助けを求めているのよ⁉」

片腕を侍女に掴《つか》まれたマリアローズは、侍女を拳《こぶし》で叩《たた》きながらサディアスに叫ぶ。彼が呼ばれたことに驚いてメリルがその背後から出てくると、彼女は大きな目を更に見開いた。

「……あなた、メリルね！　ジューダスの弟の……！　あなた、ジューダスが処刑されたっていうのに、なんでのうのうと生きているの⁉　ジューダスは爪を剥《は》がされて、鞭《むち》で打たれ拷問されて、あげく首を落とされたのよ⁉　なのに……、なんで……‼」

マリアローズの口から出てきた言葉に、メリルは飛び上がりそうになる。サディアスから、ジューダスが処刑されたことは聞いていたが、仔細《しさい》は語られていなかった。

顔を青くして震えそうになるメリルの腕をサディアスの大きな手が掴《つか》み、庇《かば》うように再び背中に隠される。

「あなた……どこかで見たことがあるわ……まさか、あなたが血まみれ将軍？　あの……⁉」

立ち止まった王女は、侍女に取り囲まれながらもサディアスを真っすぐに見る。キリキリと目を吊り上げると、居丈高《いたけだか》に叫んだ。

「サディアス！」

「……なんでしょう、王女」

その甲高《かんだか》い声に、落ち着いた様子のサディアスが低く答える。被《かぶ》せるように、マリアローズは言葉を続けた。

「サディアス、あなた、わたくしに一目惚《ひとめぼ》れしたのよね⁉　いいわよ、結婚してあげる！」

「え！　な、何を、……⁉」

思わずメリルが動揺して応《こた》えるが、それよりも大声で侍女が彼女を諌《いさ》めた。

「いけません、王女！　王女はダレイラク子爵とのご結婚が決まっていらっしゃいます！」

「子爵？　ダレイラク子爵って……」

ダレイラクの名前はメリルも聞いたことがある。たしか商売で成功し、裕福だと聞いたことはあるが……隣国の貴族のはずだ。

「嫌よ！　あんな皺《しわ》くちゃの爺《じじい》と結婚なんてしない！　前の妻との子供が五人もいるのよ⁉　わたくしには釣り合わないでしょう！　サディアス！　あなたと結婚してあげるって言っているの！　早く、早くわたくしを助けなさい！」

侍女の言葉でますます興奮したマリアローズは、サディアスに向かって手を伸ばす。目が血走ってまるで怨霊《おんりょう》のような姿に、メリルはぎゅうとサディアスの服を掴《つか》んだ。メリルと違い動揺を見せないサディアスが、何か口を開こうとした、その時。

静かな、だが怒りに満ちた声が響く。

「いい加減にしないか。マリアローズ」

「お父様！」

低く怒りを湛《たた》えた声を上げたのは、この国の王、フェルディナンだ。彼は幾人かの護衛を引き連れてマリアローズに厳しい視線を向けた。

豪奢《ごうしゃ》なマントを身に纏《まと》い、冠を頭に乗せ、白い髭《ひげ》を苛立《いらだ》たしげに撫《な》でている。

式典の際にはるか遠くからしか見たことがなかったメリルは、その姿に思わず息を呑んで姿勢を正す。

「お前が廊下でみっともなく騒いでいると聞いて何事かと思ったら……まだそんな子供のようなことを言っているのか」

王はゆっくりと廊下を歩いてくると、マリアローズの前に立《た》ち塞《ふさ》がる。その背中から、ゆらりと怒りが立ち上っているように見えた。

「お前はサディアスの求婚を厭《いと》い、しかも彼を暗殺しかけた。その罪を公《おおやけ》にされなかったのは、サディアスの温情だと何度言えば分かるんだ」

「だって……だって！　こんなことになるなら、求婚を断ったりしなかったわ……！」

「浅はかだったな。周りに惑《まど》わされた代償だ」

「でも、お父様！」

「王族には王族の責任がある。分かっているだろう。暗殺に加担した可能性のある女でも、嫁ぎ先があるだけマシだと思え。たとえ敵だった国であろうともな」

言《い》い募《つの》るマリアローズの言葉を、フェルディナン王はすげなく斬《き》り捨《す》てる。彼に縋《すが》っても駄目だと分かったのか、マリアローズは再びサディアスに視線を送った。

「サ、サディアス！　あなた、わたくしと結婚したいでしょう⁉　今からでも王に申し立てて……‼」

だがサディアスは、メリルと話すのとは違う、凍《こご》えるほど冷たい声を出す。

「俺のような獣《けもの》が、ダレイラク子爵から婚約者を盗むような真似はできません。……それに、もう私には愛する者ができましたので」

唇だけでにこりと笑い「どうぞ、お幸せに」と言い切る。その明確な拒絶に、マリアローズは白い顔をますます白くして固まった。美しい一国の王女がこれほど手厳しく振られたことは今までなかったのかもしれない。口をぱくぱくさせている彼女の腕を、王が強く掴《つか》む。

「行くぞ、マリアローズ」

「待って、待ってちょうだい……!! お願い！」

「……迷惑をかけたな。サディアス」

「いえ。とんでもないことです」

王が視線で侍女に指示を出し、引《ひ》き摺《ず》られて王女が部屋に連れ戻されていく。髪を振り乱して首を横に振る彼女を助ける者はいなかった。一人たり共。

その姿が見えなくなった頃、サディアスは深くため息を吐《つ》く。

「お前には言わなかったが、マリアローズはこれまでも意に沿わないことがあると裏から手を回して悪事を働いていたらしい。気に入らない貴族への嫌がらせに、侍女への体罰、商人からの賄《わい》賂《ろ》、……他にも数え切れないくらいいな。今回の件でそれが王の耳に届いて、今は部屋に軟禁状態だ。年を跨《また》いだら隣国の貴族に降嫁される。……和平のための人質だ。そこでも自由はないだろうな」

「そう、だったんですか……」

「温かい食事が出るだけ修道院に送られるよりはマシだが……同情するか？」

サディアスがちらりとメリルの顔を窺《うかが》う。彼女の今の姿は悲惨だったけれど、メリルは俯《うつむ》いて首を横に振った。

「彼女の傲慢《ごうまん》さの陰で、苦しい思いをした人たちがいます。王のご決断は、正しいと思います」

たしかに憐《あわ》れだと思う。彼女はまだ若く、我儘《わがまま》を諌《いさ》める人間もいなかった。だが彼女のせいで泣いた人たちがいるなら、罪を償《つぐな》わなければいけない。

「ジューダスも……踏み越えてはいけない一線を理解していなかった。だからしょうがないです」

ジューダスはマリアローズの歓心を買おうとするあまり、サディアスを殺しかけた。もし本当に暗殺が成功していたら、今頃敵国に攻め込まれて、国が傾いていただろう。

それでも憐《あわ》れな最期に胸がツキリと痛む。

とっくに縁を切られていた家族だが、ついに本当に、消えてなくなってしまった。もの悲しさに心が沈む。

メリルが王とマリアローズが去っていったほうを見つめていると、肩を抱かれた。指先で皮膚を優しく撫《な》でられて、少しずつ動揺が収まっていく。

「……メリル。さっきの話の続きだ」

「続き？」

「メリルと一緒に行きたい所がある」

「あ……、はい。もちろん、どこでも行きますよ」

「良かった。アルディートの聖堂へ行きたいんだ」

「黒竜の聖堂ですか？」

「ああ。この国で、一番荘厳で美しい聖堂だ」

アルディートの聖堂は、大昔の竜人を讃《たた》えて作られた巨大な聖堂だ。黒竜を崇《あが》める美しく荘厳な聖堂で、この国で一番美しいと言われている。聖堂には山のように大きな竜の彫像が祀《まつ》られていて、その横で小さな鳥が遊んでいる。黒竜はその小鳥を愛していて、小鳥のために悪魔を倒しこの世に平和を齎《もたら》したと伝えられていた。

有名な観光名所でもあるが、サディアスも興味があったのか。メリルが少し意外に思っていると、サディアスは緊張した面持《おもも》ちで口を開いた。

「メリルさえ嫌でなければ、美しい聖堂で、神の祝福を受け愛を誓いたい。俺と生涯を共にすると」

「神に、誓いを……」

「ああ……俺の家族になってほしい。一生、メリルを傍《そば》で守ると誓わせてほしい」

生涯を共に。

家族に。驚いて口が開いてしまう。恋人にはなったけれど、男同士では公《おおやけ》にはできない。そのつもりで付き合ったのに、サディアスはそこまで考えてくれていたのか。

緊張を孕《はら》んだ瞳で見つめるサディアスに……メリルは首を横に振った。

「嫌です」

「メリル？」

サディアスが戸惑《とまど》った声を上げる。顔を覗き込まれ、両手で腕を掴《つか》まれそうになったが、メリルはその手が届くよりも先に、サディアスの胸の中に飛び込む。

「この王都の聖堂では嫌です。私は、ザカリアの、あの小さな聖堂で神に誓いたいです。……美しいザカリアの土地で、あなたと共に生きていくって」

言いながらぎゅうと強く彼を抱きしめる。顔を胸に押し付けて、精いっぱい腕に力を込めた。ここが廊下でも関係ない。胸から愛《いと》おしい気持ちが溢《あふ》れて止められなかった。強く抱き着いていないと好きという気持ちで心臓がはち切れてしまいそうだ。

一瞬ぽかんと固まったサディアスは、我に返るとメリルを抱き返す。腕の中に隠すように覆《おお》いかぶさり、メリルの何倍も強く腕に力を込める。

「……ありがとう、メリル」

苦しいほどの力には、メリルと同じ気持ちが籠《こも》っているのかもしれない。絶対に離れないという強い想いも。

「俺も故郷も愛してくれて」

愛している。愛しているなんて言葉では表しきれないほど、大切に思っている。サディアスに出会って、自分のすべてが変わった。サディアスのことも、彼を育てた大地も自分にとっては宝物。

そう言いたかったけれど、胸が詰《つ》まって言葉にならなかった。

番外編　血まみれ将軍は妄愛する

前章　血まみれ将軍は苦悩する

怖い。苦しい。

——許してくれ。

「……う、あ、ぁあ、……ああッ！」

呻《うめ》き声《ごえ》を上げて、サディアスはベッドから飛び起きた。

上掛けを掴《つか》み、手繰《たぐ》り寄せる。ベッドの下に無数の死者が潜《ひそ》んでいるような恐怖に襲われて、魔石の淡い光に照らされた床を凝視した。

だが、そこはいつも通り、浮かび上がっているのは複雑な魔術紋様だけだ。

「夢……、か……」

は、は、と荒い息を吐いて、少しだけ体の力を抜く。固く強張《こわば》っている体にはじっとりと汗をかいている。汗で前髪が額《ひたい》に張り付いて気持ち悪く、乱雑に手で乱した。

まだ辺りは暗い。眠ったのは深夜を超えたあたりだから、三時間も眠れていないだろう。すっかり目が冴えてしまったが体はまだ疲労が抜けず、ずしりと重たかった。

「クソ……」

夢。悪い夢を見て飛び起きるようになり、何年になるだろう。

もう「またか」という言葉すら浮かんでこないほど、悪夢はサディアスにつきまとっている。

まるで死神のようにしつこく追いかけてくる悪夢。友が死に、家族が死ぬ。

この悪夢のせいで、サディアスの心身は少しずつ、だが確実に蝕《むしば》まれていた。

「こんな夢……」

口の中で小さく悪態を吐《つ》く。

自分は強く、強くあらねばならない。誰よりも強く立ち、この土地を守らないといけない。悪夢なんかで立ち止まっていることはできないし、負けて膝をつくこともできない。

一度でも負ければ、それはすなわち死を意味する。自分自身だけでなく、この土地の民の、だ。

積み重なる疲労と焦燥感《しょうそうかん》に、サディアスは呻《うめ》くようなため息を吐《つ》いた。

彼は北の土地の領主の息子。父も母も強い人だった。だが父はサディアスが十八の頃に戦《いくさ》で死んだ。母はその四年後に病《やまい》で亡くなった。サディアスはそれ以来、一人でハイツィルト家の跡継ぎとしてザカリアをまとめている。

自分には強い父と母の血が流れている。その誇りと、領民を守る責任感で戦い続けていたが……いくら戦ってもこの土地に平穏は訪れない。

強くあらねばならない。強くなければ、守りたい人間はすべていなくなってしまう。すべて殺され、奪われてしまう。

よく分かっている。笑っていた友も、支えてくれた仲間も、自分が弱いせいでいなくなった。

「寝ないとな……」

自分に言い聞かせると、サディアスは汗をかいた体のままベッドの上にごろりと転がった。

少しでも休まないと、ぼやけた頭では民を守れない。さばいても、さばいても書類は溜まってい
くし、兵の訓練も見ないといけない。何よりも、もし敵襲があったら自分は先頭に立って人々を率
いないといけないのだから。

だが瞼《まぶた》を閉じると、また死者が体に絡みついてくる気がして、心臓が嫌な音を立てる。

戦場に行くようになってから、今まで死ぬ気で戦ってきた。臆病風に吹かれて逃げ出したことは
ないし、身を挺《てい》して仲間を守ってきたつもりだ。サディアスがいなければ、今よりももっと戦況は
悪かっただろう。だから誰も自分を恨んでなんていないことは分かっている。頭では分かっている。

しかし過去のことを考えると胸の奥が苦しくなって、吐き気が襲ってきた。

眠らないと。明日も、やることは沢山《たくさん》ある。

自分を支えてくれる民のために、兵士のために、誰よりも強い存在でいないといけない。

恐怖を抑えて無理やりに目を閉じる。

だけど……

――誰か助けてくれ。

終わりの見えない、長すぎる戦《いくさ》。戦場から離れている時でさえ、休ませてくれない悪夢。

漏《も》れ出そうになる弱音を、サディアスは歯を食いしばって呑み込んだ。

脳に突き刺さる頭痛。寝不足にかすむ瞳。薄《うっす》らとした吐き気。怠《だる》くて重たい体。それらをまとめて気力で縛り、サディアスはなんとか人の形を保って執務室に辿《たど》り着《つ》く。一刻程、書類を眺め文をしたためていると、扉の外からカツカツと力強い足音と、元気のいい声が響いてきた。

「サディアス！　入るぞ！」

入るぞ、と言った時には既《すで》に執務室に二歩程、足を踏み入れていたのは、この砦《とりで》の副将軍でサディアスの腹心の部下、レイノルド・クロムウェルだった。

サディアスに並んでも見劣りしない鍛《きた》えられた長身。だがサディアスとは正反対の、緑色の垂れ目が印象的な、柔和な顔立ちの男だ。乳兄弟《ちきょうだい》の馴れ馴れしさで、いつまでも礼儀作法を吹き飛ばした態度をとる彼に、サディアスはわざとらしく片方の眉毛を吊り上げてみせた。

「レイノルド。何度も言っているが、ノックしてから入れ」

レイノルドは王宮へ訪れた際などの公《おおやけ》の場ではきちんとわきまえる賢さがあるが、この砦《とりで》のことを家だと思っているらしく、本当の兄弟のように振る舞う。それに助けられてもいるのだが、扉の後ろで慌てている護衛のためにも念のため釘を刺しておく。

「ノックしただろ？」

「ノックして〝から〟だ。ノックしながらじゃない」

「あー、悪い悪い……ってそれより、酷《ひど》い顔色だな。また眠れなかったのか」

苦言など気にする様子のないレイノルドは、つかつかと執務机の前まで歩み寄り、顔を顰《しか》めた。

「サディアス。午後の訓練まで寝てろよ。緊急の用事はないんだろ？」

「緊急はなくても、早急程度に急ぐものはある。それに寝転がっても眠れないから、書類でも見ていたほうがマシだ」

「だけどなぁ」

レイノルドはサディアスの不眠症を知る数少ない人間の一人だ。他には砦《とりで》に常駐の治癒魔術師に、黒魔術師、それから信頼する護衛の兵士が数名くらいだろう。偽名を使って薬師やら怪しげな占い師たちに見てもらったこともあるが、大きな弱点を抱えていることを不用意に知られたくない。

「サディアス……前から言っているけど、そのうち倒れるぞ」

「薬も魔術も効かないから仕方ない。倒れたら倒れた時に何かしらの手を打つしかないな」

眠るのが怖くて、ようやく眠ったと思ったら飛び起きる。だがそれでも眠らないわけにはいかない。昔はそれを少しでも改善しようと手を尽くしたが、今ではもはや諦《あきら》めている。

「そう言うなよ。あ、そうだ。知ってるか？　街の酒場に子守歌が上手な女がいるらしいぞ。しかも豊満な体の未亡人で……」

「ところでレイノルド。仕事の話だ」

頭痛が酷《ひど》くなりそうな話題を振ってくるレイノルドを遮《さえぎ》って、サディアスは手に持った書類を目の前にばさりと置いた。レイノルドは心からサディアスを心配しているのだろうとは思うのだが、いつもやり方に少々の難がある。

「なんだよ」

「お前も見たか？　魔石の取引値を下げろとかいうふざけた書簡だ」

ぺら、と紙を見せると、そこには流麗な文字で「値下げしなければ取引をしない」と書《か》き連《つら》ねてあった。それを見てレイノルドも顔を仕事用に引きしめ、垂れた目を厳しく眇《すが》める。

「あ〜、見た見た。王都の商人だよね。ちょっと有名な」

「ザカリアの魔石がどれほど価値があるか知らないわけはないだろう。それなのに、値下げしないなら今後取引を差し控えるとまで書いてある。他領に乗り換える、なんて脅《おど》し付きだ」

「舐《な》めてるな」

レイノルドは紙を見つつ、ふん、と鼻で笑った。

「どうする、サディアス」

「値下げなんて冗談じゃない。この商人にはお前が対応してくれ。まさかいきなり副将軍が出るとは思わないだろうから、今回はすぐに引き下がるだろう」

「了解」

普通はまず下級役人が交渉をして、それでもまとまらなければ上級役人に……と段階を踏んでいく。だが魔石はザカリアの命綱。交渉に応じることで調子に乗られ「魔石の値段を下げられる」と少しでも勘違いされたら困る。危ない芽は早めに摘んでおかなければならない。

「だけど急にこんな無茶なことを要求してくるなんて……サディアスの求婚のせいだろうな」

レイノルドが少し疲れたように呟《つぶや》いた。それにサディアスも頷《うなず》く。

この王宮御用達《ごようたし》の商人の急な要求に、二人は心当たりがあった。

「サディアスが求婚してから、白粉《おしろい》くさいご令嬢が急に遊びに来たり、取引してる小麦をちょろまかされたり色々あったけど、今度は商人か〜。地味な嫌がらせも積み重なると苛々《いらいら》するな」

「暗殺者が送られてこないだけ感謝しないとな」

「悪い冗談やめろよ。お前を暗殺しようなんて、国にも大打撃だぞ」

レイノルドが嫌そうに舌を出す。

数々の嫌がらせは、サディアスがマリアローズ王女を妻に貰《もら》いたいと王に打診してからのものだ。それまでも小さな嫌がらせが貴族連中からはあったが、もっと巧《たく》みだった。だが今は、畳《たた》みかけるようにいくつもの出来事が重なっている。

「相当、俺が嫌なんだろうな」

「クソ女……こっちだって、王女の肩書がなければ求婚なんてしないっての」

普段温厚なレイノルドは珍しくマリアローズを罵《ののし》ると、執務机に手をついてサディアスに詰《つ》め寄《よ》った。

「なぁ、今からでも遅くないから、求婚取り下げたら？　マリアローズ王女は高嶺《たかね》の花でした〜とか、適当に言い訳してさ」

「こんな程度の低い嫌がらせ、たいしたことないだろう」

少し嫌がらせをされるなんてどうってことはない。戦場で剣を突きつけられることに比べたら、鳥に突《つつ》かれたようなもの。だがレイノルドは、「そうじゃなくて」と首を横に振った。

「いや、嫌がらせは俺も対処できるからいいんだけど……こんなクソみたいな真似する、欠片《かけら》も好きじゃない女とサディアスが結婚するっていうのが、俺は嫌だよ」

「俺の結婚で、このザカリアがマシな土地になるなら別にいい」

サディアスは好きでマリアローズに結婚を申し込んだのではない。求婚の口実として一目惚《ひとめぼ》れだと訴えたが、正直に言うと顔すら曖昧《あいまい》にしか覚えていない。随分《ずいぶん》と派手な服を着ていたな、というのが、王都の式典で彼女を見かけた時の印象だ。

それでもサディアスは彼女に求婚した。

王族の中でも一番年下で、貴族たちの中心にいるマリアローズ。彼女という駒を、どうにか手に入れたい。

ザカリアはもともと貧しい土地だ。一年の半分は雪が降り、ろくな作物が育たない。そのザカリアが今のような活気のある街を維持できるのは、魔石の採掘のおかげだ。魔石は人気《ひとけ》の少ない、自然の多い場所でしか採れない。その発生理由は未だ分からず、人工で作れるものではなかった。その魔石が取れる。しかも上質なものが。おかげでザカリアは栄えているが……最近、採掘量が落ちていた。長く続く隣国からの度重なる攻撃に、民がすり減っているのだ。

ザカリアの砦《とりで》は辛《かろ》うじて、この土地を守っている。その重すぎる責務を、サディアスに負わせて。

「あんな顔と若さだけの我儘《わがまま》女と結婚するなんて、サディアスはザカリアに人生捧《ささ》げすぎだって」

「ザカリアが助かるなら、俺はなんでもするぞ」

本心からの言葉だったのだが、それにレイノルドは、げぇと嫌そうな声を上げた。

「好きな相手とかいないのかよ」

「いないな。結婚なんか誰としたって同じだ」

「んなわけあるかって。人生を決める要素の一つだぞ、普通……」

「俺と結婚しても、相手が不幸なだけだ」

「そんなことないって。お前はちょっと怖いけど男前だし、男気もある……って、もしかして、サディアス。〝元〟婚約者にまだ未練があるとか？」

レイノルドの口から出てきた言葉に、サディアスはぴくりと眉を上げた。

サディアスには昔、婚約者がいた。彼はここを治めるハイツィルト家の息子で、許嫁《いいなずけ》がいるのは当然である。だが両親が亡くなった後に話が流れたのだ。

「関係ない」

「え～……でもなぁ～……恋愛はやっぱりさ～……」

もう随分《ずいぶん》前のことで、そもそも婚約を決めたのは親同士。サディアスはしっかりと否定するが、レイノルドは納得していない表情だ。顔に手を当てると、ぶつぶつと独り言を唱《とな》えはじめる。そして不意に、ぴん、と指を一本顔の横に立てた。

「あ、マリアローズ王女の嫌がらせと言えば」

「なんだ？」

「来月から派遣されてくる治癒魔術師団の人員表。もう見たか？」

貴重な存在である治癒魔術師。魔力の出現はほとんど血筋で決まるので、数が少ない。

そのため前線に一番近い場所であるザカリアの砦《とりで》でも、年嵩《としかさ》の治癒魔術師が二人いるだけだ。その不足を何度も王に訴えて、ようやく年に一回治癒魔術師を派遣してもらえるようになった。

その治癒魔術師団がどうしたというのだろうか。

「いや……まだだ」

「新しく一人追加になったみたいだよ」

「追加？　こんなぎりぎりに？」

「ああ。名前は、メリル・オールディス。一応子爵家の出身らしい」

「オールディスか……。聞いたことはないな。治癒魔術師を追加するなんて珍しい」

「いや、彼は治癒魔術師じゃなくて、助手兼、使い走りらしいよ」

「使い走り？」

少しの違和感に、サディアスは聞き返す。

「年は？」

「二十七歳」

「見習いという年齢でもないし……怪しいな」

顎《あご》に手を当てて呟《つぶや》くと、レイノルドも頷《うなず》いた。

「怪しいよな。マリアローズ王女の間諜《かんちょう》で、サディアスの弱みでも探しているのかもしれない。なんにせよ気を付けろよ」

油断なんてしない。どうせ王都から来た人間がこちらと馴れ合うことはないだろう。

「メリル・オールディス、ね」

サディアスは口の中で名前を転がす。

警戒しないといけないのに……名前の響きは嫌いじゃないと、ぼんやりと思った。

そんな会話を忘れかけるほど、あっという間に時は過ぎて、治癒魔術師団がザカリアの砦《とりで》に到着した。その晩。サディアスはカツカツと荒く足音を響かせて廊下を進み、レイノルドの部屋の扉を荒く叩《たた》く。

「おい、レイノルド！」

「え？　なんだよ、どうした！　敵襲か⁉」

既《すで》にくつろいでいたらしいレイノルドが慌てて扉を開ける。その隙間から、サディアスは押し入るように室内に入った。

「違う。敵襲じゃない。……あれはなんだ」

「あれ？」

胸倉《むなぐら》を掴《つか》む勢いで詰《つ》め寄《よ》るサディアス。幼馴染《おさななじみ》のレイノルドでなければ、気迫に震え上がっていただろう。レイノルドはその迫力ある問いに心当たりがなく首を傾《かし》げた。

「あの……一人、銀の子ギツネみたいなのがいただろう」

「は？」

重ねられた言葉にますます混乱したらしいレイノルドの口から、間抜けな声が漏《も》れる。一方、サディアスはレイノルドから視線を外し、空中で手をわたわたと動かした。

「いや、キツネなんて言ったら悪いな。その……痩身《そうしん》で、銀髪に白い顔をして、寒そうにぶるぶる震えていた若者だ。彼は誰だ？」

「え～、銀髪の若者？　っていうとあのファーディナンド家のジューダス治癒魔術師かな？」

「違う。ジューダス殿の顔は知ってる。あんな性格が悪そうなのじゃなくて、もう一人、人の陰にひっそりと立っていた青年がいただろう」

サディアスが説明すると、レイノルドは腕を組んで目を閉じて、それからようやく「ああ」と声を出した。

「……もしかして、あの例の使い走りかな。俺も顔は知らないんだけど、それくらいの年だし」

「使い走り……怪しいと言っていた人物か……？　彼が？」

「そうだね、多分」

にわかには信じがたい。王都の人間なら、華やかで狡猾《こうかつ》な人間だろうと勝手に想像していた。だが実物のメリル・オールディスは心細そうに身を縮こまらせていた。薄っぺらい地味なコートを身に纏《まと》い、あちこちをきょろきょろと窺《うかが》って、囚人よりも不安そうだ。

「あんな弱そうな青年が、このザカリアにいて平気なのか。風邪をひいて倒れるかもしれない」

「は……？　いや、平気でしょ。別に丸裸ってわけでもないし」

レイノルドの言葉にぎょっと目を剥《む》いたサディアスは、思わず「裸なんて言うな」と口にする。

「だがザカリアの兵士は気が荒いし、言葉も乱暴だ。心ない言葉で嫌な目に遭《あ》わせるかも……」

「いや、治癒魔術師団に怒鳴りつけるような兵はいないだろ」

「食事だって、ここのものは王都とは違うんだぞ。口に合わなくてますます痩《や》せ細《ほそ》るかもしれない」

「……はぁ？」

心配事を挙げていくと、レイノルドは心底理解できないとでも言いたげに目を眇《すが》めた。

「おい、サディアス。マジでどうした？　変な術にでもかかったのか？　その男も王都の人間だ。どうせ医務室で椅子にふんぞり返っているか、部屋に籠《こも》って出てこない。飯だってきっと砦《とりで》の外で食うよ」

独り言のように言《い》い募《つの》るサディアスに、レイノルドは頭を掻《か》いて訝《いぶか》しげな視線を向ける。その表情は、正気を失ったのかと言わんばかりだ。

冷たい視線に晒《さら》されて、過剰に回転していたサディアスの頭が少しずつ落ち着く。同時に自分の常にない言動に気が付き、うう、と呻《うめ》いた。

「た、しかに……。すまない、なんでもない。その……兵に、くれぐれも規律を乱すなと伝えておいてくれ。お前も性的嫌《セクハラ》がらせをしないように」

「あ？　おい、サディアス。お前さ、マジでどうしちゃったの？　大丈夫かよ」

「……問題ない」

なんとか言葉を捻《ひね》り出《だ》すと、ぎしぎし音がしそうなほどぎこちない動きでレイノルドから体を離す。彼は何か言いかけていたが、サディアスはくるりと踵《きびす》を返した。

どうかしている。

こんなふうに他人を気にかけるなんて。いや、自分の行動が制御できないことなど、今までなかったじゃないか。

ただ、なんとなくあの青年がこの砦《とりで》にいるのは心配な気がするのだ。

しっかりと見張っているか、さもなくば王都に帰してあげないといけない。でないとこの過酷な土地では吹き飛んでしまいそうだ。

おかしい。こんなことはおかしい。

レイノルドの言う通り、彼は王都の人間。ゆっくりと医務室でくつろいで、冬が来る前に去るだろう。

分かっているはずなのに、心配なんてした自分が不思議だ。

関わらないほうがいいと胸に刻むと、サディアスは薄暗い廊下を来た時と同じように早足で進んだ。


――その後、そのメリルという青年のことは努《つと》めて頭から追い出すようにした。

元から将軍という立場では医務室にわざわざ出向くことはない。レイノルドは陰で人々の動きを把握しているようだが、特に問題も起きていないようで報告は上がってこない。

(自分には関係のない人間だ。どうせすぐに王都に戻るだろうしな)

そう考えて粛々《しゅくしゅく》と自分の仕事に邁進《まいしん》していたのだが、――執務室の扉を叩《たた》き、ひょこりとレイノルドが顔を覗かせた。

「サディアス。ちょっと見回りに行かない？」

「見回り？」

「そう。そろそろ治癒魔術師団もザカリアに慣れてきただろ？　念のため、顔出しておこうよ」

朝の慌ただしさが終わり、少し時間がある。頷《うなず》いて椅子から立ち上がると、サディアスは重たい体をほぐすように肩を回した。

「……そうだな。様子を見てくるか」

治癒魔術師団が問題を起こしていないのを確認したら、それでいい。王都の連中に献身的な態度なんて求めていない。それでも将軍と副将軍が訪れることで、少しでも気を引きしめてくれるなら砦《とりで》のためになる。

そのつもりで立ち上がったが、レイノルドの口から出てきたのは意外な内容だった。

「なんか兵士に聞いたんだけど、今回来た治癒魔術師団、結構よく働くみたいなんだよね」

「そうなのか？」

「なんか薬も、今までにないくらい出してくれるらしくて。問診とか相談とか、怪我の処置もしてくれるらしいよ」

問診。相談。怪我の処置？　前回来た治癒魔術師団は、医務室を訪れた兵士を無視するなど酷《ひど》いものだった。なのに、今回は手当をするというのか？

信じられない。正面に立つレイノルドも怪訝《けげん》な顔をしている。

「おかげで医務室は大混雑だって。どういう風の吹き回しだろうな」

「ああ……」

あの医務室が!?　前は「医務室には行っても無駄だ」と兵士たちが言い合っていたのに。

「あんまり下級兵士が治癒魔術師に近づくのは、良くないよな～。治療してくれるのはありがたいけど、顔が怖いとか言葉が荒いとかでまた王都に悪評流されても面倒だし」

同感だ、とサディアスはレイノルドに無言で頷《うなず》く。

そう言えば、と考えないようにしていた顔が頭に浮かんだ。……あのメリルという青年も、医務室にいるのだろうか。彼が荒々しい兵士たちに怯《おび》えて部屋の隅で固まっている姿を想像して、胸にもやもやとしたものが浮かぶ。

あまりに怖がっているなら、王都に帰してやったほうがいい。粗暴な男たちに囲まれていたら気が休まらないだろう。寒い土地だし、体調を崩しているかもしれない。

考えれば考えるほど、胸の中のもやもやが大きくなり、心にさざ波がたったように騒ぐ。

サディアスは手早く身なりを整え足早に執務室を出て、廊下を進んだ。

だが……そこに待っていたのは、意外な光景だった。

もう少しで医務室に着く辺りで、あの銀髪の青年が兵士と連れ立って歩いている。その顔は相変わらず白く寒そうではあったが、にこやかな笑みを浮かべていた。薄いコートを纏《まと》って、小さな歩幅で、兵士……たしかカルロスだっただろうか、とのんびりと歩く。

想像と違い、彼は穏やかに微笑《ほほえ》んでいる。

何故《なぜ》かそのことに驚いて、足が止まりかけた。もしレイノルドがいなかったら、立ち止まっていたかもしれない。

微笑《ほほえ》んでいるからなんだと言うんだ。自分でも驚いた理由が分からなくて混乱する。

「げ、あいつ何やってるんだよ」

一歩後ろを歩いていたレイノルドが舌打ちすると、二人に走り寄った。カルロスの首根っこを強く掴《つか》んで、メリルから引《ひ》き剥《は》がす。

「おい、カルロス。お前こんな所で何やってんだ」

「ぐえっ！」

カルロスは汚い声を上げ、それからようやくこちらの存在に気が付いた。

「将軍！　副将軍！」

「え!?　将軍と副将軍!?」

カルロスの横に立っていたメリルの瞳が、レイノルドと……それからサディアスのほうを向く。

ふわり、と月の色をした細い髪の毛が揺れる。長い睫《まつ》毛《げ》に彩《いろど》られた緑色の瞳。透き通るような輝きが自分に向けられている。そう思うと胸の奥が妙にざわついた。

レイノルドは、ほんの少し何か言いたげな顔をして、それから再びカルロスを詰問《きつもん》する。

「その先は個室しかないぞ。お前、昼間っからそんな場所で何する気？」

「い、いえ！　自分は、決してやましいことは！」

投降した兵士のように両手を上げたカルロスは、まだ若い、どこか少年っぽさの残る顔立ちの青年だった。

本当にやましいことはない人間は、「やましいことはない」とは言わないものだ。でなければレイノルドの言葉もピンとこないはず。そのことにピクリと眉を上げる。

王都の人間に付きまとっていないで、さっさと訓練に戻れと釘を刺そう。

サディアスはそう思ったのだが、そのカルロスを庇《かば》うように、隣に立っていたメリルが声を張り上げた。

「す、すみません……いえ、誤解を招くようなことをして申し訳ありません。治癒魔術師団として派遣されました、メリル・オールディスと申します。カルロスさんの慢性疲労を治療しに行こうとしていました。決して不当な休憩をとろうとはしていません」

急に声を上げた彼に、レイノルドがきょとんとした顔をする。ひ弱そうな風貌《ふうぼう》から発せられた声は、細くはあったが、凛《りん》としていた。

「慢性疲労？」

「はい。兵士には傷を癒《いや》す権利があります。ですので、彼は職務を放棄していたわけではありません」

「職務を放棄……って、俺が言ってるのはそういう意味じゃないんだけどね」

「え？」

「いや、こっちの話」

レイノルドがちらりとサディアスを見る。なんとなく、彼がメリルからカルロスを慌てて引《ひ》き剥《は》がしたわけが分かって、不要な気遣いだと心の中で渋面を作った。

サディアスの気持ちの揺れに誰よりも敏感な乳兄弟《ちきょうだい》。その気持ちはいつもありがたいと思っているけど、今は煩《わずら》わしい。別に、そういうものじゃない。ただ少し心配していただけだ。決まりの悪さに、舌打ちしそうになるのを堪《こら》える。

「メリルさん、だっけ？　治療魔術師様？　そうは見えないけど」

「いえ、私は……催眠術師です」

ぺらぺらとよく口の回るレイノルドが、治癒魔術師じゃないと知っているだろうに、メリルから言葉を引き出していく。だが催眠術師という言葉に、レイノルドはぴくりと反応した。

人員表に書いてあったのと違う職業だ。

レイノルドの空気が僅《わず》かに変わる。おそらくメリルもカルロスも気が付いていない。レイノルドは柔和な笑みを浮かべたまま、まるで世間話のように話を繋げる。

「マジで？　そんな仕事でよく治療魔術師団に入れたね。催眠術でできることなんて、ちょっと痛みや不安を和《やわ》らげるとかでしょ。ほとんど気のせいみたいな」

本当に催眠術師なら、王宮で働くなんて無理だ。だとすると催眠術とは名ばかりの黒魔術か。それとも何か呪いの類《たぐい》を操るのか。

レイノルドがもう一歩探りを入れようとしたその時、隣でまごついていたカルロスが急に、ぴんと背筋を伸ばして息を吸い込んだ。

「あ、あの！　お言葉ですが、メリル先生の催眠術は、街角のものとはわけが違います」

「へぇ？　どういうこと？　教えてよ」

レイノルドに水を向けられて、カルロスは勢い良く話し出す。

「自分、このザカリアに来てから寒くて、怠《だる》さに悩んでいたんです。それで、メリル先生にこの間、たまたまそのことを言ったら、催眠術で治せるかもって言ってくれて」

身振りまで交えて、カルロスはあれこれと熱弁を振るう。

まだ若い青年らしい、裏表のない感謝の言葉。出会って間もないだろうに、すっかりメリルの虜《とりこ》のようだ。

それはメリルの人柄のせいか、それとも、幻覚魔術でも使っているのか。レイノルドも笑みを顔に張り付けたまま、探るような視線でカルロスを見た。

だがこれ以上、有益な情報は出てこないだろう。そう結論付けたサディアスは、短く口を開く。

「……おい、俺は行くぞ」

三人を置いて、医務室に続く道を進む。少し進んだところで、後からレイノルドが追いついてきた。

「どう思う？」

「……間諜《かんちょう》らしさはないな。体の動きは素人《しろうと》だ。だが、それでも油断はできない。人員表では使い走りと書いてあったのに、催眠術師だと言っていたな」

「そうなんだよね。それ以外は普通にいい人っぽいんだけど」

うーん、とレイノルドが小さく呻《うめ》く。やはりレイノルドの目から見ても、彼は間諜《かんちょう》には見えないようだ。

動きも、視線の動かし方も、話し方も、一般人そのもの。あれでは兎《うさぎ》一羽殺せないだろう。

「どうする？　あれだけひ弱そうなら、ちょっと脅《おど》したら吐くかな」

「それで潔白だったらまずい。たしか彼は子爵家の息子だろう。まだ実害がないなら放っておけばいい」

あんな青年一人に何かされるほど弱くはないつもりだ。

そう言ったサディアスに、レイノルドは飄々《ひょうひょう》とした笑みを浮かべて呟《つぶや》いた。

「俺に良い作戦があるんだけど」

「なんだ？」

「サディアスの不眠症を、彼に治せるか聞いてみようよ。間諜《かんちょう》がサディアスの弱みを掴《つか》んだら絶対にそれをどこかに漏《も》らすだろ？　手紙か、どっかで落ち合うか……そこを捕まえれば雇い主も分かる」

さも良いことを閃《ひらめ》いたと言わんばかりの表情。そんな彼をサディアスはじろりと睨《にら》んだ。

「却下だ」

「え、なんで？　あわ良くばサディアスの不眠症も治るかもしれないし、いいじゃん」

いいわけあるか。念入りに秘密にしている人の弱みをそう簡単に使うな。幼馴染《おさななじみ》の雑な提案に、寝不足な頭が余計に痛んで、サディアスはため息を吐《つ》く。

「催眠術なんかで不眠症は治らないし、もし間諜《かんちょう》なら正攻法で捕まえる。分かったな」

「え～……いい案だと思うんだけどなー」

まだぶつぶつ呟《つぶや》くレイノルドを置き去りにして、サディアスは石造りの冷たい廊下を再び進んだ。

軽く見て回ったら、また執務に戻らないといけない。兵士の訓練の指示をして、自分自身の鍛錬《たんれん》もしないと。忙《せわ》しない日中が終われば……また夜が来る。

深い闇。誰もいるはずがないのに、耳元で「助けてくれ」と囁《ささや》く声。気のせいだと分かっていても、誰かが足首を掴《つか》む感触。呑み込まれそうになる悪い夢だ。

「催眠術なんかで……治るわけがない」

呟《つぶや》いた言葉が、静かな廊下の空気に溶けて消えていった。

『催眠術なんかでは治らない』

そう言った。たしかにそう言ったのに……サディアスは、いつの間にか眠りに落ちていたらしいベッドの上で、呆然《ぼうぜん》とした。

——昨日の夜、結局サディアスの言うことを聞かなかったレイノルドによってメリルが寝所にやってきた。

レイノルドがあっさりと人の弱点をばらし、メリルに催眠術をかけるように依頼したのだ。メリルも最初は戸惑《とまど》っていたようだが、サディアスに催眠術をかける。

サディアスはどうせ無理だろうと高をくくったまま、ベッドに横たわった。温かみのある声を聞いているうちに、何故《なぜ》かじわりと体が緩《ゆる》んでいくのには気が付いたのだが……

いつも、眠りに落ちる瞬間は恐ろしかった。なのに、昨夜はまるで怖さがなくて、声で頬を撫《な》でられている気持ちになって……その後から記憶がない。

悪夢は見た。そのせいで飛び起きた。しかし、いつもなら入眠に二時間はかかるのに、昨夜は沈むように一瞬で眠った。

外を見るとまだ暗いものの、いつもよりも長く深く寝たんだろう。体がいくらか軽い。瞼《まぶた》の痙攣《けいれん》も収まっている。眩暈《めまい》も吐き気もない。

「催眠術……本当に、巷《ちまた》のものとは大違いだな」

随分《ずいぶん》前に、街で評判だという催眠術師の老婆に眠らせてもらおうとしたことがある。その時は全く効かず、ただの徒労に終わった。

なのに、メリルのかけた術はどうだ。

包み込まれるような声と、穏やかな空気が、あっさりと心の中に入ってきた。カルロスがメリルを褒めたたえるのを冷めた気持ちで聞いていたが、これなら頷《うなず》ける。

催眠術師として相当な鍛錬《たんれん》を行ったのだろう。

そこまで考えて、サディアスははたと昨日の自分の態度を思い出す。

カルロスが褒めているのを聞いて、騙《だま》されているんじゃないかと考えているのを隠しもしなかった。レイノルドも失礼なことを言っていたし。メリルが粘《ねば》ってくれなかったら、今日もまた重たい体を引《ひ》き摺《ず》ることになっていただろうに。

催眠術師は侮《あなど》られる。治癒魔術師よりも、魔術を使える薬師よりもずっと下。ただのまじない扱いだ。

サディアスがそうしたように、本当に効くのかと心ない言葉をメリルが今まで何度も投げられただろうことは想像に難くない。これだけの技量となるまでに、きっと果てしない努力を重ねただろうに、催眠術師というだけで侮《あなど》られ続けたのだろう。

サディアスがこの砦《とりで》を守り続ける将軍であることで、血まみれと呼ばれ野蛮《やばん》だと決めつけられるのと同じように。大切な人を守るために剣を振るっているのに、血を好むと言われ傷つくように、メリルもきっと悲しく悔しい思いをしているに違いない。

無礼で、浅はかだった自分の態度が恥ずかしくなる。

「……礼を言いに行かないとな」

メリルは心細げで頼りなさそうで、だが催眠術をかけはじめた途端、落ち着いた雰囲気になった。

彼はあの後、部屋に戻って寝たのだろうか。だとしたら深夜になってしまったことを申し訳なく思う。部屋まで無事に着けただろうか。レイノルドが送ったと思うが、心配だ。

早めに顔を見て礼を言いたい。

控えめに、一度試したらどうかと言ってくれた彼に感謝と謝罪の言葉を伝えたい。ちゃんと効いた、催眠術師は立派な仕事だと。

ベッドから立ち上がると、憑《つ》き物《もの》が落ちたように体が軽い。まだ夜明けまで時間はあるが、早めに仕事に取り掛かろうと、サディアスは一歩踏み出した。

——メリルは知れば知るほど、思っていたのとは違う人間だった。

か弱く繊細《せんさい》で、この砦《とりで》には馴染《なじ》めないだろうと思っていたのに、意外なほど逞《たくま》しく、人々に慕われている。

馴染《なじ》むのが早かったのは、周囲が彼に気を遣ったからではなく、誰の目から見ても彼は努力家で、この砦《とりで》のために働いているからだ。

風が吹けば飛んでしまいそうなひ弱な見た目とは違い、彼は朝から晩まで身を粉《こ》にして兵士の治療にあたってくれている。そのおかげで傷や体調不良を抱えていた兵士たちが、みるみるうちに回復していた。訓練でも、前よりもずっと兵の動きにキレがあるのが分かる。

傷を負ったら治療してもらえるという安心感からか、若い兵士たちの雰囲気が明るい。彼らがたまにメリルの名前を口にしているのを聞くこともあった。

砦《とりで》の雰囲気が良くなっている。それがメリルのおかげだということは明らかだった。

そのメリルが、サディアスに催眠術をかけに、頻繁に寝室を訪れてくれる。

彼にも仕事があるのに。医務室が未だかつてないほど忙しいというのは、レイノルドから聞いていた。だが彼が来られない日はなかなか眠れず、申し訳ないと思いつつも甘えてしまう。その繰り返しだ。

(王都の人間だと色眼鏡で見て、申し訳ないことをした)

メリルは弱い人間に決まっている。きっとこの砦《とりで》に馴染《なじ》めないだろうから、王都に帰ってくれればいいのにと思っていたことを、サディアスは心の中で謝った。

魔力がないのに人に尽くす彼は、眠れない辛《つら》いと嘆《なげ》くばかりだった自分よりもずっと心が強い人間だ。そんな気がする。

メリルは、今までの治癒魔術師とは違う。いや、王都の人間とは違う。彼がいてくれたら、ザカリアの砦《とりで》は何かが変わるかもしれない。……自分のことも、何か変えてくれるかもしれない。

そんな期待が、心の中で育っていくのを感じる。もう何年も感じたことのない、明るい気持ちがサディアスの胸に灯《とも》った。


しかし――そんな浮き立った気持ちは裏切られることになる。

メリルに催眠術をかけてもらいはじめてから何日か経って、サディアスはレイノルドに『最後に、試してみよう』と提案したのだ。

それまでメリルが催眠術をかける時は、レイノルドが同席していた。彼がいる限りは、不審なところはなかった。だがもしレイノルドがいなくなったら、何か仕掛けるんじゃないか。

メリルのことが気になり、心が傾きかけている。だけど彼を信用する前にもう一度試してみたかったのだ。

その晩、レイノルドが去った振りをして別室に隠れていると、……メリルはそれまでと違った行動に出た。

眠りにつく直前、それまでになくメリルの体が強張《こわば》ったのを感じる。緊張の色を乗せた、細い声が続いた。

『目が覚めたら、サディアス将軍は、私――メリル・オールディスのことが好きになります』

彼は、たしかにそう言ったのだ。

ぴくり、と自分の小指が震える。だが起き上がることはできず、眠りの中に落ちていく。夢かうつつか分からない曖昧《あいまい》な境目で、彼の言葉が心の中に入り込んできた。

甘い囁《ささや》きが、そっと耳に侵入する。彼の体が近くに寄って、甘い呼気が耳朶《じだ》をくすぐった。

ぐるぐるとメリルの言葉が頭の中を回る。

彼を好きになる。彼が愛《いと》おしくてたまらなくなる。メリルの言葉なのか、自分が思っていることなのか、だんだんと混じり合って区別がつかなくなってしまう。

『メリル・オールディスのすべての言動に心が揺れ、彼のことしか考えられなくなります。甘い恋に心が搦《から》め捕《と》られ、他の人を愛せなくなります。駄目だと思っても、心が蕩《とろ》けるような恋から逃げられなくなります』

密やかに毒を垂らすように、メリルの言葉が自分の心をこじ開けて入り込んでくる。それまでの眠るためだけの催眠術とは違う、不思議な感覚だ。

心を無理にかき回されるような、誰かが自分の胸の中に入ってくるような、ぞわりと背筋が震えるような気分だった。

『……おやすみなさい。どうか、安らかな眠りと、甘い夢を』

人の胸に不可解な感情を無理やり植え付けておきながら、メリルの気配が遠ざかる。

気配が消えるにつれて、眠気はますます増していった。

駄目だと心のどこかが叫ぶが、重たい瞼《まぶた》は動かない。疲れた体はようやくありついた休息に貪欲《どんよく》で、手も足もずっしりと水を含んだようだ。

——もういい。このまま眠ってしまおう。

このメリルの植え付けていった感情と共に、沈んでしまおう。眠れば、きっとこの感情は胸に芽吹き、自分のものと混じり合ってしまうだろう。この強烈な眠気には逆らえない。

そう思って意識を手放しかけたところで……胸倉《むなぐら》を掴《つか》まれて、激しく揺さぶられた。

「おい、サディアス！　しっかりしろ！　目ぇ覚ませ!!」

鋭い声と共に、乱暴にベッドから引《ひ》き剥《は》がす腕。首を揺すられ、しまいには頬を叩《たた》かれる。

(煩《うるさ》い、放せ。……俺は、……俺は？)

誰かを好きになった気がする。でもそれは、本当に自分の感情だろうか。甘ったるい感情に支配されていた頭が、少しずつ冷えていく。

ベッドに沈み込んでいた腕を、のっそりと持ち上げて、サディアスはレイノルドの手を振り払った。

「……煩《うるさ》い」

「サディアス！　起きたか！　良かった……、無事か？」

「ああ。あの妙な催眠術も……かかっていない」

サディアスは目頭を揉《も》み、残っていた眠気をとばす。だが、今までで一番体が重い。

「あの催眠術師。捕まえて、尋問するぞ」

サディアスを文字通り叩《たた》き起《お》こしたレイノルドは、はー、と大きくため息を吐《つ》く。なんとなく顔が悲しげなのは、彼なりにメリルのことを気に入っていたんだろう。

そんな彼に、サディアスは首を横に振った。

「いや……このままでいい」

「は!? 何言ってるんだ、まさかまだ術が解けてないとか……!?」

「違う。お前も言っていただろう。もし間諜《かんちょう》なら、誰かと通じているはずだと」

起き上がって、少し疲れたように息を吐く。

「捕らえるのは、俺を惚《ほ》れさせてどうするつもりなのか見極めてからでいい。王女の嫌がらせ程度ならたいした問題じゃない。たとえば、俺を男色にして求婚を蹴ろうとかな。……だが、もし敵国の間諜《かんちょう》なら、手引きをした人間も捕まえないといけない」

「まぁ……そうだけど」

「暫《しば》くは芝居を打つことになるな」

座ったまま、サディアスは静かに続けた。

「付き合ってみて、それでボロを出すならそれでいい。俺が惚《ほ》れている振りをして、どう出るか……とりあえず明日、ルーカスの店にでも連れていくか」

「ルーカスって、たしか足を怪我して兵士辞めた奴だよな。今は飯屋の店主やっているんだっけ?」

「そうだ。彼はもともとは尋問が得意だった。顔を見るだけで考えていることが分かるなんて豪語していたし、実際優秀な男だ」

お喋《しゃべ》りで陽気な太った男を装《よそお》っているが、ルーカスは優秀な兵士だった。そのルーカスの目で見れば、何か分かるかもしれない。

「食事を出せば、間諜《かんちょう》なら毒を警戒するだろう」

黒幕までは分からなくても、少しの違和感を見つけられれば、会話の中でメリルのことを探れる。

「ついでに何か高価なものでも買い与えて、反応を見てみる」

「分かったけど……お前、男と付き合ったことあるっけ？」

「ない。だが、やってできないことはないだろう」

口が上手《うま》いわけではないが、今までも様々なことに対して、なんとかできている。甘い言葉だって、考えれば浮かんでくるだろう。しかし、レイノルドはため息を吐《つ》いた。

「……じゃあそれは俺が教えるとして。……なぁサディアス。あんまり深入りするなよ」

「平気だ。今日だって殺そうと思えばナイフで切りつけるなりできたのに、そうはしなかったし、強い殺意はないんじゃないか」

「そういう意味じゃないって分かってるだろ。暗い顔してるぞ」

その言葉に、サディアスは顔を隠すように目頭を揉《も》む。眠りかけたところを叩《たた》き起《お》こされたのも辛《つら》かったが、それ以上に心が重かった。

「マリアローズ王女への求婚はどうする？　取り下げるか？」

「首謀者が分かるまではそのままにしておいてくれ」

「了解。……なぁ、サディアス。本当に、催眠術にかかってないんだよな？」

「大丈夫だ。それよりレイノルド。お前はもう部屋に戻れ」

「分かったよ、でも無理すんな」

レイノルドはそれ以上追求せずに、部屋を去ることにしたようだ。それでも物言いたげな背中をしてはいたが。

ばたんと重い音を立てて扉が閉められて、一人きりになった部屋でサディアスはごろりとベッドに転がった。

「騙《だま》されたのか……」

口にすると、ますますその事実がずしりと心に圧《の》し掛《か》かってくる。

冷めたような、投げやりなような、腐った気分だった。

自分が勝手に期待していただけ。彼はこの状況を助けてくれるんじゃないかと、勝手に思い込んでいただけだ。

もし彼の目的がサディアスに催眠術をかけることなら、明日からは他の治癒魔術師と同じく、部屋に籠《こも》り切《き》りになるだろう。それをなんとか外へ引《ひ》き摺《ず》り出《だ》して、動向を探らないといけない。

「……ちゃんと見極めないとな」

ほんの少し、胸に寂しさが湧いてくる。

もしメリルが善い人間だったら、自分は恋に落ちるんじゃないかと心の隅《すみ》で思っていた。

人の陰に隠れてしまう控えめなところも、それでいて治療のために必死で駆け回るところも、好ましいと思っていた。細い手首を掴《つか》みたい、頼りなげな肩を守りたいと思ってしまったが、それはすべてまやかしだった。

そんな人間はいなかったのだ。

明日から、どんな本性を出してくるだろうか。金品を強請《ねだ》られる程度の、自分一人を苦しめるものだったらいいが、ザカリアに害をなすことなら、早めに対処しないといけない。

(兵士たちが悲しむな)

ようやく医療を受けられると喜んでいた若い兵たち。彼らが悲しむのは申し訳ないと思う。

治療に関してだけでなく、メリルは周りの人間を惹《ひ》きつけている。カルロスが忠犬のようにキャンキャンと吠える姿を思い出す。

サディアスは息を大きく吐くと、眠れないだろうと分かっていたが目を閉じた。

メリル。優秀な催眠術師。自信なさげに俯《うつむ》くくせに、強い意志の籠《こも》った瞳を持つ不可解な存在。

彼を甘い言葉で口説《くど》いて、手の甲に口付けて、あの白い頬を撫《な》でて……その後はどうしてやろう。

(……俺を惚《ほ》れさせようとしているなら、キスも、その先も覚悟しているんだろうか)

執務室に呼び出して、細い体を抱き寄せ、服を剥《は》ぎ、床に押し倒して甚振《いたぶ》ってやろうか。自分の一物を奥に突き込んで、許してほしいと懇願《こんがん》するまで何度でも極めさせてやったら、どんな顔をするだろう。彼が銀髪を振り乱して自分の下で泣くところを想像すると、加虐心《かぎゃくしん》を掻《か》き立《た》てられる。

(あんな術をかけるってことは、どうせ手慣れているに違いない)

それを考えると腹立たしいような、胸の中が引っかかれるような奇妙な気分だった。

もし。

もしメリルが見た通りの善い人間だったら。

それなら本当に恋に落ちていたかもしれないのに。

後章　戦《いくさ》の後、春と共に訪れたもの

寒く厳しい冬を越えたザカリアに、暖かな空気に満ちた春が訪れている。

ザカリアの住人も動物たちも草木も、すべてが待ちわびた春。野道では巣穴から動物たちが這《は》い出《で》て、長い冬を無事に越えた幸せを謳歌《おうか》していた。遠くから響く透き通った鳥の鳴き声もする。

サディアスは、メリルに出会ったばかりの頃を思い出して、馬上でこっそりと笑いながら、馬の手綱《たづな》を握っていた。

王都よりもずっと遅く訪れた、短い春。暖かい土地の人間には肌寒いと言われるが、サディアスにとっては既《すで》に日中は汗ばむほど暑く感じる。

空を見上げると日差しが眩《まぶ》しく、彼は目を細めて笑みを零《こぼ》した。

春になったから心が浮き立っているわけではない。去年の春は、これほど幸せで満たされた気持ちではなかった。

暖かくなると、深い雪が解けて、砦《とりで》が襲撃されやすくなる。雪がなくなった山道を、敵兵が大群をなして侵攻してくるのではないかと心配して、眠れぬ夜を過ごしていた。

新しく来た治癒魔術師の下《した》っ端《ぱ》に心乱されたこともある。

だが、今は違う。サディアスは普段ならば厳しく引きしめられている頬を緩《ゆる》ませ、同じ馬の上、自分の前に座るメリルの小さなつむじを見下ろす。

——この平和は、メリルのおかげだ。

本人にそう言っても否定するが、サディアスはそう思っている。きょろきょろと楽しそうに道を眺めていたメリルは、視線を感じたのか、顎《あご》を上げた。

「まだ少し空気が冷たいですね。サディアスは寒くないですか？」

分厚いコートを着込んだ彼が振り返ると、サラリと艶《つや》やかな銀髪が揺れる。長い睫《まつ》毛《げ》に縁《ふち》どられた緑色の目は軽く細められ、穏やかな笑みを浮かべていた。

「平気だ。メリルは寒いか？」

「大丈夫です。私だって、一冬越えて、もうザカリアの人間ですから。次の冬も怖くないですよ」

ふざけて笑っているが、まだサディアスの贈ったコートを着ているということは、寒さを感じているのかもしれない。手綱《たづな》を片手にまとめると、サディアスは空《あ》いた手でメリルの体を包むように抱きしめた。

「メリルもザカリアの人間か。そうだな、雪国の男だものな」

「雪国の男……！　そんな格好いい人になりたいです！」

子供のようにきらりと瞳を輝かせるメリルに、胸が甘くときめく。彼は今年の冬は随分《ずいぶん》寒そうだったが、王都に帰りたいなんてことは一度も言わずに、この土地に慣れようと努力してくれていた。

王都から送り込まれた催眠術師のメリル。はじめは間諜《かんちょう》だと思っていたし、恋に落ちるつもりなんてなかったのに、抗《あらが》えない波のようにサディアスは彼に惚《ほ》れてしまった。彼のすべてが欲しくてたまらない。もし本当に悪意を持った男なら、どこかに鎖で繋いで一生飼ってしまおうと思うほどにメリルを求め夢中になった。

結局、彼も半ば脅《おど》されてザカリアに来たことが分かり、二人は心を通わせたのだ。

（……幸せだな）

一生手に入らないと思っていた幸せが一気に自分に訪れて、まだ夢の中にいるような気分だ。

数ヶ月前、砦《とりで》の片隅の聖堂でひっそりと愛を誓い合った。公《おおやけ》にはしたくないというメリルの希望で、レイノルドとカルロス、それから口の堅い聖職者を一人呼んだだけの簡素なものだ。

そこで、メリルを生涯愛し共に生きると誓う。子供騙《こどもだま》しだと笑われるかもしれないが、彼をずっと大事に思うと宣誓したかったのだ。

父と母が愛し合ったように、生涯互いを大事にしたい。命の炎が消えるその時まで、ずっと。

胸がはちきれそうに幸せを感じる。同時に、柔らかな愛情を向ける相手が自分にできるなんて思っていなかった分、執着心に歯止めがきかないようで驚いてもいた。

（絶対に手放しはしない）

そんなことを脳裏《のうり》に思いながら馬に揺られていると、いつの間にか目的地に辿《たど》り着《つ》いている。

砦《とりで》の裏にある緑の深い山。草の生えた山道の先にある湖の近くで、サディアスは馬の手綱《たづな》を軽く引く。

「着いたぞ。以前、メリルと二人で訪れた場所だ。ここなら、野苺《のいちご》が採れると思う」

先に自分が下馬すると、手綱《たづな》を近くの木に繋いでメリルに手を伸ばす。ほとんど馬に乗ったことのなかったらしいメリルも今ではだいぶ慣れ、器用に足をあぶみから外してサディアスの胸に飛び込んだ。

それをふわりと抱きとめて、転ばないようにそっと地面に降ろす。……本当は地面に降ろさず、このまま抱いていていたい。ずっと抱えて歩けるならそうしたい。砦《とりで》の中で薬瓶を抱えて走り回る彼が意外と逞《たくま》しいことは知っているが、離れがたいのだ。

名残惜《なごりお》しくて手を繋ぐと、照れたように微笑《ほほえ》まれた。

「野苺《のいちご》、沢山《たくさん》採れるといいですね」

「ああ」

「沢山《たくさん》採れたら、ジャムにもしましょうね」

「それもいいな」

寒い土地で多く自生する野苺《のいちご》。メリルの住んでいた王都だと、あまり新鮮なものは手に入らないから、煮込んだジャムを食べていたらしい。こちらの地方でもジャムは作るが、新鮮なまま生で食べることが多い。子供の頃におやつに食べたと伝えたところ、生のものを食べてみたいとメリルが言い出したのだ。

小さな籠《かご》を手に、さっそく手近な茂みのそばに寄ったメリル。だが地面に膝をついたと思うとすぐに、ぴょんと飛び上がってサディアスのもとに戻ってきた。

「サディアス、今そこの茂みが動きましたよ！　な、なんでしょう」

「動いた？」

熊《くま》が出てくる場所ではないが、メリルの指さす所に近づく。警戒したまま手で茂みを払うと、隠された斜面に小さな穴が開いていた。

「穴、ですね」

「これは兎《うさぎ》の巣穴だろうな」

サディアスの掌《てのひら》を広げたほどの大きさで、中は暗く見えない。だが地面にほんの僅《わず》かについた小さな足跡を見て、サディアスはそう告げた。

「兎《うさぎ》ですか！」

「ああ。繁殖期も終わって、そろそろ子兎《こうさぎ》を連れているかもな」

そんな会話の途中、少し離れた所で白い小さな兎《うさぎ》がこちらを見ていることに気が付く。

じっと大きな瞳が心配そうに二人に向けられていた。どうやら巣穴に入り損ねたようだ。

柔らかそうな体に生えた毛は換毛期前でまだ真っ白、それほど長くない耳の先だけが黒く染まっている。兎《うさぎ》の妊娠期間は一月《ひとつき》と短いので、もしかしたら子兎《こうさぎ》が巣穴に隠れているのかもしれない。

「この時期なら毛皮も白くて価値が高いし、捕って帰れば砦《とりで》の料理人がパイにしてくれるだろう」

野苺《のいちご》と一緒に食べさせたくて言ったのだが……、メリルは口を開けて飛び上がった。

「へ!? た、食べちゃうんですか？　兎《うさぎ》を？」

「食べるだろう。兎《うさぎ》のパイは王都にはなかったのか？」

「なかった気がします……」

「兎肉《うさぎにく》は脂《あぶら》が少ないから、あまり王都では好まれないのかもしれないな」

野生の兎肉《うさぎにく》は脂身《あぶらみ》がほとんどなく、そのまま焼くとパサついて旨《うま》みが少ない。だから果実酒でじっくり煮て、その肉を使ってパイを作るのだ。この地方では馴染《なじ》みの深い素朴な料理だが、洗練された王都では好まれないのかもしれない。食材だって野生の兎《うさぎ》よりもずっと美味《おい》しいものが容易に手に入るのだろう。

「兎《うさぎ》は牙がないから捕まえやすい獲物だし、こちらでは日常的に食べられているんだ」

「そう、ですか……。あの兎《うさぎ》も……」

鳥や豚《ぶた》なら頻繁に口にしているメリルだが、目の前に顔を出した可愛らしい兎《うさぎ》が食べられるところを想像して、戸惑《とまど》っているようだ。顔を青くしたまま、兎《うさぎ》を見つめている。

普段、食堂でメリルが口にする食事の中にも兎肉《うさぎにく》はあったと思うが、それは言わないことにして、サディアスは首を横に振った。

「メリルが嫌なら捕らないよ。今日は狩りに来たわけじゃない」

腰を抱き寄せて囁《ささや》くと、強張《こわば》っていた体から力が抜ける。彼が小声で「良かった」と呟《つぶや》いたのを聞いて、サディアスは苦笑した。メリルの気を引こうとして、兎《うさぎ》を捕らえてこなくて良かった。

サディアスの胸に寄りかかったまま、まだ兎《うさぎ》を見ているメリル。その耳元に唇を近づける。

「兎《うさぎ》よりも、俺のことをもっと考えてほしいんだが」

銀髪に隠れた小さな耳に、吐息交じりの言葉を注ぎ込んだ。

砦《とりで》の中では、なかなか彼と触れ合えない。もっと構ってくれ、と子供っぽい願望を口にすると、メリルはようやくサディアスに視線を向けて、それから恥じらいながら目を細めた。

「もちろんです……私が一番に考えているのは、サディアスのことですよ」

ほんのり赤く染まった頬。愛らしい顎《あご》を優しく撫《な》でて、サディアスは自分のほうに引き上げる。

従順に目を閉じたメリルの唇に、厚い唇を押し当てた。

ふわりと柔らかく、甘い唇。表面をなぞるだけでは我慢ができなくなって、舌を彼の口に潜《もぐ》り込《こ》ませる。

「んっ、ぅ、……っ」

舌と舌が擦《こす》り合《あ》わされ、湿った音が響く。ざらついた舌の表面でメリルの柔らかな口内を好きに撫《な》で回《まわ》した。逃げる舌を追いかけ、奥まで舐《な》める。

メリルの口を征服する感覚に、腰からぞくぞく、と震えが走った。初めての恋人に夢中になる少年のように、もっともっと彼を味わいたくてしょうがない。

キスをすると、淡い桃色の唇が赤く色づくのもたまらない。可愛い。野苺《のいちご》みたいだ。いや野苺《のいちご》よりもずっと可愛くて美味《おい》しそうで、もっと啄《ついば》んでいたい。いっそ彼を全部、食べてしまいたいくらいだ。もうメリルと付き合いだして半年以上経つのに、獣《けもの》のような飢餓感《きがかん》が止まらない。

素肌に触れたくて、彼のコートの前を外そうと指を伸ばす。不品行なんて知ったことか。メリルのことが好きで、好きでたまらない。細い体をもう少しだけ味わいたい。

――だが。

「サディア、ス……っ、んっ、もう、駄目です……」

とん、と胸を押されて、唇を引き剥《は》がされる。

「メリル？」

「……っ、そろそろ帰らないと、いけませんよ」

「もう少しだけ、いいだろう？」

「駄目です。……本当に、帰らないと」

真っ赤になった顔に、潤《うる》んだ瞳。呼吸は上がりふらついているが、彼は手で頬を叩《たた》くと、ぴしりと背筋を伸ばした。

「午後からは、仕事があるんですから……これ以上は駄目です」

手早く髪を手で整えて、濡れた唇を手の甲で拭《ぬぐ》う。すっかり性の匂いを消し去ると、メリルは空の籠《かご》を少し残念そうに覗いた。

「いけない。野苺《のいちご》を摘む予定だったのに、全く採れませんでした」

「……本当だな」

野苺《のいちご》を摘みに来たのに、それよりもメリルに夢中になってしまった。

「また来よう。いつでも連れてくるから」

本当はもっと唇を貪《むさぼ》っていたい。彼の甘い唾液《だえき》をすすり、吐息を呑み込み、すべてを食らってしまいたい。野苺《のいちご》よりもずっと美味《おい》しそうだ。

そう思ったことは心に秘めて、サディアスは馬を留めた場所に足を向けた。

空っぽの籠《かご》を手に、メリルと共に砦《とりで》に戻る。

戦《いくさ》が終わった今は領主の城と呼ぶべきだが、実用重視の建物は城というには無骨すぎて、ほとんどの人々はまだ「砦《とりで》」と呼んでいた。和平は結ばれても、永久要塞《ようさい》としての威厳は続くようだ。

メリルと恋人同士であることはまだ公《おおやけ》にしていない。だからこっそりと裏門を通り馬を厩舎《きゅうしゃ》に戻すと、そこからはもう手も繋げないし、腰も抱き寄せられない。それどころかメリルがサディアスに催眠術をかけていることも、知っているのはごく僅《わず》かな人間に限られていた。

離れがたい。離れがたいと思うが、いつまでも外にいるわけにもいかず、顔見知りの門兵に目配せをし、サディアスは小さな裏門を通り抜ける。人のいない厩舎《きゅうしゃ》でメリルと向かい合うと、彼は柔らかな笑みを浮かべた。

「では、サディアス。また夜に伺いますね」

「……ああ。待っている」

すぐにくるりと向きを変えるメリルとは対照的に、サディアスは名残惜《なごりお》しく後ろ姿を視線で追う。軽やかな足取りで進むメリルは、顔を上げてしっかりと正面を向き、日の光を受けて輝いていた。

もう少しだけ、一緒にいたかった、と我儘《わがまま》にも思う。

和平が結ばれた後もサディアスは戦後処理に忙しく、なかなか二人でのんびりと過ごす時間がとれない。顔を見られる時間は深夜だけ、という日が多かった。その夜の時間も、二人共疲れ切っていて、まともに話せず眠りにつくこともある。

(こんなに、誰かの顔を見ていたいと思ったことはなかったな)

ずっと恋愛に対して冷めた感情を持っていたのに、今は大違いだ。メリルのことを考えると愛《いと》おしい気持ちが溢《あふ》れて止まらない。一瞬でも離れていることが苦しかった。

(それに、……ずっと部屋に隠しておきたいと思うのも、初めてだな)

――そうなのだ。離れがたい理由はただ彼が恋しいというだけではない。

派手な容姿と主張の激しい性格がもてはやされる王都ではメリルはあまり注目されず、彼は見た目にも中身にも自信がないようだ。それでいつも人目を避けるように下を向いていた。

彼が俯《うつむ》いていた時は気が付かなかったが、秀でた額《ひたい》の下には理知的な瞳が輝いている。滑《なめ》らかな頬は柔らかそうで、薄く色づいた唇は魅惑的だ。性格も穏やかで慈悲深い。

そんなふうにメリルが可愛く、美しく、更に優しいということに気が付いているのは、サディアスだけだったのに……

「すみません、メリル先生！」

快活な声がメリルを呼び止めたのを見て、サディアスは眉間《みけん》に皺《しわ》を寄せた。

「あれ？　えっと、君はたしか、門番の……」

「はい！　覚えていてくれたんですね！」

「もちろんですよ」

門番の青年は、遠くから視線を送るサディアスに気が付いていないのだろう。メリルの前に立ちはだかると、まるで子犬のように嬉しそうに笑顔を振りまきながらペラペラと喋《しゃべ》り出《だ》す。

「怪我は大丈夫でしたか？　まだ痛みますか？」

「この間処方してくれた薬が凄《すご》く効いて、もう全然痛くなくなりました。お礼を言いたくて……」

「お礼なんていりませんよ。良くなったようで何よりです」

「メリル先生……！」

鍛《きた》えているくせに、もじもじと体の前で指を握ったり開いたりする青年。若いということを差し引いても、腹が立つ。

そんな幼さの目につく青年にも、メリルはいつも通りの慈愛に満ちた声で言葉を返してやってい た。それにもまた、サディアスは苛立《いらだ》つ。

「あの、あの！　これ、街で売られている茶葉なんです。凄《すご》く美味《おい》しいので、もしよければお仕事の合間に飲んでください」

「そんな、いいのに……。でも、ありがとうございます。大事に飲ませてもらいますね」

青年は小脇に抱えていた包みをメリルに手渡した。それを受け取りながらメリルが笑いかけると、青年の顔が茹《ゆ》で上《あ》がったように真っ赤に染まる。

（ふざけるなよ……！　茶葉だと？　門番なんざ普段、酒くらいしか飲まないだろうが）

荒くれ者とまでは言わないが、むさくるしい兵士が普段から茶なんて丁寧に淹《い》れているわけがない。メリルのためだけに仕入れてきたに違いない、とサディアスは脳内で決めつける。

門番の様子に気が付いていないメリルが「じゃあ」と言って歩き去っても、まだ彼はぽーっとした瞳で背中を眺めていた。

——更に、メリルが十歩も進む前に、また野太い声が投げかけられる。

「メリルせんせー！　何しているんですか？」

「わ、カルロスくん。どうしたの、こんな所で」

「訓練あがりっすよ」

馴れ馴れしい声はカルロス――南方出身で、よく日に焼けた肌とくるりとした黒い巻き毛が目立つ、陽気な男だ。彼は当然のようにメリルの横に立って、籠《かご》を近距離で覗き込んだ。

（……近い。近すぎるだろう！）

肩が触れそうな距離に、サディアスはぴくりと片方の眉を跳ねさせる。だがそんなこと、カルロスが気付くわけもなく、気軽な様子でメリルの空の籠《かご》を見て声を上げた。

「あれ、野苺《のいちご》採りに行ったんですよね。不作でした？」

「あ、えーっと……、ちょっと他のことに気を取られて、あんまり探せなくって」

「じゃあ今度は俺と一緒に行きましょうよ。摘むの手伝います」

悪意のなさそうな顔でにこにこ笑ったカルロス。その言葉に反応するように、後ろから、わらわらと訓練の終わった他の兵士たちが姿を見せた。

「あ！　カルロス、またメリル先生に付きまとってるのかよ」

「カルロスばっかりずるいだろ！　俺も行きます！」

「俺もご一緒させてください。この辺りの地理には俺のほうが詳しいですよ」

「え、いや、えーっと……野苺《のいちご》を採るだけだから、そんなに人はいらないかな……」

汗まみれの屈強な男たちに囲まれて、メリルは一歩下がる。

男たちは気が付いているのか、いないのか。ますます嬉しそうにメリルを取り囲んだ。小さく細いメリルの体は、いかつい男たちに隠れて見えなくなる。

――ようやく訪れた平和に、砦《とりで》全体が浮き立っているのは分かる。

もう何年もぴりぴりとした緊張状態が続いて、いつ命を失うかも分からなかった。そんな中でメリルは、それまで手当もろくにされなかった下級兵士にとっての救いの手だ。

国のため、故郷のためだと、痛みを訴えられず、野生動物のように耐えていた兵士たち。

穏やかに微笑《ほほえ》むメリルが、幸せの象徴になっているのは理解できる。

しかも戦《いくさ》が収まった後も王都に戻らずザカリアを愛してくれていることで、メリルはますます砦《とりで》に受け入れられている。

ザカリアの砦《とりで》では珍しい、繊細《せんさい》で優しい性格に周囲は惹《ひ》かれていた。

だが……サディアスがそれを納得しているかと言うと、それは別の話だ。

サディアスはずかずかと大股で兵士たちのもとに近づいてメリルの後ろに立ち、狼《おおかみ》が唸《うな》るような低い声を出した。

「おい、何を集まっている。仕事は終わったのか」

「えっ、しょ、将軍!?」

「ひっ！　なんでこんな所に……！」

「終わったのか、と聞いている。どうなんだ」

「す、すみません！　すぐに！　すぐに仕事に戻ります！」

集まっていた兵士たちが、蜘蛛《くも》の子を散らすように逃げていく。去り際にさりげなくメリルに手を振る奴の顔を、サディアスはしっかりと脳裏《のうり》に焼き付けた。

「カルロス、お前もだ」

「うえ、お、俺もですか！」

「当たり前だ。訓練が終わったからって、自由時間じゃないだろうが」

「うっ、すみません！」

最後まで一人残っていたカルロスも、睨《にら》むと兎《うさぎ》のように飛び上がって走り去る。ばたばた、がしゃがしゃ、と煩《うるさ》い足音すら憎たらしい。

「すみません」

人気《ひとけ》のなくなったそこに、メリルがぽつんと取り残された。

「私もすぐに仕事に戻りますね」

「……そうしてくれ」

メリルが人と仲良くすることに、腹が立ったわけではない。今まで友人もいない状況だったことを知っているし、友人すら作るなというのは、さすがに悋気《りんき》しすぎだ。

ただサディアスには、友人の枠を踏み越えようとしている奴が交じっている気がしてならない。

メリルは人の好意に鈍い。家族から愛されなかったせいだと思うが、自分が好かれるはずがないと思い込んでいる。サディアスはたまたま、催眠術にかかった振りをして真っすぐに告白をしたから意識してもらえたけれど、好意をほのめかされる程度だと彼は気が付かないのだ。

メリルのほうを見ないで頷《うなず》くと、行き場のない言葉が詰《つ》まり、ぐぅと喉が低く鳴った。

「あの……大丈夫ですか？　眉間《みけん》に皺《しわ》が寄っていますけど、何かありましたか？」

まさかサディアスが再び現れると思わなかったのだろう。丸く目を見開いていたメリルが、心配そうにサディアスの顔を見上げる。

「国王から、無理難題でも押し付けられました？」

「いや、違う。心配いらない」

「ですが、あまり顔色が良くないですよ。体調は？」

嫉妬《しっと》しているだけなんて言えるわけがない。

苦い顔をしているのは自覚していたが、どうにも取《と》り繕《つくろ》えず、メリルの言葉を遮《さえぎ》るように呟《つぶや》いた。

「問題ない。それより、今夜も部屋に来てくれるだろう？　メリルが来てくれれば治る」

「……じゃあ今夜はしっかりと催眠術をかけますね」

部屋に来てほしいということを、治療のためと思ったのか、メリルはあっさり了承した。

彼は浮気性ではないから心配いらない。心はちゃんと自分のほうを向いている。そう分かっていても、嫉妬《しっと》が止められない。

「いけない。私も行かないと、遅刻してしまいそうです。では、また後で」

彼は暫《しばら》く心配そうにこちらを見ていたが、頷《うなず》いてやると足早に立ち去った。

サディアスが嫉妬《しっと》していることに気が付きもしていないだろう。

それがせめてもの救いだ。熊《くま》よりも強いだの、血まみれ将軍だのと言われていた男が、恋人が他人と話しているだけで取り乱しているなんてバレたら恥ずかしくてしょうがない。

メリルが敵国の間諜《かんちょう》でなくて本当に良かった。もしそうだったら、今頃しっかり骨抜きにされて殺されていた。いや、間諜《かんちょう》だったらあんな純粋な性格はしていないと思うが……それでも彼のためならなんでもしてしまいそうで怖い。

(しっかりしろ。領主がこんな体《てい》たらくでどうする)

ため息を押し殺し、自分も仕事をするかと執務室に足を向けると……すぐ目の前に、サディアスに劣らぬ巨体が立ちはだかった。

「甘い。甘いね」

「うわっ！　レイノルド、こんな所で何をしている！」

「さっきの奴らの訓練、俺がしていたんだよ」

栗色《くりいろ》の髪に、柔和に細められた瞳。女性に好かれそうな優しげな雰囲気だが、剣術の腕前は確かな頑強な男、レイノルドだ。サディアスの乳兄弟《ちきょうだい》で、砦《とりで》で唯一の友人ともいえる。

「それで、サディアスは、今日は休暇のはずなのに、可愛い恋人の監視か？」

「……監視じゃない。午後から仕事だというから、兵士に絡まれて困っているのを助けただけだ」

実際にメリルは遅刻しかけていたし、と言い訳するように呟《つぶや》く。

そのサディアスの様子に、レイノルドは先程と同じ台詞《せりふ》を繰り返した。

「甘い。甘いね」

「何がだ」

「お前の態度……というか、お前の対応だよ」

「俺の、対応？」

カルロスや兵士たちを、もっと厳しく叱責《しっせき》するべきだっただろうか。首を傾《かし》げると、彼は人差し指を一本ぴしりと目の前で立てた。

「メリルさんをもっとがっちり捕まえておけ。あと、ちゃんと自分のものだって示しておかないと」

「何言っているんだ。もう十分口説《くど》いて、聖堂で誓いも立てただろう」

「はー……。これだから恋愛を分かっていないんだよ、サディアスは」

「なんだと？」

たしかに今まで誰かに恋《こ》い焦《こ》がれたことなんてなかった。

特に成人してから、頭の中は戦いのことばかりだ。

まともに眠れない夜が続くと、恐怖から逃れるために体を鍛《きた》え、戦《いくさ》の情報を集めることに必死になった。だから、戦術や剣術のことは詳しいが、恋愛なんて生涯しないだろうと、知ろうともしなかったのだ。自分の婚姻は政治のために使おうとしていて、本当に好きな相手と幸せになる未来なんて考えていなかった。

片方の眉を上げるサディアスに、レイノルドはふん、と鼻を鳴らす。

「贈り物は？　花は？　好きな食べ物は？　メリルさんの誕生日だって知ってるのかよ、サディアス」

「……兎《うさぎ》料理は、あまり好きじゃないのは、知っている」

「はぁ？　兎《うさぎ》料理？　嫌いなものじゃなくて、好きなものだよ。メリルさんが喜ぶようなさぁ……」

「煩《うるさ》い、少し声を落とせ」

舌打ちを零《こぼ》すが、長年、共に過ごした乳兄弟《ちきょうだい》はサディアスの不機嫌なんてものともしない。

「おいおい、そんなんじゃ本当に愛想を尽かされるぞ。遠い国にはな、釣った魚に餌《えさ》をやらないって言葉があるんだ。知ってるか？」

「知らん」

レイノルドの言葉に、ぴくりと肩が揺れてしまう。それを、目の前の抜け目のない男は見逃さなかった。

「付き合ったのに恋人は自分に何もしてくれない。他の男のほうが自分に尽くしてくれる、なんて思われたら終わりだ。貴族は愛人を持つのが当たり前なんて考える人もいるし……。メリルさんの愛情が深いからって油断していたら、浮気されるかもな」

「浮気？　メリルはそんな不道徳な人間じゃない。俺だけだと愛を誓ってくれている」

畳《たた》みかけるように言われて、思わず語尾が強くなる。

メリルは一途《いちず》に想ってくれている、だから何も心配はいらない。そう信じているし……自分たちは大丈夫だと思い込むようにしていた。

でなければ心が好き勝手に暴れて、人前でも大声で「メリルを見るな、触れるな」と叫んでしまいそうだったのだ。メリルの恋人になるまで知らなかったが、自分はどうやら相当な悋気《りんき》持ちらしい。メリルは自分だけを愛していると理解しているのに、だ。

年上で、しかもこんな無骨な男にやきもちを焼かれても面倒なだけだろう。そう思って、できるだけ彼の行動にあれこれ言わないようにしているのだ。

それなのに揺さぶるようなことを言われて、苛立《いらだ》ちが噴き上がりそうになる。

「どうだろうな～。こんな怖い顔の恋人より、もっと若くていい男がいるかもしれないし……それこそ、ちゃんと貢《みつ》ぐ男とか」

「……黙れ、レイノルド」

「うお、そう怒るなよサディアス。分かった、分かった。お前はメリルさんのことになると、人が変わるよな」

サディアスの本気の苛立《いらだ》ちを感じたのだろう。からかう言葉を続けていたレイノルドは、体の前で手をひらひらと振る。

「まぁ、何かあげたくなったら俺が相談に乗ってやるよ。サディアスよりは恋愛上手だし」

「いらん世話だ」

「はいはい。まぁ気が変わったら言えよ」

そう言うと、ひらりとサディアスの怒りを躱《かわ》して立ち去ってしまう。

一人取り残されたサディアスは、苛立《いらだ》ちと共に大きく息を吐いた。

メリルは一途《いちず》だし、心配いらない。そう思って心を落ち着けている日々に、不穏な影が訪れた。

「――美味《うま》いな」

その日。サディアスは寝室でベッドに転がりながら野苺《のいちご》を摘まんでいた。

メリルが再び湖に行き、採ってきたものだ。カルロスと摘みに行ったというのはあまり面白くないが、メリルが真っ先にサディアスに持ってきたということが心から嬉しい。

子供の頃味わった素朴な甘みを堪能《たんのう》していると、ふとメリルの様子がおかしいことに気が付く。

ぼんやりとした顔で、目は開いていてもサディアスを見ていない。

「……メリル？」

「あ、すみません、ぼーっとしてしまって」

「いや。大丈夫か？　疲れているなら早く休もうか」

「疲れてなんていませんよ」

メリルは緩《ゆる》く首を横に振った。

「無理はしないでくれ。メリルは働きすぎだ」

「サディアスほどではないですよ」

「俺は鍛《きた》えているからいいんだ」

野苺《のいちご》を呑み込むが、口の中にざらつきが残る。昔から食べてきたものなのに、今日はそれがやけに気になった。

「あの、明日なんですけど……もう少し遅い時間に、こちらに来てもいいですか？」

「もちろん構わないが、仕事か？」

尋ねるとメリルは視線をいくらか彷徨《さまよ》わせ、それから指先を弄《もてあそ》ぶ。爪を触り、髪を触り、自分の服の端を握った。

「いえ、あの、そういうわけではないのですけど、ちょっと用事があって」

「用事？　俺と会うような、遅い時間に？」

「は、はい！　でもたいしたことではないんですよ！　本当に、サディアスが気にすることじゃありませんので」

用事とは何か、と尋ねられることを恐れているように、メリルは先回りして告げる。それが余計に不審さを増した。

（なんだ……？）

「サディアス、気にしないでください」

彼は寝そべっているサディアスに覆《おお》いかぶさり、ふわりと柔らかい唇を押し付ける。恥ずかしがり屋のメリルからのキスは甘く、いつもならばサディアスの心は蕩《とろ》けていただろう。だけど今は、素直に受け止められなかった。

（……何か、誤魔化《ごまか》そうとしている？）

いや、まさか。メリルに限って、自分に嘘を吐《つ》くわけがない。

命がけでサディアスのところに駆け付けたメリル。牢に入れられるなんて酷《ひど》いことがあったのに、欠片《かけら》もサディアスを恨まずにいてくれている。王女の手先だったことを深く悔いていた彼に限って、隠し事なんてないだろう。

「んんっ、……んっ」

角度を変え、柔らかな唇が何度も触れ合う。メリルから舌をそっと伸ばされ、それに応《こた》えてサディアスは彼の舌に己の舌を擦《こす》りつけた。我慢できなくなって、彼の口内に舌を差し込む。

「ふっ、ぅ……ぁ」

苦しそうに息を吐く音。寄せられた眉。自分から舌を絡めてきたのに、メリルの舌はぎこちない。強張《こわば》った彼の体から力が抜けるように、ゆっくりと背筋を撫《な》でてやる。それで甘く蕩《とろ》けてくれるかと思ったのに、メリルの体から緊張がなかなか抜けない。

「ん、っぅ」

ぢゅ、と音を立てて舌を吸い上げ、唇を解放する。ほんのりと赤く腫《は》れた唇を親指で撫《な》でてやると、閉じられていた瞼《まぶた》が開いた。

「メリル、平気か？」

「ん……」

できるだけ優しく尋ね、小さな鼻先にキスを落とす。

「メリル。じゃあ明日は、遅くなっても来てくれるな？」

「もち、ろんです……」

どことなく陰った笑顔。

いつもだったら、来てくれと言ったら嬉しそうに瞳を細めるのに、あまり気乗りしないようだ。

口では「もちろん」と言いながら、別の何かを考えている。

たとえば、――別の、大事な相手とか。

（いや。そんなこと、ありえないだろう。メリルに限って心変わりなんてない）

「愛しているよ」

「……私も、愛しています」

甘い言葉を囁《ささや》くと、メリルは同じように言葉を返す。

大丈夫、なんの心配もないと、サディアスは自分に言い聞かせた。

浮かんできた疑惑を首を振って払うが、黒く嫌な予感がひっそりと胸の隅に巣を作る。

サディアスは節ばった固い指で、メリルの背中を撫《な》でた。骨の目立つ、肉があまりついていない背筋だ。ゆっくりと何度も撫《な》でさすった後に、体の向きを変え、彼を優しくベッドに押し倒した。

「可愛いな」

銀色の髪がベッドに広がる。伸びると邪魔だと切ってしまうから、肩よりも少し長い程度だ。だけど寒い夜の月のように美しい。

服をゆっくりと剝《は》ぎ取《と》り、柔肌を撫《な》でさする。

吸い付くような美しい肌。その肌を征服するのが、たまらなく好きだ。撫《な》でる度に羞恥《しゅうち》と快感に赤く染まっていくのを見ると、どうしようもない甘い疼《うず》きが腰を重くする。

彼の体で、触れていない所は一つもない。それくらいに全身をくまなく愛していく。そんな執拗《しつよう》ともいえる愛撫《あいぶ》をメリルは嫌がらず、恥じらいながらも受け入れてくれていた。

だが……いつもと違い、今日はなかなかサディアスの手に馴染《なじ》んでくれない。柔らかな肌も、甘い声も変わらないのに、僅《わず》かに体温が低い気がする。

なんだろうか。何が違うのか。

(他の男の痕《あと》なんて……ない、よな)

ふ、と気になって、検分するようにメリルの体を見下ろした。白い肌はいつも通りで、誰かに吸い付かれた痕《あと》も、知らない痣《あざ》も、一つも見当たらない。

(ない、な。……当たり前だ。何を考えているんだ)

内心、こっそりと胸を撫《な》で下《お》ろす。

露《あら》わになった胸元に指を滑らせながら、甘く囁《ささや》いた。

「好きだよ。頭からまるごと食べてしまいたいくらい」

何度も言っている、ただの睦言《むつごと》だ。彼のことをそれだけ好きだと伝えたかっただけなのに。

「食べる⁉」

「うわっ」

メリルは飛び起きると、サディアスの手を弾き飛ばした。触るな、と言わんばかりの勢いに驚いて、サディアスは目を見張る。

「メリル？　どうしたんだ？」

「あ……す、すみません！　……なんでも、ないです」

「……大丈夫か？　何か嫌だったのなら、言ってほしい」

メリルの気持ちを探ろうと彼の瞳に視線を向けるが、すっと逸《そ》らされる。

「いえ、あの……大丈夫です」

どこか腑《ふ》に落ちないものを感じながら、サディアスはメリルの体を再び開きはじめた。肉の付かない体の肋骨を、指先で辿《たど》る。腹筋を伝い、可愛らしい臍《へそ》も。鼠径部《そけいぶ》にも指を滑らせると、ぴくりと体が動いた。淡い茂みに指を絡ませ、その下の陰茎を撫《な》でる。

ずっと抱いていたいと思うほど、甘く魅力的な体。どれだけ抱いても夢中になる。

メリルもサディアスの愛撫《あいぶ》を好きだと言ってくれていた。

……だがその晩は、お互いにぎくしゃくとしたまま、夜が更けていった。


——怪しい。

しかし、根拠があるわけではなかった。

部屋に来られないと言われたわけではないし、キスを拒まれてもいない。素肌に手を這《は》わせても、体を隅々まで暴いても、嫌がられることはなかった。当然、他の男の痕《あと》もない。

だが、どうにもすっきりとしない感情を振り払えないでいる。

(疑うなんて良くないことだな……。あんな献身的な人だ。浮気なんてあるわけがない)

メリルの気持ちに強い自信を持っていると自分に言い聞かせたサディアスだが、猜疑心《さいぎしん》は消えず、不安が増す。

一夜明け、彼は一人執務室で書類仕事をさばいていた。外で剣を振るうほうが好きだが、事務的な仕事もそれほど嫌いではない。淡々と書類を捲《めく》っていると、ふと見慣れたサインのされた紙が出てきた。

「……これは」

『薬剤の補充許可依頼書』と書かれた紙には、メリルのサインが躍っている。少し癖のある、細い文字。名前を見るだけで頬が緩《ゆる》むが……その横に書かれている名前にムッと眉間《みけん》に皺《しわ》を寄せた。

貴族の息子のくせにこんな辺境で治癒魔術師をしているウィリアムが、魔術責任者としてサインをしていたのだ。

メリルにだけ心を開いた、取り扱いの難しい若者。彼はケイレブが王都に帰った後も、メリルを慕《した》ってザカリアにとどまっている。

戦《いくさ》を終わらせるために彼も尽力してくれたのは知っているが、メリルに懐きすぎだ。

ここに書くのはメリルの名前だけで十分だろう。何故《なぜ》ウィリアムがでしゃばってきているんだ。

自分がメリルと名前を並んで書けたのは、聖堂で愛を誓った時の一度のみなのに。

『許可する』と書き、サディアスも自分の署名を足すが、横にあるウィリアムの名前が気に入らない。目を通し終わった書類を、広い執務机の上に載せて、舌打ちを零《こぼ》した。

紙切れに書かれた名前にすら嫉妬《しっと》するなんて、自分の狭量さが嫌になる。

気持ちを切り替えて次の書類を、と考えて周囲を見回す。だが、午前中に片付ける仕事はすべて終わっていた。誰か人を呼んで、午後の仕事を早めようか。

肩を回してから伸びをすると、すっかり体が凝《こ》り固《かた》まっている。

「そうだ……届けに行くか」

小さく呟《つぶや》くと、それも悪くない気がしてきた。医務室に届けさせる予定だった書類は、メリルからのもの以外にもまだ何枚かある。執務室に籠《こも》ってばかりだと体がなまるし、普段からできる限り砦《とりで》の中を自分の目で見て回るようにしている。ついでに、治癒魔術師たちの様子を見るのもいいだろう。届けてやればメリルの顔も見られる。

そう決めるとサディアスは、いそいそと準備をして執務室から廊下に踏み出した。

執務室は砦《とりで》の中でも一番上の階にある。階段を下り、そこから石造りの廊下を進む。

医務室は居住棟の近くだ。足を進めていると、兵士たちの話し声が風に乗ってサディアスの耳に届いた。

「なぁ、あの噂知ってるか？　催眠術師の、メリル先生っているだろ？」

（メリルの噂……？）

兵士の一人が放った言葉に、サディアスは足を止めた。

視線を向けると、兵士が三人で連れ立って歩いている。革でできた兵士の軽装を身に纏《まと》い、腰に帯剣していた。靴が薄汚れているところを見ると、訓練が終わり、これから昼食でもとるのだろう。

どうせたいした噂じゃない。メリルの生まれが貴族だとか、治癒魔術師になる予定だったとか、そういった類《たぐい》の話はどこからともなく囁《ささや》かれるものだ。とはいえ、もしあまりに事実と離れ害になるようなものなら、手を回して消さないといけない。

そんなことを思いつつ、聞き耳を立てる。

しかし、兵士の一人がにやにやと笑いながら喋《しゃべ》り出《だ》した内容に、サディアスは顔を強張《こわば》らせた。

「メリル先生、この砦《とりで》に恋人がいるらしいぞ」

「はぁ？　ここの女って言ったら、随分《ずいぶん》年上ばっかりだろ？」

「そうそう。いい女がいたら、俺が付き合ってるっての」

他の男が馬鹿にしたように反論すると、最初にこの噂話をはじめた男が、ガハハと下品に大きな声で笑った。

「違ぇよ。それが、男と付き合っているらしいんだよ」

「はぁ～？　男と？　メリル先生が？」

信じられないのだろうか、他の兵士たちは声を裏返して叫ぶ。だが、叫んだ後ですぐ、顎《あご》に手を当てると思案しながら唸《うな》り出《だ》した。

「う～ん。まぁ先生、綺麗だし、俺でもクラッとくることあるからな」

「たしかに……。それは分かる。別に色っぽいとかじゃねぇんだけど、悪くないよな」

「王都育ちだからかな、いっつもいい匂いするし、俺たち兵士とはやっぱり違うよなぁ」

兵士たちが品定めするように話す様子に、サディアスは苛立《いらだ》ちが募《つの》る。

勝手にメリルで妄想するな。失礼だろうが。

額《ひたい》に青筋が立ちそうだったが、サディアスはぎりぎりと歯を食いしばって耐えた。

「だろ？　悪くねぇだろ？」

「なんでお前が選ぶみたいな言い方してるんだよ」

「本当だよ。メリル先生だって、お前はお断りだよ」

噂を始めた兵士が誇らしげに言うと、ゲラゲラと笑いながら他の兵士たちが突っ込む。そのまま歩き去るかと思ったのに、まだ会話は続いているらしい。男たちは腕を体の前で組むと、今度は「誰が恋人なんだ」と更に噂を膨らませる。

「メリル先生の周りをウロチョロしてる奴、沢山《たくさん》いるもんなぁ」

「じゃあ恋人ってまさか、あのカルロスとかいう奴？」

「違うって。なんでも若くて美形で、しかも可愛いらしいぞ」

（若くて美形で……可愛い？）

少なくともその噂の相手はサディアスではない。メリルより年上だし、眼光が鋭すぎて美形とはいえないし、可愛さなんてもちろん皆無《かいむ》だ。

「そんな奴、この砦《とりで》にいるか？」

「……そうなんだよなぁ。うーん……美形はともかく、可愛い奴なんていないよな。ガセだろ、ガセ」

「でも、夜、こっそりシーツとか寝具を何枚も抱えて歩いているところを見た奴がいるんだって」

シーツに寝具。サディアスの部屋に持ってきてはいないし、そんなことは聞いていない。聞いていないが、メリルだって生活のすべてを逐一《ちくいち》サディアスに報告する義務はない。野営中の部下ではないんだ。もしかしたらメリルが自分の部屋で飲み物でも零《こぼ》しただけかもしれない。

メリルは夜ほとんどサディアスの部屋に来ているから、サディアスのほうから部屋に行く機会もないし知らせなかっただけ……のはずだ。

「それだけじゃあ、証拠にならねぇだろうが」

「寝具ぐらい、俺たちだって変えるだろ、たまには」

サディアスの胸中を代弁するように、兵士たちが言う。だが最初に言い出した男は首を横に振った。

「それだけじゃないんだよ。その姿を見た奴がな、何しているのかって聞いたら、凄《すご》い慌てたらしいんだよ。可愛くて大事な相手のために用意しているから、内緒にしてくれって」

「はぁ～？　本当かよ」

「可愛い……って、犬か猫かなんかかもしれねぇだろ」

「いや、絶対男だね。部屋で会ってたに決まってる。だいたい、華やかな王都から来た人間が、こんな娯楽の少ない砦《とりで》で恋愛もしないで過ごせるわけないだろ」

「うーん……まぁ、それはそうかもなぁ。犬や猫なら、部屋から鳴き声くらい聞こえそうだし……」

兵士たちは、ああでもない、こうでもない、と口々に適当なことを言っていく。

下世話な噂の的になるのは、この砦《とりで》にいるならある程度は仕方がない。

狭い場所で数多くの人間が共に生活していると、どうしても他人が気になるのだ。特にメリルのような王都から来た人間だと、普段と違う行動を少ししただけで耳目《じもく》を集め、尾ひれを付けた噂が人々の口に上る。

彼らが喋《しゃべ》っている噂話にしても、メリルが若い男と浮気している根拠と呼ぶには弱すぎるものだし、詰問《きつもん》するほど砦《とりで》の風紀を乱すものでもなかった。

男たちはまだ笑いを顔に乗せながら、ようやく歩き去る。別の話題に移ったようで、「砦《とりで》に落ちていた兎《うさぎ》の糞《ふん》で滑った」なんてどうしようもない会話が、遠くから響いた。

（いけない。こんなつまらないことで、心を乱されるなんて）

腹の奥にくすぶる苛立《いらだ》ちを抑えつつ、サディアスもゆっくりと足を進める。無意識に手に力が籠《こも》っていたようで、メリルに届けるはずの書類に皺《しわ》が入っていた。それを手で伸ばすと、意識的に長く細い息を吐く。

噂話、しかも根拠の薄いものを真面目にとって腹を立てるなんて、新兵でもしないことだ。死線を越えてきた領主であるのに、メリルのこととなると感情が制御できない。

自覚があるから余計に苛立《いらだ》ち、カツカツと靴を石の廊下に叩《たた》きつけながら先に進む。落ち着かなければ、と自分に言い聞かせた。

しかし、ようやく医務室の近くに差し掛かった時、苛立《いらだ》ちがますます増幅した。

（……おい待て、なんであいつと仲良くしているんだ）

医務室の目の前に、メリルの白く細い体が見える。その横に、野暮ったい兵士服を着た大きな体が、犬のようにくっついていたのだ。

先日メリルに茶葉を贈った若者だった。

「すみません。俺のほうが手伝おうと思ったのに」

「いいんですよ。お怪我している人が無理をしたら駄目ですから」

薬や包帯を入れるものだろうか、メリルの手には大きな木箱が抱えられている。その横で困ったように頭を掻《か》く若い兵士の手には、真新しい包帯が巻かれていた。メリルに診《み》てもらいたくてわざと怪我をしたのではないかと怪しく思ってしまう。

「メリル先生……お優しいですよね、本当に」

「別にそんなことはないです。それに私も男ですから、これくらいは運べるんですよ」

ふふ、とおかしそうにメリルが笑う声が聞こえた。

遠くからだと顔は見えないが、きっといつもの柔らかな笑みだろうと想像できて、サディアスは鼻筋に皺《しわ》を寄せる。そしてサディアスの予想通り、調子に乗った若者が一歩メリルに近づく。

「メリル先生、あの、また仕事が終わったら来てもいいですか？　お手伝いできることがあったら、俺、なんでもします！」

駄目だ。お前なんかに手伝えることはない。さっさと離れろ。

そう怒鳴りつけてやろうかと、頭に血が上る。だがサディアスが駆けつけるよりも先に、メリルはあっさりと首を横に振った。そして口にした言葉に、サディアスは足が床に縫い付けられたように固まる。

「すみません。夜には用事があるので、早く上がる予定なんです」

「誰かと会うご用事ですか？」

「えっと……、そう、ですね」

メリルの声が、少し歯切れ悪く聞こえた。

「いいですね……。メリル先生の時間を独占できる人がいるなんて、羨《うらや》ましいです。きっと魅力的な人なんでしょうね」

「え？　あー……、ええ、凄《すご》く可愛くて、大事にしているんです」

口の中で何かをもごもごと呟《つぶや》いたメリルは、早足で医務室の中に入っていった。消沈している青年と、聞き耳を立てていたサディアスに気が付かずに。

——可愛い。大事にしている。

それは、サディアスのことなんだろうか。可愛いなんて言われたことはない。それにメリルは最近サディアスの部屋に来る時間が遅くなっている。

なのに、早く上がる予定？　つまり、自分の部屋に来るまでに誰かと会っているのか。

(……可愛いとは誰のことだ)

友人？　友人を可愛いなんて言うか？

信じないといけない、という気持ちがぐらつきそうだ。

力を込めたら駄目だと思っていた指が震え、サディアスの手の中の書類がぐしゃりと音を立てた。

浮気。浮気なのか。いや、それ以上に本気の心変わりだったらどうする。

忙しく、無骨で恋愛下手な自分なんて嫌になったのか。付き合い出したのに何もしてくれない、と嫌気がさしたのか。

結局、悩んだ末に、サディアスは唯一の相談相手を呼び出した。からかわれることは必至だったが、残念ながらその一人しか相談相手がいない。

執務室に呼び出した幼馴染《おさななじみ》のレイノルドは、腕を組んで勝ち誇ったように唇の端を吊り上げた。

「俺の言った通りだろ」

「言った通りではない」

「へぇ？」

「……だが、お前が言うことにも一理あるとは思った。その、……メリルに感謝しているのに、大事にできていなかった気がする」

「ようやく自覚したのかよ」

「煩《うるさ》い。……贈り物をしたい。知恵を貸してくれ」

「釣った魚に餌《えさ》をやらない男は、すぐに振られるからな。サディアスが早めに気が付いて良かったよ」

ニヤニヤとからかいを含んだ笑みを浮かべ、レイノルドは組んでいた腕をほどくと、執務机に手をついた。

「で、今まではどんなものを贈ったんだ？」

「母が使っていたコートを仕立て直したものを」

「他には？」

「甘いものを、何度か」

「他には？」

顎《あご》をしゃくって問いかけられて、う、と言葉に詰《つ》まる。寒そうだと思ってコートを贈った。それから、痩《や》せた体が心配で甘い菓子を。他に何か渡したかと思案するが、思い浮かばない。

「……それだけだ」

「は？　それだけ？　恋人同士になって、生涯を共にすると聖堂で誓いまで立てておいて？　服一枚と、菓子だけ？」

片方の眉を上げて、呆《あき》れたように問われる。甲斐性《かいしょう》なしを見るような視線に、サディアスは鼻筋に皺《しわ》を寄せた。

「メリルが何もいらないと言うんだ。しょうがないだろう」

「しょうがなくない。いらないと言われても贈るべきなんだよ」

「いらないと言っているのに、か？　それじゃあ相手の意思に反するだろう」

サディアスが首を傾《かし》げると、「馬鹿だな」と言葉が返ってきた。

「いいか、よく考えろ。権力者の奥方たちがじゃらじゃらした宝石を身につけるのは、ただ虚栄心で買っているだけじゃない。あれはいざという時の資金になる」

「……どういうことだ？」

「悪い未来は想像したくもないだろうが、もしお前が失脚して殺されたとするだろ。その時に宝石なら、すぐに身につけて逃げて換金できる」

不吉なことをさらりと言ったレイノルド。ふざけているわけではなく、真面目な表情で、ずいと顔を近づけてきた。その迫力に押されそうになりながら、サディアスは頷《うなず》く。

「まぁ、確かに……」

「ちゃんと考えろよ。いざという時こそ金がいる。追手から逃げながら生活するなら、余計にだ。

生活費だけじゃなくて、護衛も雇わないといけないからな。身一つで逃げたりなんかしたら、世間知らずの奥方なんてすぐに娼館にでも落とされて終わりだろ」

「な!? 娼館……!? 娼館だと!?」

飛び出してきた単語に目を見開いた。

「そうだよ。貴族の奥方たちはよく手入れされてるから、人気なんだ。白い肌に艶《つや》のある髪。読み書きでき、教養もある」

「……知らなかった」

まだサディアスは生きているが、想像するだけで頭が沸騰《ふっとう》しそうだ。

あの綺麗な体を、汚い豚《ぶた》に触らせる。豚《ぶた》たちの芋虫《いもむし》のような指で嫌がるメリルを弄《もてあそ》ばれ、美しく流れる銀髪を唾液《だえき》で汚され、白い肌に卑猥《ひわい》な痕《あと》をつけられたら。それだけでなく、彼の慎み深い最奥の蕾《つぼみ》に、おぞましい醜男《ぶおとこ》の欲望を突き込まれてしまったら。

娼婦たちと同じように、男の欲を煽《あお》り立てる卑猥《ひわい》な服を着せられ嫌だと泣くメリルの顔がやけに鮮明に想像できて、ぞっと背筋が震えた。

「いや、男だったら、奴隷なんかにされるかも……」

「……奴隷!」

奴隷という言葉に、二度目の衝撃を受ける。

可愛くて美しいメリルが、娼館どころか奴隷に。あの細い首に首輪をつけられて、家畜のように扱われてしまうかもしれない。それに男の奴隷でもあれだけ可愛ければ、買い取った主人は絶対に手を出したくなるだろう。裸にされ、縛られ、逃げられないようにされて、朝から晩まで好きに弄《もてあそ》ばれたら。世の中には性奴隷なんていうものもあると聞く。一日中、主人が興に乗ったら、欲望のはけ口にされるのだ。周りの男たちに寄ってたかって、痩身《そうしん》を嬲《なぶ》られるに違いない。

反吐《へど》が出そうな妄想が脳裏《のうり》を駆け巡り、サディアスは弾かれたように椅子から立ち上がった。

「すぐに買ってくる」

「は？」

「宝石店はどこだ。馬を飛ばせばすぐだろう」

「お、おい！　まあ待てって。俺の知り合いの店を紹介してやるよ。宝石も魔石も質の良いものを揃えた、信頼できる店がある」

「だが、豚《ぶた》が……！」

「豚《ぶた》？」

急がないと、メリルが豚《ぶた》に汚されてしまう。あれだけ綺麗な人が、踏みにじられたらどうするんだ。そう口に出しかけて、慌てて妄想を打ち消した。

「いや、……なんでもない。手配を頼む。早急に、だ」

「任せろよ。お前が振られないように、いい店の店主を呼んでやるから」

力強く頷《うなず》かれて、サディアスは少し平静を取り戻す。

大丈夫だ。まだ自分は生きているし、メリルを残して簡単に死ぬつもりはない。

しかしメリルに振られることも、彼が汚い男たちの手に落ちることも絶対に避けたい。自分に買えるものなら、なんでも買おう。

そう考えたサディアスは、逸《はや》る気持ちを抑えて拳《こぶし》を握り込んだ。

「……本人に好みを聞いておいたほうがいいか」

そうサディアスが思い当たったのは、数時間後。レイノルドから、知人の宝石商を呼ぶ手配ができたと伝えられた数十分ほど後のことだった。

装飾品を買うなら、本人の好みを知っておいたほうがいいだろう、とふと思ったのだ。

(まだ日が出ている時間だが、会えるだろうか)

人前で堂々と話すことは難しいが、少し言葉を交わすくらいなら、と思って医務室へ足を向けた。

だがそこで目にしたのは、ひそひそと声を潜《ひそ》めて会話をするメリルとカルロスだ。

「……え、カルロスくんの故郷でも？」

「はい、一般的でしたよ」

「そうなんだ……全然知らなかった」

相変わらず二人の距離が近すぎるとは思うが、医務室の扉は開かれているからやましいことはないだろう。

だが……

「サディアスに内緒になんて、私はしたくなくて」

メリルの口から出てきた自分の名前に、ぴくりと肩が揺れる。

（俺に……内緒？　カルロスの故郷で一般的で、俺に内緒のこと……？）

ちらりと、レイノルドが言っていた「愛人が一般的な土地もある」という言葉が頭に浮かぶ。

（何か言えないことがあるのか。俺に、内緒にすることが）

ノックしようと思っていた拳《こぶし》を止める。扉の陰で聞き耳を立てていると、カルロスは励ますように明るい声を出した。

「言わないほうが平和なこともありますよ。世の中の夫婦だって、みんなそんなもんですって」

「……あんまり嘘は吐《つ》きたくないんだけど」

「嘘っていうわけじゃないっすよ。言っていないだけで」

迷った様子のメリルをそそのかすように、カルロスがメリルの肩に手を乗せて言葉を続ける。

「メリル先生、あの子のためですし、時機を見て伝えれば上手《うま》くいくと思いますよ」

「あの子は大事だけど……、そうかな、サディアスに嫌われてしまったらどうしよう」

「嫌われたりなんてしないっすよ」

あの子。つまり誰かが関わっているのか。あの子ということは、年下？　それか女性か。そして知られたら、自分が嫌うようなこと……？

「それに内緒にしておかないと、殺されたら大変ですし」

「そうだね……いきなり斬《き》りかかったりはしないと思うけど」

殺される、なんて随分《ずいぶん》物騒な単語が出てきて、ぎょっと目を見開く。血まみれ将軍と言われたサディアスでも、隠しごとに腹を立てた程度で人を殺《あや》めることはないのに。

（見つかったら殺されるほど、俺が怒りくるうようなことだというのか？）

全貌《ぜんぼう》の見えない会話が気になり、もう一歩、近づこうとした時。

カツ、カツ、と靴が廊下に叩《たた》きつけられる音がして、サディアスは医務室の扉から離れた。

「おい、サディアス！　ここにいたのか。例の商人、到着しているぞ」

後ろから近寄ってきたのは、レイノルドだ。彼はびくりと肩を揺らしたサディアスに不審そうな顔をする。なんでもないと、サディアスは首を横に振った。

来客を待たせてメリルは問《と》い詰《つ》めようかと考えたが、頭の中の冷静な部分が制止する。気もそぞろにレイノルドのほうに体を向けた。

「あ、ああ。分かった。俺の部屋に通しておいてくれ。すぐに行く」

「部屋に、ってことはお前の私室に？　いいのか？」

「執務室に通して、人目につくのは困るからな。頼む」

「……おお、了解」

レイノルドはどこかすっきりとしない返事をして、くるりと向きを変え、来た道を早足で戻っていく。

私的な来客だ。執務室を使うよりも、自分の部屋の応接間に招くほうがいい。贈る相手であるメリルの容姿や雰囲気を伝える可能性もあるのだし、誰が入ってくるか分からない場所よりもいいだろう。そう思っての指示だ。

メリルとカルロスの会話にもやもやとした感情を持ったまま、私室へ大股で進む。

昼間なので兵が立っていない扉を開くと……

「お呼びいただき、ありがとうございます。サディアス様」

サディアスを部屋で待ち構えていたのは、若い女性だった。

(レイノルドめ……。先に言ってくれ)

勘違いしたのは自分のほうだと分かっていたが、内心で頭を抱える。

信頼のおける宝石商というから、てっきり男だと思い込んでいた。

秤《はかり》を手に金の重さを計る、抜け目のない太った中年の男。そんな商人が来るとばかり思って私室に案内したのに、来賓用の椅子から立ち上がったのは、濃紺のドレスに身を包んだ女性だったのだ。

豊かな金髪を結い上げ、首筋までしっかりと化粧を施《ほどこ》した彼女は、サディアスの姿を見てにこりと笑う。

「父の代より金細工の店を営《いとな》んでおります、ソフィア・エヴァンスでございます。レイノルド様からお聞きになったかと思いますが、宝石も魔石もご用意できますわ」

「あ、ああ。わざわざ来てもらってすまない。宝飾品をいくつか見せてほしい」

苦い顔をしてしまうが、彼女に非はない。

(平気だ。……やましいことはない。メリルはここに来ないし、見られるわけもない)

サディアスは気持ちを切り替えるように顔を引きしめる。彼女を促《うなが》し椅子に対面に腰掛けた。彼女は女性がようやく抱えられるほどの大きさの木箱をテーブルに載せる。

木箱と言っても、蔦《つた》の柄《がら》の繊細《せんさい》な彫刻が全体に施《ほどこ》された、美しいものだ。それを丁寧な手つきでサディアスのほうに向ける。

「サディアス様ご自身で身につけるものでしょうか？　お時間をいただければ、気に入ったお石を加工しますわ」

「いや、贈り物だ。できるだけ早く渡したい」

「贈り物！　それでしたら、既製品でも男性向けよりもずっと華やかなものを、沢山《たくさん》ご用意しております」

贈る相手が女性だとは言っていないが、勘違いしたらしい。ソフィアは目を大きく開き赤い唇をほころばせながら、木箱についている錠を開けた。

木箱は三段重ねの引き出しがついていて、その一番上の棚を細い指で引く。中には赤いビロードが敷かれ、その上にいくつもの装飾品が煌《きら》めいていた。

「……凄《すご》いな」

「イヤリングに、ネックレス。それから指輪も豊富にございます。王都の貴族様の間では、すべての指に指輪を嵌《は》めるのが流行《はや》っていますし、どなたに贈っても喜ばれますわ」

「すべての指に？」

「ええ。それどころか、すべての指の関節ごとにお付けになる方もいらっしゃいます」

「関節ごとに……凄《すご》いな」

窓から入る日の光を反射して、眩《まばゆ》いほど輝く宝石たち。繊細《せんさい》な細工の施《ほどこ》されたイヤリングに、重そうなネックレス。それからごろりと大きな石のついた指輪はどれも一流の品のようで、貴重な石はたしかに見せびらかすには十分な美しさだ。

だが、サディアスは煌《きら》めく宝石のどれにも今一つ気持ちが惹《ひ》かれない。

資産価値としてもおそらく高いだろうが、どうもこれらをメリルが身につけているところが想像できなかった。

ギラギラとした輝きのせいで、サディアスが惹《ひ》かれた、メリルの良さが損なわれる気がするのだ。

「いや……もう少し、装飾が控えめで……、静謐《せいひつ》な美しさのあるものがいい」

「装飾が控えめでございますか……？　では魔石のほうがお好みでしょうか？」

ソフィアは少し不満そうにその引き出しを閉じると、今度は二番目の引き出しを開けた。

先程よりも装飾の少ない、だが魔石にしては大振りな石が使われた宝飾品がいくつも鎮座《ちんざ》している。

中で火が揺らめくものに、水が揺れるもの。星のように輝くものもある。砦《とりで》で灯り代わりに使う魔石とは違い、透明感があり、その美しさを引き出すように丁寧に研磨されていた。

「いかがでしょう？」

「悪くはないが……そうだな、別のものはあるか？」

「こちらも、あまりお気に召しませんか？　そうなるとあとは、私の父が作った古いものしかございませんが……」

一つも手に取ろうとしないサディアスに、ソフィアは一番下の引き出しを開ける。

そこは上の二段と違い、ほんの数個、魔石が置いてあるだけだった。だがその中に一つ目を引くものがあり、サディアスは顔を近づける。

「これは綺麗だな」

気になったのは、隅に置かれたブローチだ。深く澄んだ緑の大きな石が輝き、メリルの瞳のようだと思った。魔石らしく、石の内側から湧き出るように光が煌《きら》めいて、そのことも内面から光り輝くメリルを彷彿《ほうふつ》とさせる。

ソフィアがそれをサディアスに手渡した。

「こちらでございますか？」

金細工の台座の真ん中に魔石が載っていて、その地金もしっかりと厚みがある。台座の細工は派手ではないが、細かく丁寧だ。繊細《せんさい》な金のチェーンもついていて、羽織留めとしても利用できそうだった。

「それも美しいとは思いますが……その、やや流行の形からは外れておりますし、控えめな女性でも派手な宝石は好むものですわ。それか、新しい品を加工もできますし……」

「いや。これがいい」

一目見てすっかり気に入ってしまった。もう一度、他の宝石や魔石を見せられても惹《ひ》かれない。緑色の魔石はメリルによく似合うし、ブローチなら仕事中でもつけられる。脇石がなく、派手すぎないから悪目立ちもしないだろう。

「でしたら……お揃いのピアスや腕輪はいかがでしょうか？　恋人同士で付けられる意匠のものを、ご用意いたしますわ」

じっと緑の魔石に見入っているサディアスに、ソフィアが真っ赤な唇でにこりと笑いかけた。

結局、同じ種類の魔石をいくつか頼んでいるうちに、かなりの時間が経ってしまった。外はもう夕暮れ時だ。

メリルの瞳と同じ緑色の魔石だと考えると、あれもこれもと止められなかったのだ。だが、すぐに渡せるのはブローチだけで、あとは加工が済み次第また持ってくるらしい。

「ご満足いただけるものがありまして、嬉しく思いますわ」

「こちらこそ、良い品を感謝する」

「他にご依頼くださったお品も、お相手様にピッタリな金細工をご用意してみせます」

「頼む」

ブローチを小さな箱に収め、ソフィアから手渡される。サディアスは気持ちが幾分か軽くなっているのを感じた。

今夜にでも渡そうか。それとも、このブローチに似合う春用のローブをあつらえてからにしようか。浮かれた頭で考える。

母のコートを渡した時は、メリルはとても喜んでくれた。サディアスが思ったよりもずっと。

このブローチはどうだろうか。好みに合って、またあの優しい笑みを見せてくれるだろうか。何もいらないと言われて、そのまま贈り物をしてこなかったが、恋人にものを選ぶのがこんなに楽しいとは知らなかった。

「城下の店まで部下に送らせよう。宝石を女性一人で運ぶなんて、危なすぎる」

「まぁ、嬉しいですわ。ですが護衛と馬車を門に待たせておりますから、結構でございます」

応接用の椅子から立ち上がると、ソフィアはゆっくりと首を横に振る。よく考えたら当然のことだ。護衛もなしに宝石を持ち歩くわけがない。せめてその護衛のところまででも、と重い木箱をサディアスは彼女の代わりに持ち上げた。

「お相手様、喜んでくれると思いますわ」

「……ああ。そうだといいと思う」

「大事にされて喜ばない女性はおりませんもの」

ソフィアはそう言いながら、目を柔らかく細める。

本当なら、男たちがくらりと惚《ほ》れてしまうほどの美しい笑みなんだろう。白すぎる肌に、細い腰。しっとりと濡れたように光る瞼《まぶた》も、ふっくらとした唇とその下の付け黒子《ぼくろ》も、魅力的なものだ。

だがサディアスの心は既《すで》にメリルのことでいっぱいだった。

早く彼に会いたい。不審に感じていたことは全部、サディアスの勘違いだったと分からせてほしい。贈り物を渡して、前に彼に告白した時のように、メリルを一生大事にすると伝えたい。もしメリルの心が他に少しでも動いているなら、もっと大事にするから、見直してほしい。

「では、またお呼びくださることを楽しみにしております」

優雅な礼をする彼女に頷《うなず》き返すと、部屋の扉を開けた。

――その時、彼女を先に廊下に出したサディアスは気が付かなかった。

外に、ちょうど扉を叩《たた》こうとしたメリルが立っていたことに。

「サディア、ス……？」

「メリル？」

手を振り上げたまま、ぽかんとした顔付きで固まったメリル。

サディアスと女性の顔を見比べ、そして唇をわなわな、と何度か震わせる。しかしその薄い色をした唇から声が出てくることはなく、ひゅう、とかすれた吐息だけが空気を震わせた。

みるみる顔を蒼褪《あおざ》めさせるメリルに、サディアスは慌てて近づく。

「どうしたんだ。こんな所で」

「少し、お話ししたいことがあったので来たのですが……」

「話？」

「はい。ですが、その……、お邪魔してしまい申し訳ありません」

ちらり、とメリルがソフィアを見る。

メリルの視線を受けて、彼女は先程と同じ魅惑的な笑みを浮かべた。彼女としては友好的な笑みのつもりだろうが、恋人の部屋から出てきた女性に悠然と笑われて、メリルはいい気はしないに違いない。いやそれどころか、もし自分だったら「よからぬことをしていたのでは」と邪推するような状況だ。

「待て、待ってくれメリル。何か誤解しているだろう」

慌ててメリルの手を握るが、強い力で振り払われた。

「すみません、……本当に、大丈夫です。誤解もしていません」

「何が大丈夫なんだ」

思わず問《と》い詰《つ》めるような口調になりながら、再びメリルに手を伸ばす。

しかし片手に大きな木箱を持つサディアスよりも素早く、メリルは一歩後ろに下がる。

「こんな所で揉《も》めたら、誰かに見られてしまいます」

「だが」

「仕事がありますので、失礼します」

くるりとサディアスに背を向けると、細い体はあっという間に駆け出してしまった。

高級な宝石の入った木箱を抱えたままでは、彼を追いかけられない。木箱をソフィアに押し付けて後を追うことも考えるが、そんな姿を彼女が見てどう思う。メリルの言う通り、人目のある所で揉《も》めるわけにはいかない。

(ああ、クソ！　なんでこんなところを見られるんだ……！)

どうする、どうする、と考えているうちに、メリルは廊下の角を曲がり姿が見えなくなる。

「サディアス様？」とソフィアが声をかけるまで、サディアスは誰もいない廊下を見つめるしかできなかった。

結局、サディアスがメリルの部屋を訪れることができたのは、深夜に近い時間だった。

訓練と仕事に疲れた人々は寝静まり、起きているのは僅《わず》かな夜警の兵士だけ。砦《とりで》のあちこちには魔石の淡い光が輝いていたが、ろうそくの灯りはすべて消されて薄暗い。

その薄闇の中でひっそりと廊下を進み、治癒魔術師が居住する棟へ来ると、サディアスはその中でも奥まった場所に入っていった。

メリルに割り当てられた部屋は棟の一番端で、他の治癒魔術師の部屋よりもずっと狭い。もともと下働きとしてこの砦《とりで》に来た時に決めた部屋だからだ。

メリルが正式にザカリアに赴任《ふにん》すると決まった後、もっと広く心地のよい部屋を用意しようと伝えたが断られ、今もそのままになっている。

緊張を胸に隠して、サディアスは扉を叩《たた》いた。

「メリル。サディアスだ。開けてくれないか？」

扉が軋《きし》み、薄く開かれる。メリルの小さな顔が半分見える程度だ。

「え、サディアス？」

「中に入れてもらってもいいか？　昼間のことを説明したい」

扉を開いてくれたことに胸を撫《な》で下《お》ろす。

そのまま中に入れてくれるかと思ったが、メリルは扉を大きく開くことはなかった。瞳をうろうろと彷徨《さまよ》わせると、サディアスの視線を避けるように俯《うつむ》く。

「あ、あの、今はちょっと……。お話があるなら、また後でサディアスの部屋に行きます」

今まで何度かこの部屋を訪れたことがあるが、入室を拒まれたのは初めてだ。

サディアスは驚きに一瞬呆然《ぼうぜん》として、その後に腹の底から、嫌な予感が化け物のように這《は》い上《あ》がるのを感じた。

「昼間のことを怒っているのか？」

「違います……その、怒ってはいないです」

では、なんで入れてくれないんだ。

まさか「あの子」とかいう、誰かを隠しているのか。サディアスの部屋を訪れないのはその男のせいか。そいつを部屋に匿《かくま》っているから、入れてくれないのか。

積み重なった小さな出来事が、大きな影となってサディアスの胸の中で膨らんだ。

「……誰か来ているのか」

「い、いえ。違います」

低い声で尋ねると、視線を逸《そ》らしたまま早口で返される。まるで逃げ出したくて震えている兎《うさぎ》のようで、その態度にも、感情がまた揺さぶられた。

「だったら中に入れてくれ」

「そ、それは……その、少し待ってくれませんか？」

「何故《なぜ》だ？」

ドアノブを引くが、それよりも強い力で引き戻される。

サディアスの問いに答えず、頑《かたく》なに入れようとしない態度が、苛立《いらだ》ちを加速させた。脳裏《のうり》に、不審に思った出来事の数々が浮かび上がる。

他国では愛人は当然だとか、寝具を取り換えていたとか……可愛い誰か、とか。

『サディアスにあんまり嘘は吐《つ》きたくないんだけど』

『あの子は大事だけど……』

平時だったらもう少し冷静に考えられていたかもしれない。だが、運悪く積もり積もった不安がサディアスから冷静な判断を奪い取っていた。

(俺を入れないと言うのか。他の男を部屋に引き入れているから、入れられないと言っているのか……!)

怒鳴りつけることだけはぎりぎりで抑えたものの、怒りでプツン、と我慢の糸が切れる。

「……中に誰かいるんだろう」

「え……?」

縄張りを荒らされた獣《けもの》のような唸《うな》り声《ごえ》が、喉の奥から漏《も》れ出《で》た。

「開けろ、メリル」

「や、やだ。駄目、駄目です!」

様子の変わったサディアスに、メリルは首を振って扉を閉めようとする。

しかし力の差は歴然としていて、サディアスが本気で腕に力を込めると、あっさりと扉は外側に開いた。

「うわっ!」

扉に引っ張られて体勢を崩したメリルを抱きとめ、室内に大股で踏み込む。

戦《いくさ》の時のように神経が高ぶり、どくどく、とこめかみが脈打った。

「待って、待ってください！」

「待たない。メリルは……俺のものだ」

メリルを片手で自分に抱き寄せたまま、室内を厳しく睨《にら》みつける。

簡易なベッドと机が置かれただけの、一間の狭い部屋だ。

隠れた敵兵を捜す時と同じくらい、鋭く視線を部屋の隅々まで向ける。

間男をどうしてやろうか。メリルと別れるつもりはない。しかも、自分が踏み込んだら部屋の中で隠れるような情けない男だ。叩《たた》き斬《き》ってやりたい。

狂暴な気持ちに支配される。

「あそこか」

「……っ！　サディアス、ッ！　お願い、待って！」

すぐ異変に気が付いた。ベッドの隅に小さな膨らみがあり、何かを隠しているかのように、白い布が重ねて置いてある。

やや小さいが、あの下に間男を隠しているのか。怒りに青筋を立てたサディアスは、布に手をかけ勢い良く引っ張った。

そしてその下に隠れた男に掴《つか》みかかろうと……する前に、小さな丸い塊《かたまり》が飛び出してくる。

ぴょん、とベッドの上で跳び上がった、耳の長い、丸っこい物体。あまりにも早くて、視線で追うのが精いっぱいだ。だが、その形は見覚えがあった。

「…………兎《うさぎ》？」

「サディアスッ！　駄目です！」

素早い動きで飛び出してきたのは、小さな兎《うさぎ》だった。

体毛は白と茶色のまだら模様で、大きさはサディアスの手に乗りそうなほど小さい。置かれていた野苺《のいちご》を蹴り飛ばして必死に逃げ回り、床に落ちた毛布の下に入り込んでしまった。

「子兎《こうさぎ》、だよな……？」

片手に布を持ったまま呆然《ぼうぜん》としていると、メリルがサディアスの腕の中で体を大きく暴れさせながら叫び声を上げた。

「駄目、お願いです！　お願い！　パイにしないでください!!」

「パイ……？」

「ここの砦《とりで》のみなさんに見つかったら、食べられてしまうのは分かっていたんですが……親とはぐれていて……！」

力の抜けたサディアスの腕から抜け出すと、メリルは毛布の前で神に祈るように手を合わせた。

「お願いします！　もう少し育ったらまた野に返すので、それまでここに置かせてください！」

小刻みに肩を震わせて、メリルはぎゅっと目を瞑《つむ》る。その背後で毛布が揺れて、中で兎《うさぎ》が小さく跳びはねているのが見えた。

「もしかして、隠していたのは……その子兎《こうさぎ》のことか？」

信じられない気持ちで呟《つぶや》く。

メリルはしゅんと肩を落として細い声でぽつぽつと話し出した。

「すみません。サディアスに内緒にすることなんて、したくなかったんですが……まだ子供なのにパイにされてしまうのだけは可哀そうだと思って」

「内緒……」

「カルロスくんの故郷でも兎肉《うさぎにく》を煮て食べるって聞いて、ここでもみなさんが食用にするのはしょうがないとは思うんですが……」

カルロスとメリルが話していた会話を思い出し、『内緒』とはこのことかと合点《がてん》がいく。

ザカリアでも、カルロスの故郷でも兎肉《うさぎにく》は食用にされているという話をしていたのか。レイノルドとの会話から、てっきりカルロスの故郷でも愛人を持つことが容認されているのだと思い込んでしまった。

「ま、待て……。もしかして、そこの兎《うさぎ》のために、寝具を用意してやったのか？」

「すみません……勝手に使ってしまって……。あ！　洗濯は自分でしますから！」

慌ててメリルが言うが、サディアスは片手で顔を覆《おお》った。

「なるほど……ああクソ、そういうことか」

落ち着いてよく考えれば、当たり前だ。カルロスがメリルに愛人を持つように促《うなが》すなんてことはありえない。それに、いかつい男しかいない砦《とりで》で「可愛い」相手なんていたら、すぐに分かる。なのに強すぎる自分の嫉妬心《しっとしん》のせいですっかり目が曇っていた。

「ごめんなさい……」

「いや、違う。怒っているわけじゃない」

舌打ちをしながら呟《つぶや》いたサディアスに、メリルがびくんと肩を震わせる。その怯《おび》えた様子に、慌ててサディアスは首を横に振った。

「本当に、怒っているわけじゃないんだ」

サディアスは強張《こわば》っていた自分の体から自然と力が抜けていくのを感じた。どうやら、メリルの心変わりを疑ったせいで、自分で思っているよりも心労を抱えていたようだ。大きくため息を吐《つ》くと、ことさら意識して柔らかい声を出す。

「メリル。一度人に懐《なつ》いてしまった動物は、野生には戻れない。幼獣ならなおさらだ。親に何も教わらずに、一羽で自然を生き抜くのは無理だ」

「じゃあこの子は、もう生きていけないんですか……？」

「ああ。体が大きく育ってから自然に戻しても、おそらくすぐ死んでしまう」

二人の声が落ち着いてきたことに気が付いたのか、毛布に埋まっていた子兎《こうさぎ》がひょこりを顔を出した。まだ警戒しているようで、ぴくぴくと耳を動かし、大きな黒い瞳が辺りを窺《うかが》っている。

そっとメリルが抱き上げると、何度か脚を動かしたが、逃げ出しはせず腕の中に納まった。

メリルはその柔らかな体を腕で包みそっと撫《な》でる。

「そんな……。じゃあ、やっぱりここでみんなに食べてもらうしかないんですか……」

メリルと兎《うさぎ》の四つの縋《すが》るような瞳に見つめられ、少しの逡巡《しゅんじゅん》の後にサディアスは首をゆっくりと横に振った。

「この砦《とりで》で飼ってやればいい。お前が食用にしたくないと言えば、無理に奪い取る奴はいない」

「……いいんですか？」

「ああ。戦《いくさ》は終わって、前ほど食料の備蓄《びちく》はいらなくなった。交易も復活しそうだし、愛玩用《あいがんよう》に兎《うさぎ》の一羽くらい飼ってもいいだろう」

「この子が大人になっても、飼ってもいいんですか？」

「もちろん」

まだ体を固くしているメリルに笑いかけたことで、少しずつ肩から強張《こわば》りが抜けていく。しっかりと目を見つめて頷《うなず》くと、ようやくメリルはホッと胸を撫《な》で下《お》ろした。

「本当ですか……良かった……」

蒼褪《あおざ》めていたメリルの顔が緩《ゆる》み、緑色の綺麗な瞳にじんわりと涙が浮かぶ。零《こぼ》れてしまうかと思った涙は何度かの瞬《まばた》きで散らされて、彼の表情は安心したような微笑《ほほえ》みに変わった。

メリルの腕の中の兎《うさぎ》は暫《しばら》くじっと撫《な》でられていたが、我慢できなくなったのかぴょんと腕から跳ね出る。部屋の隅に逃げる子兎《こうさぎ》を、サディアスは視線で追った。

小さく、柔らかで、臆病なこの生き物に、随分《ずいぶん》と振り回された気がする。

幸せが手から逃げ出してしまうんじゃないかと思って、勝手に大きな恐怖を作り出していたのだろう。

「俺も生きた心地がしなかったよ」

「どういうことですか？」

大きなため息を吐《つ》くサディアスに、メリルは首を傾《かし》げた。

誤魔化《ごまか》してしまおうかと一瞬迷うが、下手に取《と》り繕《つくろ》うのは不誠実だと思い直す。

「……お前が、浮気しているんじゃないかと思ったんだ」

格好悪いが正直に告白する。メリルの性格が誰よりも一途《いちず》なことも、彼が自分のために命がけで戦ってくれたことも分かっていながら、些細《ささい》なことでその心を疑ったのだ。自分の手に穏やかな幸せがあることが信じきれなかった。

それを告げるのはひどく情けない。

呆《あき》れられるかと項垂《うなだ》れていると、降ってきたのは拗《す》ねたような声だった。

「それはサディアスのほうでしょう」

「俺のほう？」

「はい。あの、美しい人を部屋に呼んだじゃないですか」

「……美しい人？」

「部屋に二人きりで、何をしていたんですか？」

もごもご、とメリルが口の中で何かを呟《つぶや》く。聞き取れないほど小さな声だったが、聞こえなくとも言いたいことはすぐに理解できて、サディアスは首を強く横に振る。

「違う。やましいことは本当にない。彼女は宝石商だ。会ったのは今日が初めてで、男だと思って部屋に通してしまった」

「宝石商、ですか？」

「ああ。メリルが他の誰かに惹《ひ》かれているんじゃないかと思って、贈り物で気を引きたくて慌てて呼んだ。ちゃんとどんな人間が来るのか確かめずに部屋に入れてしまった」

今思えば、女性が来たのだと分かった時点で別室に案内するか、扉を薄く開いたままにすれば良かった。あの時は色々なことに頭を悩ませていて、そんな当然のことすらも考えられなかったのだ。

「そのせいで不安にさせて、すまなかった」

自身を守るように体の前で交差されていたメリルの腕にそっと触れて、優しくほどく。

サディアスは懐《ふところ》にしまっていた小さな箱を取り出し、メリルの手の上に乗せて開いた。

「メリルの瞳の色に似ていると思って、これを買ったんだ」

「え……？」

小さな箱の中で、繊細《せんさい》な光を放つ緑の魔石。その輝きを見て、メリルは目を見開く。

「ブローチ、ですか？」

メリルの手に乗せると、ブローチはサディアスが持っていた時よりも大きく見えた。白い手の上で、金の土台もチェーンも一層煌《きら》めく。

「メリルを愛しているのに、何も贈ってこなかっただろう？　それをレイノルドに話したら、甲斐《かい》性《しょう》なし、愛想を尽かされると言われて……慌てて商人を呼んだんだ」

慌てすぎたせいで配慮を色々と忘れ去っていた。メリルの周りのすべてに嫉妬《しっと》して、独占欲で頭がいっぱいになっていなければ、もう少し冷静でいられたのに。

苦い思いは隠して、サディアスはメリルに囁《ささや》く。

「どうか受け取ってほしい」

「……もう沢山貰《たくさんもら》っているから、何もいらないのに」

「沢山《たくさん》？　渡したのは、コートだけだったはずだろう？」

レイノルドが言っていたように自分が死んでしまった時のためでもあるが、メリルを大事にしているという気持ちを伝えたいのだ。

だけどメリルは首を横に振ると、少し潤《うる》んだ瞳で微笑《ほほえ》む。

「私にはもったいないくらい、沢山貰《たくさんもら》ってます」

視線を伏せ、掌《てのひら》に収まったブローチを細い指でぎゅっと大事そうに包み込んだ。

「このブローチも、ずっと大切にしますね。……ありがとう、サディアス」

その震える細く長い睫毛《まつげ》を見て、愛《いと》おしい気持ちがサディアスの胸に湧き上がる。

「愛している。メリルがいないと、もう生きていけない。俺が嫉妬《しっと》で情けない姿を見せても、どうか離れないでくれ」

たまらずメリルの腰を抱き寄せ、顎《あご》を掬《すく》う。油断しきっていたメリルの唇に、自分の唇を触れ合わせた。角度を変えながら何度も、甘い唇を啄《ついば》む。

触れるだけの子供っぽい口付けだが、それでもメリルはくぐもった吐息を漏《も》らした。

「ふ、……んっ」

触れていた唇を離し、潤《うる》んだ瞳と見つめ合う。

好きな気持ちばかりが先走って、いつも失敗する。そんな余裕のない自分でも、メリルは幸せそうに笑いかけてくれた。

「メリルに愛を誓いたいと告げた時もそうだな。いつも格好がつかない」

メリルの体を抱え上げようとすると、そっと胸を押し返される。

「待って、サディアスの部屋に行きましょう」

「我慢できない」

「でも、明日の朝、誰かに見られたら……」

「メリルが俺以外に惚《ほ》れた相手ができたかと思って、ずっと神経が焼き切れそうだったんだ。安心させてくれ」

胸を押し返す手を取り、逃げられないように更に強く抱きしめる。するとくぐもった笑い声と共に、悪戯《いたずら》っぽく囁《ささや》かれた。

「サディアス以外に好きな人なんて、一生できませんよ。もし浮気が心配なら、縄で縛り付けても、部屋に閉じ込めてもいいですよ」

笑いながらなので、冗談だろう。サディアスが本当にメリルを軟禁しようかと思っていたとは知らずに。メリルに間男がいると思って、どれだけ酷《ひど》い仕置きをしようと、頭に描いていたことか。

今でもメリルがいいと言ったなら、本当にベッドに縛り付けてしまいそうだ。

さすがにそんな胸中を口に出して告げることはできず、低く唸《うな》る。

「好きだよ。愛している」

「っ、んんっ」

さっきよりも深く、強くキスをした。

小さく柔らかい舌。食べてしまいたいくらい愛《いと》おしい。舌の表面が擦《こす》り合《あ》わされて、ざらりとした感触に興奮してくる。優しく噛みつくと、ぴくんと彼の体が跳ねた。お互いの唾液《だえき》を交換してするように呑み込む。ぐちゅぐちゅと湿った音が耳の奥に響いて、下半身が疼《うず》いた。

口を離すと、くたりと力の抜けた体を抱き上げてベッドに転がす。メリルが手に握りしめていたブローチを貰《もら》ってサイドテーブルに載せ、ベッドに横たわる体に覆《おお》いかぶさった。

「……服を脱がせてもいいか？」

頷《うなず》かれるのと同時にローブを剥《は》ぎ取《と》り、中の薄いシャツも取り去る。白く滑《なめ》らかな胸元が晒《さら》された。もう何度も見ているのに、未だに目にする度にその美しさにくらりと軽い目眩《めまい》がする。

――この肌に、好きに触れていいのは自分だけだ。

喜びを噛みしめながら、サディアスはできるだけ優しく指先でメリルの肌を撫《な》でた。頬を包み、首筋を辿《たど》り、鎖骨をさする。滑《なめ》らかな肌はどこも敏感で、サディアスが触れる度に小さく震えた。強く掴《つか》んだら、繊細《せんさい》な肌はきっと赤い痣《あざ》になるだろう。もっと濃く痕《あと》を残したい狂暴な感情が胸に湧き上がるが、なんとか押しとどめて鎖骨から薄い胸に指を滑らせた。

「ここも綺麗だ。ずっと見ていたいくらい」

「見られるの、やだ……、恥ずかしい、です……」

「そうだな。見ているだけじゃ我慢できない」

欲望のままに酷《ひど》いことをしたい。しかし性急にメリルの体にむしゃぶりついて怯《おび》えさせないためにも、甘やかすように、そっと指先で胸の先端を撫《な》でた。

今はまだ控えめで慎《つつ》ましい姿だが、サディアスが指と舌で嬲《なぶ》ってやると可愛らしくぷっくりと主張してくれる。ほのかに石鹸《せっけん》の香りのする乳頭を、早く貪《むさぼ》りたくてたまらない。

「可愛い」

「んっ、ぅ……」

ゆっくりと指先を這《は》わせていく。くるくると乳暈を撫《な》でると、ぴくぴく細い体が震えて、もっと酷《ひど》いことをしたくなる。

「や、ぁ、サディアス」

「白い肌に、ふっくらと膨らんだ乳頭。可愛らしくてたまらないな。指で摘まんでやると、固く赤くなって、俺を誘うんだ」

「……ッ！　んっ！」

サディアスは先端には触らず、焦らすように乳暈を撫《な》で回《まわ》す。次いで固い指先で、ほんの僅《わず》かに膨らんでいる乳頭だけを摘まむと、メリルは眉を寄せて顔をそむけた。

「う、ぅう……、いや、です、そんな」

「嫌？　こうやって触られるのが？」

「あっ、あぁっ！」

顔を見たくて、きゅっと先程よりも強く乳頭を摘まむ。既《すで》に固く凝《こご》りはじめていた乳頭を揉《も》み込《こ》むように何度も押しつぶすと、メリルは高い声を上げた。

「やっ、んあっ……んんうっ！」

「指で虐《いじ》められるのが嫌なら、舌で可愛がろうか？」

「えっ？　んぁあッ！　あぁっ！」

胸に顔を寄せて、ぢゅうっ、と音を立てて乳頭を吸い上げる。二の腕を掴《つか》んで逃げられないようにすると、メリルは胸をさし出すしかない。それをしつこく吸い上げ、舐《な》めしゃぶる。弾力のある乳頭が舌を押し返してくるのが可愛くて、何度も何度も口の中で転がすように嬲《なぶ》った。

「ほら、すっかり膨らんで、もっと可愛くなった。……嫌じゃないだろう？」

口を放した時には、胸の先端がぷっくりと腫《は》れ上《あ》がり、赤く染まっている。吸いすぎるとじんじんと甘く痛み、次の日にも治らないのだとメリルが前に言っていたことを思い出した。

けれど、サディアスは己の唾液《だえき》に濡れた乳頭を見てますます欲望が高ぶり、野蛮《やばん》な獣《けもの》のように舌なめずりをしながら覆《おお》いかぶさる。

「次はどこを虐《いじ》めてほしい？」

恥ずかしいのか、メリルは顔を横にそむけて視線を外したままだ。頬がすっかり赤く染まっているし、腕を放しても逃げ出さないところを見ると、本当に嫌だというわけではないだろう。恥ずかしいのか、口は引き結んだままだが、彼の足はもぞもぞと膝を擦《こす》り合《あ》わせている。

ズボンの布地を押し上げている膨らみに、サディアスは人差し指を軽く押し付けた。形を確かめるようになぞってやると、ぴくんぴくんと腰が揺れ、ゆっくりと更に隆起していく。

「ここは？　胸を弄《いじ》られて、すっかり勃起して……辛《つら》いんじゃないか？」

「つ、ぅ」

布越しに指先を何度も上下させて、メリルの陰茎をなぞる。服の中で窮屈そうに膨らんだそれが、敏感に動いて可愛らしい。撫《な》でさすると余計に固くなっていくので、何度も指先で虐《いじ》めてしまう。それを続けていると、ぶるりと体を震わせ、メリルは顔を赤くしながらサディアスを睨《にら》みつけた。

「いじわる、しないでくださいっ……！」

「すまない。可愛くて、つい」

いつまでも触っていたい気はするが、虐《いじ》めすぎて機嫌を損ねるのは本意ではない。

サディアスが素早くズボンを脱がせると、ふるりとメリルの陰茎がまろびでてきた。少し濃い肌色のそれは、自分にも同じものが付いているはずなのに、全く違って見える。

「ひゃぁっ」

そっと握ってやり、力を込めすぎないように気を付けながら手を上下に動かす。しっとりとした柔らかな皮膚の感触が、可愛くてたまらない。

「ほら、こうしたら気持ちがいいだろう？　もっと強いほうがいい？」

「つぅ、あッ！」

少しずつ動きを速めると、陰茎はますます固くなっていく。次第に先端からとろりとした透明な液体が零《こぼ》れ出《で》てきた。

「ツ、んっ！　きもちぃっ」

「先走りでぬるぬるになってきたな」

「やっ、やだ」

「いいだろう？　メリルは俺の手で、気持ち良くされるんだ」

先走りを搾《しぼ》るように強く握って擦《こす》ると、メリルは体をくねらせる。射精しそうなほどしっかり勃起したそれを見て、サディアスは手を放した。

「何か、油はあるか？」

もぞもぞと動いたメリルが、ベッドの脇から取り出したのは、傷薬の一種だ。小さな瓶に入った、粘度の高いとろりとした液体。それを受け取ったサディアスは、メリルの腰を掴《つか》んだ。

「うつ伏せにしてもいいか？」

「う……、いい、ですよ」

戸惑《とまど》うように視線を泳がせたメリルだが、ゆっくりとベッドの上で後ろを向く。

サディアスに後孔を見られることが恥ずかしいらしく、ぎくしゃくとぎこちない。

羞恥《しゅうち》に体を赤く染めながらも、無防備なうつ伏せになってくれたメリル。その滑《なめ》らかな尻に、サディアスは指を乗せた。丸く柔らかい尻たぶを割り、その奥の窄《すぼ》まりに視線を注ぐ。

ここを見て、可愛がれるのは、自分だけ。そう思うと、得も言われぬ優越感が湧いてきて、ぞくぞくっと背筋が震えた。

「力を抜いてくれ」

「つんぅ、ぁ！」

「そう。上手《うま》いな、ちゃんと呑み込めてる」

「ふ、……っうふううう」

薬を纏《まと》った指で、蕾《つぼみ》をつつく。押すようにしてつぷりと指を入れると、柔らかく媚肉が指を締め付けた。抵抗感はあるが、もう何度もしているから痛みはないだろう。

それでも漏《も》れ出《で》てくる苦しげなメリルの声に、少しでも違和感を和《やわ》らげてあげたくて、足の間にぶら下がる陰茎にも手を伸ばした。

「ひぁっ！」

「大丈夫だ。ゆっくり息をしてくれ」

まずは浅い所から、ゆっくりと指を出し入れしてほぐしていく。少し力が緩《ゆる》んだら、指を奥まで呑み込ませた。柔らかな内側を甘く苛《さいな》んでいく。

ずちゅ、ずちゅ、と指の動きに合わせて響く傷薬の水音が、卑猥《ひわい》な空気を加速させた。

「中を少しかき回すぞ」

後孔がほぐれだしたのを感じて、指を増やし、より広げるように内壁を撫《な》でる。二本の指をぐるりと内側で回すのに合わせ、メリルの腰が跳ねた。ゆっくりしつこく出し入れを繰り返すと、後孔はぐずぐずと蕩《とろ》けて、気持ち良さそうに指を呑み込んでいく。

「ん、ぅううっ！　ああッ！」

「いい子だ、メリル。こっちも一緒に虐《いじ》めてやろうな」

メリルの内側にあるぷっくりと膨らんだ気持ちのいい所を、指でつつく。弱い場所を小刻みに弄《いじ》ると、彼の体が痙攣《けいれん》するように跳ねた。それと同時に陰茎も指で扱《しご》き攻める。メリルは体をわななかせた。

「つあ、ッ！　ゃだ、そこ、一緒にするの、やだぁっ！」

内ももがぶるぶると小刻みに痙攣《けいれん》して、メリルが快感に襲われていることを示す。体を支えていた腕から力が抜け、彼は上体をベッドにぺたりとつけてしまう。腰だけが高く上がり、奥の窄《すぼ》まりが露《あら》わになった。その卑猥《ひわい》な姿に、サディアスは唾《つば》を呑み込む。

「サディア、スっ、ま、まだ……？」

「もう少し……」

「でも、っ、も、もうっ、……っんぁあッ！　や、っ、ぁああッ！」

くちくちと後孔を虐《いじ》めながら、陰茎を擦《こす》る手を速める。体を赤く染めて乱れるメリルが愛《いと》おしく、もっと見ていたくて、手が止まらない。

「ひっ、ぃ、……ゃ、も、もう、イ、イく……ッ！」

もう少し、もう少しと甚振《いたぶ》っているうちに、メリルの体が大きくびくん、と跳ねた。しまった、と思うが精液は勢い良く先端からほとばしり、寝具の上に零《こぼ》れ落《お》ちる。

メリルはあまり沢山《たくさん》絶頂すると、疲れすぎてしまう。挿入するまでゆっくりと愛撫《あいぶ》しようとしていたのに、うっかり虐《いじ》めすぎたようだった。

「う、ぅう……ひどい、サディアス……ぅ」

腰をびくんびくんと震わせたメリルが呻《うめ》く。

「……私ばっかり、きもちいいの、嫌、なのに……」

縋《すが》るような声に、後孔を弄《いじ》っていた指を引き抜いた。蕩《とろ》けた後孔は無意識なのか収縮し、ますますサディアスの欲を駆り立てる。は、と熱い吐息が漏《も》れた。

「入れてもいいか」

絶頂したばかりだと苦しいかもしれない。だけど煽《あお》られて我慢ができず、隠しきれない情欲の交じった声で聞く。

目元を染めたメリルが頷《うなず》くのを見るのと同時に、自分のズボンの前をくつろげた。もう痛いほど勃起している陰茎を掴《つか》み出《だ》す。片手で陰茎を支え後孔に押し付けると、メリルの中に押し入った。

「んぅうう――……っ」

一気に突き込みたくなるのを堪《こら》えて、じわり、じわり、と押し進む。狭い内壁はサディアスの陰茎に絡みつき、侵入を拒んでいた。内壁が引《ひ》き攣《つ》れ、サディアスの陰茎に張り付いてくるほどだ。

サディアスは小刻みに腰を揺らし、メリルの奥へ入り込んでいく。

「んぁ、あ、ッ」

「ゆっくり、息をしてくれ……」

内側を暴かれていく感覚が耐えがたいのか、メリルは噛みしめるような声を上げる。彼が細い背筋を反《そ》らすと、きゅうと更に内壁が締まり、サディアスの陰茎を締め付けた。腰が溶けてしまいそうな、甘い快感がたまらない。

「メリル、っ、ぅ」

「ひ、っ、ぁ、あああ、っ」

押し出されるようなメリルの声が部屋に響く。サディアスはそれを聞きながら、ずぶずぶと体の奥にゆっくりと侵入していく。一番根元まで陰茎を収めると、どちらからともなく、熱い吐息を吐いた。

「苦しいか？」

「へい、き……っ、ですっ、……っ、うごいて」

苦しげなのに気丈に伝える声に加虐心《かぎゃくしん》が刺激され、背筋がわななく。

後ろから挿入しているからメリルの顔が見えない。それが少し悔しい。きっと眉を寄せ、唇を震わせている顔は恐ろしく色っぽいだろう。

たまらない気持ちで腰を揺すり奥を突く。その度に喉を反《そ》らしていたメリルだが、急に嫌だ嫌だと言うように首を横に振った。

「あっ、や、やだ、……っ、こわ、怖い、っ」

「メリル？」

「アっ！　んぁあッ！」

ぎゅう、と体に力が入り、怖いと呟《つぶや》くメリル。

さっきは苦しくないと言っていたが、やはり圧迫感が強かったのだろうか。

サディアスは奥を突いていた腰を、小刻みに揺さぶるものに変える。握ったままだったメリルの陰茎も再び扱《しご》きはじめた。

「んぅーッ」

「苦しいのか？　だったら、こっちももっと触ろうか」

「ぅあっ、あっ、だめ、……っ、！」

片手で陰茎を扱《しご》き、もう一方の手を腹から回し陰嚢を揉《も》んでやる。柔らかな感触を楽しむように弄《もてあそ》び、少しでも苦しさが減るように甘く虐《いじ》めた。

だが気が散るどころか、メリルは取り乱したように高く叫ぶ。

「だめっ！　アッ！　ぅあっ！　だめ、……っ！」

ぎゅうぎゅうと後孔に力が入り、メリルの体が固く強張《こわば》る。陰茎を締め付けられる感触に、サディアスが歯を食いしばりながら腰を揺すると、それがとどめになったのか、メリルは背筋を震わせた。

「ッ、んぁああッ！　ゃ、あ、ああーッ！」

「……え？」

サディアスの手に、どろりとメリルの蜜が零《こぼ》れる。彼は白い喉を反《そ》らし、内ももをがくがくと痙《けい》攣《れん》させていた。その痙攣《けいれん》に合わせて、何度も陰茎が蜜を零《こぼ》す。

いつもと様子の違う射精。まだ勃起は甘いし、ほとばしるものではなく、内側から押し出された、勢いのない吐精だ。だけど快感は深いようで、メリルは後孔をぎゅうぎゅうと締め付けながら、絶頂の余韻に浸《ひた》っている。

――もしかして、後ろへの快感で達した？

メリルに聞いても分からないだろうが、そう思うと言いようのない征服感でぞくりと背筋が痺《しび》れる。

射精が終わると、絶頂感に蕩《とろ》けたのかメリルの体から力が抜けていく。そのくったりとした体の可愛さに、まだ昂《たかぶ》ったままのサディアスの陰茎が痛いほど疼《うず》いた。

「……っ、すまない、もう少し、我慢してくれ」

「ひぁッ！」

メリルの力が抜けているため、さっきよりも容赦《ようしゃ》なく奥を抉《えぐ》る。柔らかな内壁を擦《こす》りこね回した。

絶頂したばかりの体を揺さぶられるのは辛《つら》いだろうと思うが、止められない。

じんわりと汗が背中に滲《にじ》むほど何度も腰を突き込むと、射精感がこみ上げてくる。体を駆け巡る快感に、サディアスは低く呻《うめ》く。すんでのところでメリルの中から陰茎を引き抜き、シーツの上に精を零《こぼ》した。

「は、ぁ……っ」

荒い息を吐くと、サディアスも体から力を抜く。

体を包む、甘い多幸感。掴《つか》んでいた腰から手を放すと、そこにはくっきりと痕《あと》がついていた。しまったと思い、謝ろうと彼の体をひっくり返す。そして、まだ快感に溶けた緑の瞳と目が合った。

「メリル？」

「……サディアス」

瞼《まぶた》が震え、長い睫毛《まつげ》がふわりと上下に動く。

絶頂した後に揺さぶられて辛《つら》かっただろうに、メリルは穏やかに目を細め幸せそうに笑った。

「好き、サディアス、……好き。大好きです」

蕩《とろ》けるように甘い言葉。ふわふわした笑みを浮かべる彼が、愛《いと》おしくてたまらなくなる。

まだ終わりたくない。もっと触れさせてほしい。時間の許す限り、ずっと抱いていたい。メリルは自分のものなのだから。

「俺も好きだ」と口の中で呟《つぶや》くと、遂情《すいじょう》したばかりなのに、欲が腹の底から湧き上がる。

ぐったりと力の抜けた体で安心しきった顔をしたメリルに、サディアスは再び覆《おお》いかぶさった。

◇

薄《うっす》らと外から日の光が差し込んでいる。小さな窓には、薄いカーテンしかかけられておらず、部屋の中は穏やかな光に照らされていた。机の上に置かれたブローチが、柔らかな光の中で輝いている。

いつの間にかベッドに乗っていた兎《うさぎ》が、メリルの横でぷぅぷぅ、と小さな音を立てて背中を上下させていた。疲れて眠っていたメリルも目が覚めたようで、薄《うっす》らと目を開けると、サディアスに微笑《ほほえ》みかける。

名残惜《なごりお》しいが、そろそろ自室に戻らないといけない。

「……帰るんですか？」

「ああ、すまない。もう少し一緒にいたいが、そろそろ時間だ」

普通の恋人同士のように、のんびりと過ごせる時間は少ない。

そのことにサディアスは申し訳なさを感じている。だがメリルは、そんなサディアスの気持ちを見透《みす》かしたように唇の端を吊り上げると、まだ寝ている兎《うさぎ》の背中をそっと撫《な》でた。

「いいですよ。今はこの子がいるので、寂しくないですし」

ふわふわの毛並み。するりと手を滑らせて何度もその背中を撫《な》で、メリルは柔らかな毛皮に指をうずめる。

「この子、名前はカミーレにしようと思うんです。ザカリアでよく見る花なので」

カミーレ。可愛らしい名前だとは思う。この地域に咲く、白い花の名前。冬毛が真っ白になる兎《うさぎ》にはぴったりだ。

だがメリルが自分以外の生き物を見て、顔を柔らかく蕩《とろ》けさせる姿は面白くない。

サディアスが今まで触れたことのある動物は、猟犬くらいだ。それもあまり愛着が湧かないように、名前を付けなかった。

「……兎《うさぎ》に名前なんてつけるのか？　兎《うさぎ》とか、毛玉とかで十分じゃないか？」

そう言うと、メリルに信じられないものを見るような瞳で見られてしまった。

「毛玉……」

「……いや、なんでもない。可愛い名前だな」

「そうでしょう？」

メリルは優しい手つきで、兎《うさぎ》の体を撫《な》で続《つづ》けている。

「ふふ、ふかふかで可愛い。温かいし、これから毎晩、抱いて寝ようかな」

うっとりと幸せそうにそう呟《つぶや》く。その顔は柔らかく緩《ゆる》んでいて、恋人が嬉しそうなのは自分にとっても幸せのはずなのに……サディアスは口を尖《とが》らせた。

メリルを抱いて眠るのがサディアスにとって何よりの幸せだ。だがメリルは愛《いと》おしそうに兎《うさぎ》の体を手で包み、優しい瞳をそちらに向けていた。

むくりとベッドから起き上がると、サディアスはぼそりと小声で呟《つぶや》く。

「……浮気だ」

「へ？」

「浮気だろう」

聞き取れなかったのかメリルが首を傾《かし》げる。まだ抱かれたままの兎《うさぎ》を睨《にら》むと、サディアスは口を開いた。

「メリル。兎《うさぎ》も今は可愛いがな、この倍以上は体が大きくなるし、深い雪でも走れるように、脚も長く不格好になる。こいつが可愛い時期なんて、少しだけだぞ」

「……え、ええ？」

「それに引き換え、俺はいつまでも変わらない。可愛げはあまりないかもしれないが、温かいのは俺だって同じだ。メリルを抱きしめて温めることもできる」

大真面目な顔で言うと、暫《しばら》く黙って聞いていたメリルが噴き出した。くすくすと肩を震わせて笑い、ようやく兎《うさぎ》から手を離してサディアスにしっかり向き直る。じっと目を見つめられるが、瞳の奥にまだ笑いがくすぶっていた。

「もしかして、サディアスって結構、嫉妬《しっと》深いんですか？」

「知らなかったのか？　そこの子兎《こうさぎ》にだってやきもちを焼くぞ」

「子兎《こうさぎ》にも？」

サディアスが堂々と言い切ると、再び笑われる。

「それは困りましたね」

ゆったりと、メリルの手がサディアスの頬を撫《な》でた。その手を掴《つか》んで引き寄せると、掌《てのひら》に吸い付く。犬のように鼻先を擦《こす》りつけ、サディアスはメリルの柔らかな手の感触を堪能《たんのう》した。

昔は狼《おおかみ》のようだと言われたこともあるが、恋人の前だと形なしだ。今のサディアスは、もっと撫《な》でてくれ、と強請《ねだ》る犬にしか見えないだろう。

それを恥ずかしいと思うよりも、目の前の愛《いと》おしい人に愛を伝えたいと思う。

「困るだろう。だから俺をいつも一番にしてくれ」

「ええ、サディアスが一番好きですよ」

「……頼むから、一生離れないでほしい」

「もちろんです。サディアスも、ずっと一緒にいてくださいね」

メリルの体がそっとサディアスに寄せられる。その重みを感じながら、サディアスはメリルの体をきつく抱きしめた。

——この幸せを、どうか永遠に手放さなくていいように。

アンダルシュコミックス
&arche COMICS

毎週
木曜
大好評
連載中!!

秋好

かどをとおる

きむら紫

しもくら

水花-suika-

槻木あめ

戸帳さわ

森永あぐり

環山　…and more

甘くて苦い僕たちは／
きむら紫

巻き添えで異世界召喚されたおれは、
最強騎士団に拾われる／
原作:滝こざかな　漫画:しもくら

半魔の竜騎士は、辺境伯に執着される／
原作:矢城慧兎　漫画:森永あぐり

欲しがりΩは空に啼く／
水花-suika-

異世界で傭兵になった俺ですが／
原作:一戸ミヅ　漫画:槻木あめ

毒を喰らわば皿まで／
原作:十河　漫画:戸帳さわ

取り憑かれるも他生の縁／
秋好

春となりのくゆる恋／
環山

萌ゆるハルに出会う僕ら／
かどをとおる

BLサイト
「アンダルシュ」で読める
選りすぐりのWebコミック!

―― BL webサイト ――
アンダルシュ
&arche

無料で読み放題
今すぐアクセス!
アンダルシュWeb漫画

この作品に対する皆様のご意見・ご感想をお待ちしております。

おハガキ・お手紙は以下の宛先にお送りください。

【宛先】

〒150-6008 東京都渋谷区恵比寿 4-20-3 恵比寿ｶﾞｰﾃﾞﾝﾌﾟﾚｲｽﾀﾜｰ 8F
（株）アルファポリス　書籍感想係

メールフォームでのご意見・ご感想は右のＱＲコードから、
あるいは以下のワードで検索をかけてください。

アルファポリス　書籍の感想　検索

ご感想はこちらから

本書は、「アルファポリス」（https://www.alphapolis.co.jp/）に掲載されていたものを、改題、改稿、加筆のうえ、書籍化したものです。

落《お》ちこぼれ催眠術《さいみんじゅつ》師《し》は冷酷将軍《れいこくしょうぐん》の妄愛《もうあい》に堕《お》とされる

のらねことすていぬ

2023年 9月 20日初版発行

編集ー黒倉あゆ子
編集長ー倉持真理
発行者ー梶本雄介
発行所ー株式会社アルファポリス
〒150-6008 東京都渋谷区恵比寿4-20-3 恵比寿ｶﾞｰﾃﾞﾝﾌﾟﾚｲｽﾀﾜｰ8F
TEL 03-6277-1601（営業） 03-6277-1602（編集）
URL https://www.alphapolis.co.jp/
発売元ー株式会社星雲社（共同出版社・流通責任出版社）
〒112-0005 東京都文京区水道1-3-30
TEL 03-3868-3275
装丁・本文イラストー石田惠美
装丁デザインーナルティス（井上愛理）
（レーベルフォーマットデザイン―円と球）
印刷ー中央精版印刷株式会社

価格はカバーに表示されてあります。

落丁乱丁の場合はアルファポリスまでご連絡ください。

送料は小社負担でお取り替えします。


ISBN978-4-434-32620-2 C0093